論壇 05

台商大陸投資
名人訪談錄

Taiwan Investment in China :
Interviews with Renowned Entrepreneurs and Scholars

◎呂鴻德 ◎林祖嘉 ◎陳子昂 ◎陳美華 ◎許勝雄

◎張寶誠 ◎蔡練生 ◎鄭寶堂 ◎謝慶源 ◎羅懷家

徐斯勤、陳德昇 主編

本書出版感謝

國立臺灣大學中國大陸研究中心
Center for China Studies, National Taiwan University

籌畫與贊助

編者序

　　多年來，不少台灣的學者、專家與研究生，研究台商大陸投資議題，必須赴大陸進行田野調查（field study）或深度訪談（in-depth interview）。不過，往往不得其門而入，或是收獲有限，鎩羽而歸。主要的原因是雙方信任不足、欠缺人際網絡，且沒有長期之互動。加之，兩岸政治關係敏感，台商大陸投資向來低調，不願在「追求利益」為核心的企業經營，招惹政治是非。

　　有鑑於此，我們邀集部分具名和不具名的企業家、專家和學者，就台商大陸投資議題進行對話和討論，期能提供更詳實的資訊與客觀的解讀。書中除有台商赴大陸投資的心路歷程、策略布局與前瞻規畫，亦有現階段兩岸經貿政策運作之新方向，諒有助於產官學界瞭解台商大陸投資的本質與趨勢。

　　這本訪談錄的完成，是我們匯整台商大陸投資議題訪談的第一本作品。期盼未來能針對具專業、前瞻，甚至包括成敗經驗與挑戰的論述，提供更多元的訊息。本書出版也盼能與大陸研究學界分享，並能為企業界大陸經營，貢獻更多策略思考。最後感謝黃健群、黃輝猛與黃聖琳同學資訊整理與校正工作，使圖書出版能及早順利完成。

徐斯勤・陳德昇

98/11/25

目　錄

企業經營與全球布局

許勝雄
（金仁寶集團負責人）

◎訪談重點

- 企業經營理念與應對挑戰
- 大陸投資思考與全球布局
- 地方政府務實與現實考量
- 經營效率與全球市場回應能力
- 東莞、昆山科學園區成就不同
- 企業人才在地化是趨勢
- 電子產業競爭激烈與建議

問：許董事長您大學是讀中文系的，您對金仁寶創業的過程，以及企業的
經營，有什麼樣的哲學？

答：金仁寶成立在1973年，當投入到一個新的產業時候，我記得1984年的
時候，李登輝先生來參觀工廠，當時他是副總統。我們陪他參觀工
廠，當時金仁寶是做電子計算器，李登輝當時就問我，為什麼會投入
這個產業？我回答他，因為電算器是每一個人都要使用的工具，其實
任何一個人投入一個產業，如果那個產業不能提升、帶動或是改善人
類的生活，而技術本身是邊緣的東西。我們每一個產品進去，最重要
的就是這個產品到底能不能帶動這個產業、這個社會、經濟或是人類
的生活，品質有沒有受到改變，我想這是一個很重要的思維。所以我
們每一個投資的方向大概都會有一個焦點，或是有願景在這個地方，
不是只要有賺錢的產業就可以投入，我並不這麼認為！所以也因為這
樣子，我們在產業的投資上面，常常必須要做一些過濾跟選擇。

其實我們也面臨很多的歷程，企業對一個商機的掌握是很重要
的，就是timing，一個新的技術、新的應用，就會改變相關產業的循
環。1976年以前的電子計算器，我們叫做綠色的燈管，更早的叫做
紅色的LED燈管，LED最近當然是很熱的東西；LED是紅色的燈管，
接著第二階段走到綠色燈管當作顯示器。在1976年的時候，日本推
出LCD作為calculator主要的顯示器，那時候全世界有幾個國家，包
括美國、德國、法國、日本、韓國、墨西哥，都進來做calculator；
但是當1976年，日本推出LCD以後，包括韓國在內，認為LCD不足
以作為calculator的顯示利用。因為LCD是透過偏光板的道理，光折
射進去之後看得到字，當時是透過電池的power，使得它可以亮出燈
顯示出來，金仁寶是當時第一家跟著日本走入LCD做calculator顯示
器。台灣有一小部分的企業，而韓國是百分之一百做calculator的企
業都認為LCD不會變成主流，所以他們堅持用綠色的燈管，後來這

些企業全部被一腳踹出這個產業。因為以前我們用綠色的燈管的時候，一台calculator大概只能用四個小時，電池就沒有電了；後來我們做LCD以後，因為非常省電，後來又再發展使用太陽能電池，所有的calculator根本不用換電池！這是一個很大的轉變！因為早期沒有PC，calculator這樣的產品，美國人需開一部車子花三個小時去買電池，一部calculator只能用四個小時；所以當它使用LCD做面板，再加太陽能電池以後，等於所有的calculator根本不要換電池！而且走入了輕薄短小的機體。所以在1976年，我在台灣提出一個口號，電子業進入輕薄短小，因為green tube 它很厚、很重，又耗電；LCD很輕、很薄、又省電，所以它就會變成主流！而且當時堅持要用green tube的這些廠商，認為LCD要有光才能做，沒有光的地方怎麼去使用calculator？所以他們認為LCD沒有辦法變主流，但是我們想未來的時候，哪有人會在沒有燈光的地方使用calculator？不管你是在office，還是在外頭買賣，一定是在有燈光的地方，才會去做計算等等。所以，我想商機的掌握非常重要。

　　我為什麼從這邊談起，因為1976年，我們不是第一個就進入LCD的嘛？全世界後來只有剩下台灣跟日本，其它國家的calculator製造商就這麼一腳被甩出去。接著，1977年，因為我們是第一個做LCD的calculator的，除了日本以外，所以我們在美國接了很大的單子，大概有十萬台的的單子。當然，現在十萬台對我們來說，大概半天不到的產量；在那個時候，十萬台等於我們一年三分之一的產量。1977年我們一年了不起只做三十萬台而已，我們接了這麼大的訂單以後，我們當然就投入生產，我們品管部的經理卻不答應這批貨可以出去。當時我們的客人也認為：你就跟台灣的廠商一樣，隨便答應接單、隨便答應交貨，但不履行合約交貨、不on-time。後來我們就很清楚告訴我們美國的客人，說我們十萬台都已經做好了，只不過我們內部嚴格的

品管要求，我們所有人去遊說品管部經理都沒有用，產品的使用壽命會有問題。所以你如果去看我們的組織，我們的品管部不歸屬在製造體系，品管部是我們總經理直接去管，這是我們特色的地方。後來這個客人就到台灣來看我們，以前我們在南京東路是五層樓高的廠房，那時候從環亞百貨看過來，就會看到我們這棟大樓，那時候甚至很多地方都還是農地耶。結果客人過來看，一看到我們滿山滿谷的貨，才真正相信我們是一個肯負責任的、重視品質的。所以我當然跟我們幹部講，那時候如果我們不堅持品質，就把這批貨出去了，可能現在就沒有所謂的金仁寶集團了！早就倒掉了嘛！所以堅持品質是我們公司非常堅持的一個理念原則！

後來我們大概花了半年的時間研發，我們的客人說既然你這家公司那麼有信用，我就再給你一次機會，我還是跟你買十萬台，那你趕快交貨。後來我們就趕快重新設計，因為第一個calculater用LCD做，我們所有人都沒有經驗，所以才會有品質的問題。當我們開始設計第二部calculator 的時候，因為有前車之鑑，最後我們的設計、生產都很smooth，才把十萬台交貨！那原來那個十萬台，可以出貨的，我們就出，不能出貨的，我們就把IC、LCD拔出來，不能用的我們就把它淘汰掉。我們整整花了一年的時間就認賠，我們重新準備、重新購料，就等於重新再一套。重新勾勒、重新成長、重新設計、重新出貨，所以我們品管這個體系會做的很好！品質是我們的生命！我一直告訴我們的同仁，如果當時我們不堅持品質，今天就沒有什麼金仁寶了。這品質真的是生命，這是我們在生產過程裡面，我想對企業界、對我們自己，都是非常重要的教材或是理念。

當然在這過程中，我們會碰到一些困難、一些挫折或是碰到一些打擊。我們仁寶曾經發生過火災，1978年的10月15號，仁寶發生火災，一夜之間，把我們六億的資產全部燒光。雖有投保，但是保險的

理賠你知道，一拖就是一年以上。當時我們整個廠房燒塌掉，當時我們內部也在討論，我們的董監事說，那你就不要做了嘛！仁寶燒掉了還有金寶。所有的資產都燒光了，你怎麼走？當時我就跟他們提到麥克阿瑟那句話：從哪裡撤退，我就要從哪裡回來！我從哪裡倒下去，我要從哪裡站起來。我們創造了台灣一個奇蹟！我們只有用一個禮拜的時間，我們就在我們的廠房旁邊，一間小餐廳，容納一百多個人；三千多人的廠房全部燒垮了，我們的那間小餐廳也燻黑掉，在那裡我們花一個禮拜時間粉刷、借設備、買設備、借材料、買材料，一個禮拜後復工。當時我們也趕快辦一個增資，我說自助而後人助，自立而後人助，因為你自己不站起來，你要別人幫助你，其實是太難的一件事。所以我們就馬上辦了一個兩億的現金增資，去面對我們金融上面的問題，然後每兩個禮拜就要跟銀行團開一次會議，這個禮拜怎麼樣做、下個禮拜怎麼樣做、我的訂單狀況、我的出貨狀況、我的生產狀況，當時我們就找李國鼎資政。

　　李資政真的很幫忙，李資政就說有什麼事啊？我說我們是仁寶，需要協助，他說我們的企業形象還算好。李資政說那你要我做什麼事？我就跟李資政講說，你能不能跟銀行說不要抽我的銀根？以前銀行借給我們的錢，就繼續讓我們去循環週轉，我沒有再增加；額度裡面不讓我借的錢，我就不再借了，已經借給我的你不能抽我的錢啊！我沒有跟你借的，雖然你給我那個額度，我也答應不跟你借，就這樣子去循環使用。然後就告訴我去協調，我印象深刻，那時候就在隔壁中華開發那邊，幾百家的工廠。我就告訴他，我說：以前開給你的支票，我一張都不延、一毛錢也不減，但是以後如果你還要跟金仁寶做生意，那很簡單，每一個到期日，都會增加三十天，我們有分ABCD等級，A級給現金，B級給一個月，C級給兩個月，以此類推。只要是B級，那我們就再加三十天，然後我們就跟客人講，當時在台灣，

我們是唯一能做電腦用的分割式畫面多視窗的終端機。比監視器還要再高一等的叫做終端機，1978年，終端機畫面已經能夠切割。然後我們仁寶有做monitor，後來我就跟客人講terminal不做了，因為monitor只有五百多個元件，terminal有一千多個元件，在那個時候我要趕快周轉，趕快出貨，客人也同意了，我就幫他把模具、生產器具，移到其他工廠去！

　　企業在發展的過程中，本來就會面臨很多事情。後來我們的工廠就搬到中壢去了！仁寶後來就在中壢這邊，原來它是在桃園，組了一家飛龍紡織廠，後來又買了自己的一塊地，在工業區旁邊，仁寶就在中壢那邊蓋工廠，救濟那些人嘛！原來仁寶的工廠是在桃園龜山，後來就在桃園龜山成立一個全中華民國最大的工廠。因為那時候金寶比仁寶大，金寶比較有錢，後來仁寶就搬到內壢中壢工業區去了。後來又自己買地蓋廠，原來的龜山廠，就賣給金寶；金寶就在那邊蓋了一個全中華民國最大的工廠，因為金寶的計算器佔有率在世界前三名內！

問：研究台商最關心的問題是，這些台商為什麼要去大陸投資？當時你們對全球布局是怎麼樣的思考？

答：我們看一看全世界的經濟板塊，能構成型的，北美有北美的經濟板塊，中南美有中南美的經濟板塊，歐盟有歐盟的經濟板塊，包括東協有東協的經濟板塊。其實台灣的中大型企業，我一直告訴他們，要立足台灣，布局全球；我也跟政府談過，台灣要變成四個中心，一個是政府在推的研發中心，一個營運中心，另外一個是籌資中心，第四個為發貨中心，就是物流中心。我們現在所有的出貨，我禮拜一在南京，我們有一個關係企業要開工，我就請江蘇省書記梁保華。他常常拿我們仁寶跟南京的統寶當作案例，一個企業怎麼透過營運能力的提

升，管理技術能力的提升，而在產業鏈裡面扮演更重要的價值貢獻者的角色。怎麼說呢？現在我們的客人大概都只擁有一個品牌，從產品的研發、生產、製造、出貨到通路的配送，其實都是台灣廠商在做的。現在我的客人說，HP你交五百台的Notebook到芝加哥的通用汽車，交一千台到紐約的citibank，那我們就要幫他交啊！台灣可以全世界發貨發出去，所以我說我們要布局全球，要做四個中心—研發、營運、籌資、發貨。

　　現在的經濟板塊都是全球，所以我一直告訴業界的朋友，我說你們要去全球布局，因為每一個經濟板塊呈現了以後，你如果不join那個經濟板塊，你就沒辦法得到同等的競爭優勢，你會比區內的人要付更多的關稅，會讓經濟的競爭力降低。所以企業最好的方法，就是去各經濟區塊建立生產基地，所以像我們現在除了在台灣以外，我們在東協的菲律賓、泰國；前段時間仁寶到越南，金寶是在泰國，接著呢？我們在巴西、美國都有工廠，我們在波蘭也有工廠，我們在中國大陸有工廠。在巴西的工廠就是管中南美洲，美國的就是管北美，波蘭的就是管歐盟，東南亞就是管東協。這樣子的話就進入全球板塊去了，中國大陸只不過是我們全球布局的一環，它不是唯一的。只不過中國大陸跟台灣包括語言啦，能讓台灣企業有比較好的運作跟競爭力，因為中國大陸擁有一個很好的基礎研發，另外一個就是生產成本的降低，它是具有很大的競爭力；當然現在我們來看中國大陸，它已經慢慢從世界的工廠變成世界的市場，這也是我們要去重視的！

　　我常常講，兩岸它真的是互補互利，它會擁有一個很好的產品創新設計，擁有一個很好的經營管理的能力，擁有一個很好的國際化的互動經驗跟國際化運作的商業信譽，所以全世界都有很好的國際互動。尤其在產品的方面，這一點是很多國家所跟不上的東西，所以你看看台灣的高科技產業研發人員，每一家都是幾千人，這就是跟國際

接軌，馬上把國際市場的訊息、國際市場的要求，馬上就透過研發人員的能力把它設計出來。所以台灣既然擁有很好的國際化、創新、經營能力、管理能力，而中國大陸擁有很好的基礎研發，又擁有很好的產品生產競爭力，相對而言可以有比較好的互動，所以我想大陸真的是可以跟台灣做一些溝通的工作。

問：其實我們當初最成功的兩個例子，一個是昆山，一個是東莞，當在那邊投資的時候，跟地方政府應該有很多的互動。我們很關心的一點就是說，去那邊投資之後，如果是從一個全球生產的網絡關係，很多東西，原來我們是跟矽谷、台北互動；我們只是因為成本的因素，或是兩岸互補互利的因素，所以把我們整個生產線，譬如說筆記型電腦，整個就搬到昆山去。但是昆山的地方政府，在當時的條件下，尤其是一九九〇年代末期，他們的科學園區、加工出口區與它的海關，它整個條件事實上跟台灣有很大的差距；我的意思是說，我們在這過程中，我們台商，甚至包括台商協會，跟地方政府怎麼樣來進行互動，讓他們有一個制度創新？像出口加工區，坦白講，沒有台商出去推，這些海關的效率，如果說像那個**HP**，他就要求你一個禮拜交貨，如果你這個行政系統沒辦法配合的話，你也交不出來。我想這個過程，許董事長您參與得很深，不知道情況是怎樣？他們地方政府是怎麼樣來配合你？

答：我就舉我們現在有一個關係企業，叫做巨寶。我們的關係企業都是寶，剛剛成立的。巨寶是我跟香港巨騰幾個上市公司合資，其實都是台商公司，做鋁美合金的面殼，因為我們做手機都要用很多面殼，那我們就跟他合作。現在就到鎮江市的句容市，我禮拜天去，禮拜一開幕，我跟句容市的書記、鎮江市的書記都在談，他們也都提到，只要海關有任何的問題，他們願意把海關請過來，大家當面坐下來談，坐

下來解決，我講的是最近的例子。

　　你剛才提到昆山，我一直覺得中國大陸有幾個地方發展得特別快、特別好，其實跟地方的領導有百分之一百以上的關係。只要當地的主管有很強烈的企圖心跟執行力，那個地區就可以發展。電電公會出了一個《中國大陸地區投資環境風險評估報告》，後來改為「兩力兩度」分析。兩力，一個是競爭力，一個是環境力；兩度，一個是風險度，一個是推薦度，台商你要不要推薦當地城市。在中國大陸，上至中央，只要那本書來了，管兩岸經貿的，不管是錢其琛先生，不管是吳儀女士，都送他一本。各省縣市的領導，一天到晚都在要電電公會給他一本書，什麼時候要出下一本？他們很重視外部對他們的看法，而要改變外部對他們的看法，很重要的，就是要改善、提升投資環境。所以基本上我們在昆山聯合加工出口區，他們也沒有現代化的海關，我們只要碰到狀況，碰到問題，馬上就請南京關，是南京關在管他們，南京關的關長說可以，連夜就趕到昆山來跟我們見面。然後大家就坐下來談，到底你碰到從出口到通關有什麼狀況，大家提出來談。

　　我還記得，吳儀跟我說他們要發展製造中心，我說，你要發展製造中心，那你的海關問題很嚴重，我們都是以外銷為主，你那邊幫我檢驗，我才能出關；接著到上海，還要再被檢驗一次，包裝啦……什麼東西都要重新再來過！後來隔了一段時間去，她說我們現在在推無水通關法案，就是說我只要一個關務，檢驗一次以後，我全大陸都不要再檢驗。台灣我們有很多的概念，因為台灣一步一腳印，包括我們對產品零件的損耗率、我們零件的管理，我們海關是非常完備的，因為跟企業聯合幾十年的運作！

　　早期我們到大陸去，他是從量課稅。舉個例子，我們要買一萬個電阻，我們就買一萬個電阻，他不知道，就把一萬個電阻拿去稱重

量，然後那重量一百斤，下次我再買兩萬個電阻來，他就說那你就兩百斤，事實上不是那麼簡單。電阻有大大小小的規格，到年底或是到期中的時候，他給你盤點，用重量去跟你盤，所以常常會產生誤差；一產生誤差之後，他就要你補稅，甚至於認為你是偷了作為內銷使用，他就要你補稅，這造成很多企業的困擾！尤其中國大陸，如果你欺騙海關，或是虛報，會被抓去關，所以有一段時間，很多台商都被抓去關。因為海關來查，應該是一百，怎麼剩下八十六？我們絕對是從量，數量的量，而不是重量，然後每一個都會有參差不齊。早期我們有5％的抵減，就像你換一萬個，最後你是九千九百五十個是被運用了，你有五十個是不見了，海關不會處罰你，因為那會自然落失。有時候廠商交回來，可能給你一萬個，可能給你九千九百九十九個，或是給你一萬零一個；有時候你製作的時候會掉零件，有很多的因素，所以抵減大概是5％，後來我們調整到3％。我們就一步一步去說服中國大陸，他要去改變這個觀念。

所以很多地方的領導，他很積極的去提升、改善當地的經營及投資環境，那全球廠商就一窩蜂的跑來。

我剛才談到「兩力兩度」，為什麼要談這個？另外一個因素是，你想想看，台商為什麼一窩蜂到大陸去，尤其中小企業，他要成長、他要茁壯、他要溝通，你在台灣，要找這些縣市長，有幾個人能夠看到縣市長，以中小企業來說！像我們當然是要看縣長、看總統都很簡單；但是台灣的中小企業只要到中國大陸去，省委書記、省長、市長、市委書記請你吃飯，還要歡迎你，還要幫你解決問題，那個叫做受寵若驚，那個叫賓至如歸，那個是你有被尊重，所以大家都一窩蜂去。那個書記都說：欸張董，你來我這裡作客，有問題王市長負責啦！你放心啦！

問：台商去那裡投資，這裡面有沒有涉及到一個萌芽期、繁榮期、成熟期、飽和期的問題？通常在萌芽期和繁榮期的時候，我們中小型企業會受到比較大的重視，那如果到了飽和期的時候，如果是規模小的傳統產業的話，恐怕他受到的重視就不高，它也是個現實因素。

答：那當然，所以我一直跟台灣政府講，報告總統、報告行政院長，我一直跟他們講，我說台灣以後要走的是資本密集、技術密集跟知識密集的產業。勞力密集的行業，就要全球布局。當然我們會產生失業率的問題，會產生很多社會問題，這我們都可以談，包括怎麼去擴充服務業，讓製造業跟服務業三連帶產業的概念推動。

中國大陸為什麼弄了一個新的《勞動合同法》，為什麼弄了一個出口退稅再降低，中國大陸現在很多的土地是要公開招標，出口退稅，為什麼減少？因為大陸現在已經有2.1兆外匯存底了。早期大概七、八千萬美金外匯存底的時候，我的感受就很深。那些領導人就一直告訴我說，給我的印象，不是直接講，大陸的外匯存底實在是太多了；所謂賺外匯都是在外商跟台商手上，大陸的政府要面臨貿易摩擦，人家說我傾銷啊！逼得人民幣要升值，一大堆問題，所以就不鼓勵外銷。早期要透過外銷來帶動經濟發展、產業發展，帶動就業人口的增加；現在這個狀況已經減弱了，所以出口退稅開始降，有一段時間降到11％，現在又不好，又回到13％左右。

我記得昆山一位領導說，我們土地很少。我說哪有可能，是大樓很少。他說你看看昆山，這些發展的地方，原來都是農地，綠油油一片，現在都是水泥地、道路、廠房、大樓，好的土地都用掉了，所以我的農業要出狀況。中國大陸如果農業出狀況，那還得了！日本不知道哪個黨啊，有農民政策，這牽涉到選票耶；中國大陸也面臨同樣的問題。他說你看看，我這個地越來越少，以前地方政府為了要招商，土地根本不用錢；現在為了防止弊端，開始大筆的土地要公開招標，

有價清償，他希望能把農地面積保留。

另外一個，你說我的人口很多，我沒有很多，因為我的農村人口，好的年輕人，全部跑到都市去了，全部在上班，全部在打工。留在農村的都是婦孺老幼，那你如果還要繼續用我這麼多人，你付代價。有時候在演講，不太敢講得這麼清楚，因為有的是你的感覺嘛，有的是事實。所以，你還要用我這麼多人，你就付代價，我不願意我的年輕朋友繼續往都市流，然後來提升農業，因為要提升農業的產值、競爭跟績效。你要這麼大的地，你就得付代價，你要繼續出口，我就減少出口退稅。

接著，現在講要節能減碳，減少耗用能源。其實我早期去，那地方的省長、市長都會告訴我，財政收入增加幾萬，都是講數字。現在他們都還會告訴我，我今年的目標，明年的目標，中央告訴我要節能減碳，要減少多少耗能。所以有關有污染的、產生公害的、耗能的，大概他們都不會去鼓勵。所以台商只要去生產這幾個有關的東西，你想它在中國大陸去擴充，或者是去變成一個主要的投資項目，風險會很大。他們現在要的是高產值的、低耗能的，所以知識經濟的、高技術面的，現在才是他們要的東西，他們已經不要過去台灣不要的東西了。

問：是地方政府企圖心表現，且是人治社會運作結果？

答：像昆山剛講的海關，是南京官員來配合。但是我們知道海關是直屬中央喔，那地方政府，像昆山，它只是下面很小的縣級市，有時候中央不見得同意地方的意見。所以我在講那個主管有沒有企圖心，所以你注意看，在昆山喔，有一個很好的文化傳承。現在江蘇的副省長張衛國，昆山的市委書記季建業，也是一樣，後來就調到揚州去當市長。書記再升為南京市長有好幾個，像曹新平；好幾個市長後來就調到比

較大的市去當市長。這些市長企圖心很強，強的時候一直想要去提升、改善它的環境。所以呢，他就主動去問廠商問題，然後主動去透過他的關係，去解決你企業面臨的，包括海關、稅務。他就自動去跟你談，他出面去替你找那些關係，找那些人，然後讓那些人願意下鄉，坐下來跟你談，有時候我根本不自己出面，大部分都他們在做。我有一次印象很深，就是關於海關的問題，一去，在那裡拜訪關長，這些企業都很好，請其協助，很快就能圓滿處理。

問：是不是因為你們是高科技廠商，而且你們規模大，所以他們也會特別重視你們？

答：當然這絕對會有關係，但是絕對不是個案。我想不可能有這麼多的台商一頭栽進去，幾萬家的台商進去，應該有相當多的問題。中國大陸是在摸索中成長，而且它是跳躍式的成長，所以一定會面臨很多法律上、習慣上的衝突、撕裂，一定會產生。所以我還是認為說，大陸在學習快速地去改變，去符合遊戲規則。

問：Just in time是什麼想法？譬如說我今天跨國企業給你一個指令，你必須要在兩天甚至一天之內，把這個東西完成，你們是怎樣有效地進行這個運籌？

答：這是我提出的口號，大概1997年，我提了幾個口號，一個就是「九五五」的概念，就是百分之九十五的客人，百分之九十五的訂單，我們五天內交貨。到西元2000年的時候，我改為「九八二」；到2003年的時候，我再改成「一〇〇二」，就是百分之百的客人，百分之百的訂單，兩天內交貨。所以有一次我在馬總統市長任內，我們同台，他說「九八三」，我說是「九八二」，他說對對對，始作俑者在這邊。後來電子展叫江丙坤去剪綵，結果江副院長致詞時說，你能

不能把你的「一○○二」，改成「一○○一點五」，一點五天就要交貨。這就是 just in time，即時交貨，這也是台灣企業最厲害的地方。

問：他下單都是電子作業嗎？

答：對，我們也可以電子作業進行，我們有一些供應商也可以電子作業配合。有一些還是不行，你的客人可以隨時進入你的系統，去知道你現在產品做到什麼程度。金寶在泰國有七千多人的工廠，我隨時按這個鍵，就知道泰國是盈還是虧。隨時都會結帳，因為它整個生產體系全部在陽光下，全部電腦作業，你領多少貨？那個貨加工到什麼程度？透過掃描系統，它每一個產品都有序號，一掃過去就知道生產到什麼程度。我們有的工廠，像泰國，就在我們的工廠旁邊，廠區內喔，我再蓋廠房。然後我就租給我的供應商，他就在我的工廠裡面生產生產完之後，就透過系統，它的產出流到我那裡，就放下來，我就組裝，出貨去了！

問：那你是下游，它可能是上游。

答：對，我還幫他蓋工廠，有的我還幫他買設備，我不賺他租金。我給他錢啦，工廠我蓋，設備我買，然後拿來照我的填，單子也是我給的，什麼都是我給的。我給他單子，我幫他蓋工廠，也不收他錢；我幫他買設備，也不收他錢。他找三個、五個管理人才，人也來，當然材料他自己買。一個特色，我跟他買多少錢，他就賣我多少錢，其他都是我出啦，我們也有這種管理的方法，每一個地方不同啦！

　　大部分就是整個電腦體系非常穩定，第二個就是海關。台灣為什麼去推動發貨中心，就是因為我們跟全世界各國擁有第四航權、第五航權，就是延載權、延飛權。然後我們海關的作業能夠電子化，單子能夠電子化，通關的速度會很快。非常可惜，台灣這點一直沒有做起

來，不然中國大陸怎麼去跟台灣競爭？中國早期的航空公司跟全世界都不接軌，海關當時水平也很低。台灣當時如果阿扁總統答應我的話，我們的發貨中心做起來，那不得了！TOSHIBA的台灣董事長來找我：理事長，你跟政府那麼熟，我已經跟TOSHIBA社長講好了，把台灣作為發貨中心。就是他把日本、韓國、中國大陸、東南亞，所做的成品或是半成品，拿到台灣來做最後的組裝和包裝。因為我們跟全世界有航權，我們的海關、我們的通關、我們的國際化能力，我們的商譽，都足以去讓台灣成為一個發貨中心。但是我們一直在這一點上沒有辦法去取得一個比較好的作業！我想大陸那邊，他們的海關進步的速度還算快。

問：像昆山那裡有一個科學園區，還有出口加工區，它是不是這些東西幾乎都是模仿台灣？

答：完全copy！我們有太多太多的人，不是只有廠商，管海關的、園區的，都在教育他們怎麼變園區。我們會去投資昆山的影響人，宣炳龍就是具影響的人，當時季建業在那邊。我在跟宣開會，我說，我們來投資那麼大，我們金寶在東莞那邊，被叫做金寶路；我說，我們仁寶在這邊投資那麼大，你能不能叫做仁寶路？他說，就這樣劃一條路，我們從現在開始叫它仁寶路！你想想看，進到他們那邊，戶籍、權利義務，事情一大堆，結果他就是一句話，仁寶路！他是這樣在做事的，你只要碰到問題，道路有問題，電力有問題，24小時處理，劍及履及啊！有求必應！他不會說你來了，反正你已經進了甕，要死要活是你的事，真的是有求必應，反正你有困難，他就幫助你！你會一直放心，一直投，你會一直擴充。然後我剛才不是講「兩力兩度」嗎？別人來問你，昆山怎麼樣？你說昆山非常好喔，市長、書記、主任大家非常認真。「兩力兩度」評鑑，昆山名次大降，那天我還印象深

刻，我帶著電電公會那本資料去送給副總理錢其琛的時候，昆山便大
地震！昆山後來就找了清華大學劉震濤所長，請他到昆山去當顧問，
去診斷昆山。昆山後來又慢慢恢復起來，就是這樣幹！昆山只不過是
因為我們有去投資，所以感受比較多，很多都市搞不好都有這種領
導。

問：現在從這個比較來看，昆山科技園區，基本上就是新竹科學園區的翻
版，出口加工區也是高雄加工區的翻版，昆山是比較成功的案例。

答：這跟它的歷史成長過程有關，因為中國大陸的產業發展，是從廣東開
始；而廣東是因為它接近香港，早期香港的製造業，地小人稠、成本
高，所以香港就把製造體系擺到廣東去，就以深圳、東莞為加工。台
灣早期企業，我很懊惱，以前李登輝當總統、連戰當副總統的時候，
我曾經提過，我說能不能讓台灣成立一個經濟特區，我比王永慶先生
更早談經濟特區。因為我在1988年開始面臨台灣的人力不足的問題，
我們生產產品，我們要去拜託，董事長拜託區長、區長拜託組長、組
長拜託作業員，請作業員來加班，今天如果沒空，就沒辦法交貨。後
來逼得我們沒辦法，開始真正的布局全球去了，當時我講人事物的互
動。其實企業為什麼要出去？那時候我們就找很多外籍勞工進來，很
多白領階級的技術人員進來；事、物，包括金融體系，如果能自由流
動，台灣廠商根本不用外移。很可惜，我也跟江丙坤談過，當時他在
當經濟部長的時候，我說如果你允許中國大陸的半成品進台灣，那台
灣就所謂兩頭台灣：觀念和技術在台灣，最後組裝出貨在台灣，中國
大陸就是台灣的半成本製造基地而已。後來經濟部同意這樣做，也開
放，後來財政部不同意。我為什麼提這個？因為電腦要有keyboard，
台灣沒有人在做keyboard。我要從中國大陸的台商買，那時候大陸台
商還不能出貨到台灣來；我們就出到韓國，結果label就變成made in

Korea。逼得到最後，你的下游也只好到中國大陸去了。

　　所以台灣的中小型企業，在台灣開始沒有辦法經營，他要去找新的發展時候，他們就想到中國大陸。因為語言、文字這些對他們來說都是通的，所以他們認為他們可以投資的地區就是中國大陸。但是進到中國大陸之後呢？那時候中大型企業都沒有去，所以中小型加工出口型的企業，在台灣找不到工人，已經沒有競爭力了，台灣成本很高。所以呢，他們就開始思考要去進中國大陸，一想到中國大陸，唯一的就想到廣東，想到東莞、深圳、廣州，因為只有那個地方有工業，其他地方根本沒有工業可言。所以我們中小企業就是往那邊去，產生群聚效應，所以中小企業就這樣帶動了所謂珠江三角洲，珠江三角洲就這樣慢慢被帶上來。東莞的投資環境基本不佳，包括人的穩定度、流動率等等。但中大型企業的思考就不一樣，中大型尤其是IT產業，他已經開始去思考一個重要的人才，哪一個地方有很好的學校，很好的教育體系，就往哪裡走，這是第一個考量。第二個考量，剛剛我提到，就是地方的領導、招商、引資、改善、提升就業環境的能力跟企圖心、執行力，這兩個在長江流域就展現了它的實力，有很好的學校體系，有很好的領導，可以去招商引資；另外一個就是一段時間以後，他也擁有一個不錯的零組件的工業。所以這些組裝業的、大型的、高科技產業開始進中國大陸，不願進廣東，就開始往長江流域走。另外一個，長江流域剛好是中國大陸的中心線，你要做內銷，剛好是往兩邊輻射，就是因為這個因素，就使得中大型企業往長江流域走。那時候剛好因緣際會，如果蘇州工業園區搞上來了，李光耀的新加坡園區搞上來了，大概台灣的企業就會以蘇州為主要的架構。但是，不幸的，李光耀在蘇州並不是一個成功的例子，所以台灣的企業往蘇州走的意願，其實就不強。接著呢，昆山的領導積極招商，又因為昆山很接近上海，我們又以出口為導向，所以我們以接近出口港的

另外一個思維，就找到昆山。而它的成本又比上海便宜，它要人才又沒有困難，又離上海近，成本又比上海便宜，包括人的成本，以及土地成本，包括地方政府的稅收的成本，其實都是很低的，就因為這樣子，開始大幅度的進到大陸。這些中大型的企業進去了以後，就很快的帶動了產業鏈，上下游的體系，因為我們just in time，所以我們就鼓勵、要求，我們很多的產業就一頭栽進去了！這個產業鏈，稱作群聚效應。所以它有timing，剛好大家不願意到珠江三角洲來，金寶早期去，所以金寶就掉到廣東去了，跑到東莞；接著仁寶要進去，我們有東莞的經驗，就不再進去了，就往長江流域走！

問：我們研究昆山的產業群聚，發現它跟西方的產業群聚，有點性質上不太一樣，像英國的紡織，它有一個產業的群聚過程，它可能更大的是市場的力量，但是當時我們說昆山要做筆記型電腦，它是龍頭效應，先把龍頭抓住，然後這零組件拆開來，你缺什麼東西，就到台灣找廠商，所以龍頭來了，龍身龍尾自然就來了，尤其政府一些主動性的作為，甚至提供一些優惠，他的服務效率高，是不是在整個產業鏈興起過程中，政府也起了非常關鍵的角色？

答：中國大陸是一個人治的國家，地方領導可以拍板。中央跟地方的財政劃分，該歸中央的歸中央；該歸地方的他有百分之一百的運用權，可以降低所有的稅收，也可以降低所有的利益。

問：以科學園區的建設來講，昆山是個成功的例子，像東莞的松山湖可能就是一個不成功的例子。

答：我覺得東莞那邊的穩定度是不足的，企業所需要的人才，需要加強。另外，廣東其實它是一個富庶的省份。廣東的GDP好像已經超過台灣了！全世界有很多的企業都願意到廣東，所以廣東它其實也是有恃

無恐。它已經是全中國最富庶的省份，然後世界的工廠五百大都有在他們那邊，所以對很多地方的領導來說，想要積極招商的意願其實也沒有那麼強烈。長江流域一帶的領導還在積極擴充招商的品質，改善投資環境，對有一些廠商而言，就不一定要到廣東去了，我有別的更好的選擇，我為什麼繼續在這裡？所以相對如果當它有競爭的時候，馬上會被看到它的優劣地位。其實長江流域的人，相對來說素質比較好；廣東因為全部都是外省市的人，所以那個流動率其實很高。企業就不願意投入更多的人才培育跟教育，因為培養了還是別人的人，培養人之後人就不見了嘛！長江流域相對就比較好。

問：這是我的錢在玩，不是開玩笑的！

答：因為我如果去南京，或是昆山，我的人員流動率很低，我很多的人才進來，是長期的投資、永續發展的基礎和能量就會存在。如果去一個地方，流動率很高，人不穩定，價值觀又扭曲，那你當然不願意去。因為我們常常跟員工講，明年會多好，我們大家對未來有一個期待值，然後你多給他一點錢，他會留下來。

問：我們和昆山政府打交道，像董事長是科技大廠，你的影響一定非常明顯，你提的建議他一定也會回應，那像台商協會它起的作用是不是因人而異呢？還是因時期而異？

答：當然會，台商協會因不同時期、不同人，當然會有關係。

問：我想我們剛才講了一個現實主義的原則，如果我們分為萌芽期、繁榮期和飽和期。那麼我想你只要是科技廠，又是大廠，又符合他現在的科技產業政策的話，你的影響自然就大；那反過來說，你是傳統產業，又是中小企業的，它是不是也是一個強烈的現實主義原則？

答： 沒有錯，你這句話我絕對可以同意。管理非常的人性。

問： 你像那個昆山的富士康當時它的負責人，他的影響力絕對會比現在的會長來得強。

答： 我同意你的話，我給它的說法就是人性，這很現實的一件事。三年前，我帶領電電公會，我答應杭州市政府，辦了一個電子展，盡全力去協助它。電子展開幕典禮的前一個晚上，昆山的管市長，帶了三、四十個人，包括政府官員，包括台商，專程到杭州來請我吃飯。第二天開幕的時候，杭州的市長發飆，就罵了那些幹部，昆山政府的官員市長專程到杭州來請他吃飯，我們的人呢？昆山的這些領導，人對了，事對了，該做了，他就一頭栽進去做，他們從昆山大老遠，帶三、四十個人來，跑到杭州，到人家的地盤來請你吃飯。

問： 聽說越南北部他都跑去考察。

答： 書記也去，市長也去，都跑到台灣來！我說喔，通常我也沒在管，你就跟我工廠的總經理談就好，我也把我們的公司政策告訴總經理。總經理告訴你，越南只不過是我們東協的組成部分，因為仁寶在東協沒有工廠，所以他一定要到越南布局，不然我在東南亞相對就沒有競爭力，我的客人會complain，就是這麼簡單。我還會在昆山繼續投資，他還一定要我去跑一趟，他要面對面來跟我談。我就說我已委請總經理說過了，他說：「我還是要從你口中聽到，越南只是你要增加東協的據點而已。」

　　這並不代表是你放棄了昆山！我們是龍頭廠商，它當然是具有指標意義，你是誰當然是有關係！

問： 你現在這個在地化是不是也是非常積極？等於台灣核心的幹部還是要派，但是在地化的幹部也是基本上要落實？

答：對，在地化其實是我一直在推動的一個機制。所以我說未來台灣要走的是資本密集、技術密集跟知識密集的產業。但既然你把知識密集、技術密集、勞力密集的產業先全球布局去了，不管你是提升競爭力，還是增加經濟區塊等因素，那你當然要運用當地的人加工，那這樣才能將你的布局全球化。不然你丟了幾百個人的台灣幹部，你根本沒有辦法去延伸。我舉我們金寶的例子好了，金寶在1988年前進泰國，1989年我們正式在泰國投產。我當時從金寶帶了33個幹部到泰國去，現在我們泰國有五個工廠，七千多個員工，泰國金寶是泰國最大的製造基地，我們去年幫泰國政府大概創造三十億美金的出口。但我現在在泰國只有五個幹部，我連廠長都是泰國人。泰國是一個沒有衛星工業也沒有電子業的地方。我自己培養人才，成立所謂的品質大學，我就把台灣的幹部調到那邊，把當地我們要培養的這些新秀、年輕的幹部、工程師，我們培養他、教育他、教他們怎麼管理、怎麼看報表、怎麼經營……慢慢那些人就變課長，變副理，變經理，變處長，變廠長，我五個廠的廠長都是外國人。當時我們的泰國金寶要到昆山去，台灣金寶是轉投資泰國，一個泰國金寶，泰國金寶他也想再擴充，他也不想只留在泰國，他說他也要去大陸，他就跑到昆山。你說泰國金寶要到昆山的時候，我們要去招聘在泰國的中國人、大陸人做儲備幹部，我們就開始訓練他們，讓他們下線，到線上去。一千人全部培養完了以後，當他們要到珠江的時候，我們叫做成功的模式copy。我們就把泰國管理的那一套，就copy到珠江去。他要copy的時候，就是你所謂的在地化、本土化。那時候要copy的人，就是中國大陸的人，包括我們一小部分的台灣的幹部，然後就成立一個team在那邊。因為那時候我曾經問了我們泰國金寶總經理一個問題，我說我們泰國是很成功的，但是你得告訴我，你進中國大陸要怎麼成功？他說，董事長你很奇怪，我就把成功的模式copy過去就好了，有什麼不能成功？沒有

錯啊，衛星工廠也是那麼做啊！包括我們的管理體系也是這麼做啊！

問：經營企業確實不容易！

答：一步一腳印，我常說電子業是踩著前人的血跡走過去的！而且一路上血流成河！當台灣開始要做Notebook的時候，台灣大概一、兩百家做Notebook的廠商。當時我就預言，台灣大概只能剩下十家，大概能夠賺錢的就前面三、四家。果然現在我們台灣剩不到十家，兩個手指頭就夠算了！

問：像華宇就不見了，有些即使到大陸設廠，但是也玩不下去！

答：幾百家，就這樣一路倒，一路不見！當時我就做個預言，1997我提出一個概念，叫做全世界將進入完全競爭的時代。因為是金融風暴，那我開始談一些概念，包括理財的概念，包括負債比例的概念，裡面就談到1997將進入完全競爭的時代，有七個因素，第三個因素就是全球化、自由化。全球化、自由化，可以讓「大者恆大，強者恆強」。這沒有辦法僥倖。完全憑實力，該倒的就倒掉了，滿地血流成河！

問：企業競爭與淘汰十分激烈？

答：商業週刊曾經有一篇報導，對1993-2002年，十年的時間，他去追蹤台灣一百大企業，結果有47家企業不見了。不是倒閉了，就是後退，不然就是別人成長的幅度超前，很現實，真的是非常現實！全球化以後，會讓很多的企業生態改變！

台商轉型升級與競爭力提升

張寶誠
（台灣生產力中心總經理）

◎訪談重點

- 台商過去二十年大陸投資的綜合評價
- 及早轉型升級才有生存空間
- 金融風暴下轉型升級優勢與挑戰
- 台商開拓內需市場策略聯盟
- 建立台商品牌與通路阻力和問題
- 提升台灣產業競爭力與分散市場之努力

問：您對台商過去二十年大陸投資的綜合評價為何？

答：一九八〇年代台灣企業面臨台幣升值、物料成本上漲、國內市場趨近飽和的經營困境下，開始思考對外投資布局。加上全球化下，產業的快速變化及劇烈競爭，企業多以尋求低成本的經營方式，爭取利潤空間。

中國大陸在當時即憑藉著龐大的勞力人口、低廉生產成本，以及與台灣同文同種和地緣上的優勢，吸引眾多勞力密集度高、技術層次較低的企業前往投資，尤其在大陸華南、華中地區的一級城市為主要設廠經營之地點。隨著全球化的觀點與布局，以及市場發展潛力等考量因素，中國大陸漸成為全球企業海外設廠的必爭之地。

然而過去以成本為考量的優勢，近年已起了重大變化。中國大陸近期以來新法修訂頒布，以及相關投資政策的修改，諸如出口退稅調整、《企業所得稅法》、《勞動合同法》等，反而造成台商在當地營運成本上的壓力與企業經營上的困境問題。

加上中國大陸產業政策已朝向鼓勵在產業升級上做調整，致使多數傳統製造業原有投資環境優惠消失，不利於勞力密集且技術含量低的產業發展；且加上部分法規如《勞動合同法》……等頒布，台商經營管理需要進一步調整。現階段以傳統加工製造產業、勞力密集為主之台商企業首當其衝，受到重大影響。

大陸當局的積極轉型企圖，勢必影響已辛勤在大陸經營多年的台商企業未來的營運方向。過去大陸整體投資策略上為「招商引資」，利用各項優惠措施與方案，目的在吸引各項產業的前往投資。然其階段性目的已達成，其現階段則以「招商選資」為策略，而將所謂「高污染、高耗能、高危險」性的「三高」產業摒除在外。另方面則大力發展「高端服務業」、「高端製造業」、「高新技術產業」等另外的「三高」產業，同時試圖將沿海地區高度發展的勞力密集產業移至內

陸地區。在一連串的政策措施調整下，已在大陸當地設廠投資之台商，應就低附加價值的勞力密集產業屬性，進行產業轉型或升級。

　　另外，也隨著投資市場的飽和、價格的激烈競爭，以及大陸當地企業的崛起，大陸政府對台商原有的優惠政策正逐漸縮小甚至消失。加以目前國際上的金融海嘯風波，對許多台商而言無疑是雪上加霜。不少台商企業現在皆面臨營運資金無法接續周轉、訂單減少造成停工或是關廠的危機。唯有早期紮根深厚、穩健經營的台商，有較好的應變能力。在此一波波的環境挑戰與市場變動下，台商企業應對中國大陸的投資，做好新的策略調整與規畫，才能在瞬息萬變的投資環境下保持高度競爭力，以達永續經營的目標。

　　此外，台商面臨的問題也包括：中國大陸代工的崛起、產業動向不易掌握、以往成功經驗無法依循、降低成本跟不上降價壓力、替代原料開發不易、毛利無法提升等，皆造成近來製造業者生產管理的困境。中國生產力中心輔導台商企業，實際於大陸當地接觸台商朋友，也深切體會到台商所面臨的壓力。從輔導眾多企業的經驗中，我們歸納出在大陸的台商目前經營面的整體難題，有幾下幾點：

(1) 本身核心競爭力及其優勢所在無法釐清。

(2) 公司對未來新產品，或新事業的規畫能量不足。

(3) 研發人員對市場敏銳度、創新能力不足。在以業務優先導向下，未能在技術上尋求突破，難以掌握創新關鍵因素。

(4) 在大陸之台商多以OEM為主，能對顧客與產品開發回應速度快，但創新能量及對智財權管理掌控上則顯得較弱。

(5) 業務目標不易掌握、生產成本太高、標準作業未落實、整體效率無法提升，造成一連串的惡性循環。

　　另外，就企業內部管理來看，經營、管理及執行面產生斷層而無法整合，同時存在以下問題：

(1) 找不到合適的管理人才：台商多為中小企業，辛勤努力經營的背後，時常看到經營者每天忙於解決管理上的問題；管理者每天忙於解決執行問題；基層員工無法有效發揮核心專長；主管人員及幹部的國際觀不足、經營的視野無法提高。且普遍而言管理上的人力成本過高，幹部管理能力不足或無法分擔經營者的責任。

(2) 跨部門的整合與溝通不易：部門間對企業目標的整合與溝通產生差異，各自堅持本位主義，彼此協調不易，無法進行良好溝通。內部共識難以達成，形成資源分散，縱然有管理制度的訂立與推行，但是無法有效在執行力上落實。

(3) 人力資源觀念的缺乏：台商運用大陸當地人力，但對人力多未視為一項資源做完整與系統性規畫，基本之教育訓練亦未能落實安排與執行，員工本身缺乏學習的動機亦是原因之一。

現今能在大陸地區生存與發展的廠商，一者是掌握了上游零組件供應商。這類廠商為了壓低製造成本，不斷往上游零組件做整合，利用併購或內部創業的方式，取得優先出貨與價格便宜的零組件；再者為取得經濟規模，就取得與上游零組件供應商價格上的談判優勢，以優惠的零組件價格降低生產成本，並繼續保持經濟規模。

面對過去一段期間以來，大陸台商企業含辛茹苦地度過景氣的寒冬，已能體會到積極加強內部經營體質改善的重要性。多數企業亦利用此段期間加強員工教育訓練、提升人力素質，朝向企業內部精實管理的推動。掌控成本關鍵因素，並且以建立創新與創意為主軸，培養出具有核心競爭力的產品，在市場上爭得一席之地。無論是傳統產業還是現代化IT製造業，企業只有紮實本身內部經營管理，以及擁有良好、被市場認可、被大眾接受的核心產品才是生存的先決條件。

台商在大陸投資設廠，需確保企業自身核心優勢與高度競爭力。除了奠基企業的基礎結構外，更應妥善採用改善企業經營管理的技術

與方法，逐步強化經營體質、適時修正企業經營方向、釐清營運目標，及加強資源的整合與應用，以達到引領企業朝向最大效益的發展。亦即無懼環境的嚴苛，藉由升級與轉型策略，於技術升級、創新研發能力的提升，找尋突破的方法。重新調整企業經營體質，釐清核心競爭力，整合資源或企業策略結盟，俾轉化危機為契機，給予企業嶄新的生命。

問： 幾年前您就同台商說過，要做轉型升級，當時台商不聽，現在吃到苦果了，當時您是怎麼看這個問題的嚴重性和預見性？

答： 企業發展過程如處於順境中，就要擔心是否會沉溺在創造輝煌歷史的時刻，而沒有憂患意識和面對危機精神，順境造成盲目的樂觀。當時接觸在大陸台商，幾乎個個對投資的企業前景一片看好，加上大陸當地政府為吸引台商設廠與持續投資上的加碼，對台商企業釋出各項禮遇方式與優惠措施。只要願意設廠投資，任何的事都好商量。

　　然大陸仍一直處在人治為重的格局上，政策與各項作法上，因地而異、因人而異。且說變就變，常不須經過一定的立法程序或規範，招商手段的背後，實際隱藏著看不見的「幕後黑手」。廠商企業一旦習於榮景，習於享有經營上應有的優惠，時間一長，會對生存環境的變化渾然不覺，從而失去競爭力；待意識到變化來臨，已無力應變，最終被市場淘汰。大陸近年經濟政策的演變，加上全球金融風暴的襲擊，諸多實例已處處可見。

　　大陸經濟一直有著過熱與過冷兩個不同方向的力道。例如試圖以宏觀調控的政策方式來掌握一個13億人口的經濟過熱現象。其也擔心一旦經濟出現意外的波動，將對大陸當局政經發展之全局產生重大不利影響。身在大陸的台商，在當時面對經濟總體形勢良好的情況下，其實更應要保持頭腦清醒、見微知著、居安思危，做好應對各種可能

的挑戰和對預期風險做準備，把握面對變局的主動權。

　　大陸台商企業在面對當地投資環境的高度不穩定性，以及近世紀以來最嚴重的金融風暴下，加上投資方面訊息接收無法同步，資源取得的難易程度不同，至今多數的台商在經營管理方面仍處於「單打獨鬥、孤掌難鳴」的處境。

　　然在全球化經營布局之趨勢下，企業間亦逐漸脫離單一個體的經營模式而朝向彼此合作、策略聯盟的方向發展。全球區域分工下所產生的比較利益與高度競爭，原就已讓許多企業感受到了生存壓力，重新思考未來的營運方式，以及在新舊世代交替中如何有效整合資源、並從中獲利，成為企業經營刻不容緩的重要議題。對此些全球經營環境的變化與趨勢，亦是企業經營者所要觀察與體會。

　　對於企業經營者來說，要能「先知先覺」，時時保有「危機意識」與「洞察力」，應視「危機」並非意外，而是一種必然與可見。對於「後知後覺」的幹部，必須給予其危機感，對於「不知不覺」的員工，則要製造危機，以加深員工的危機意識和緊迫感。企業亦正是在不斷地挑戰內部與外部的危機中實現成長與卓越的。以更務實心態面對環境，更正確地使用管理工具加以輔助，借助危機使企業進行再造，企業本身競爭力要能提升，方足以抵禦外在環境的變化。

問：台商在金融風暴下，轉型升級有何優勢，面臨何種挑戰？

答：「升級」與「轉型」是此波台商企業面對全球景氣變動與大陸經濟政策調整下，所提出因應的策略。「升級」強調效率之量變，當企業升級到一定程度時，為轉型立下基礎；「轉型」強調效能之質變，當企業轉型到另一種業態後，亦需不斷升級，以求效率之提升。「升級」需「時時」持續不斷地去做；「轉型」則是「適時」在有規畫及策略的引導下展開，此兩者亦是企業追求卓越需歷經不斷循環的過程。個

人對「升級」與「轉型」亦有如下之定義：

「升級」指的是本業生產效率之再精進，是著重在：研究發展、技術輸入、技術合作、技術購買、專利授權、自動化生產技術或設備、防治污染技術或設備、工業設計、人才培訓、建立國際品牌形象等「知識密集化」升級活動的加強。

「轉型」則是強調企業主體策略之轉向，包括：營運政策、供應鏈向前或向後整合，以及業態轉換等，常反應在營收比重之改變。「轉型」通常以產業升級為基礎，進一步力求原產業橫向或縱向之延伸拓展，或採行深耕高附加價值的焦點式經營模式。

值得提出來的是，「升級」需著重在「多面向」以及「持續性」的思維模式，多點式解決產業問題，並將其觀念貫徹到每一位組織內成員意識中，隨時思考如何變革，並隨時做好變革心理準備；另方面，「轉型」的重點則於「時機適切性」，要能善用管理工具，進行企業體質調整，藉由「以人為中心」的知識價值與智慧資本，導入有效的管理工具與技術，方能建構成功策略。

台商企業經營者前往大陸設廠投資，其多在學習能力、創新能力、市場敏銳度有一定的的思考與既有之優勢。能以具彈性、講效率及重品質之中小型企業運作體制，要在經管與技術層面成功升級轉型，有決心、執行力與魄力，其升級轉型之發展將最為快速。

然在升級或轉型過程中，經營者應引領改變，由每天的「忙、盲、茫」轉變為「快、變、行」。必須做到「講目標」、「講方法」、「講績效」，迅速做好策略擬定、確實掌握時機、培養獨當一面的將領、建立可操作性的規章制度，發揮關鍵的「整合的能力」，分工與運用台灣與大陸兩地優勢資源，包括人力資源、研發、採購、行銷、資金、資訊、制度、軟體系統等。尋求同業可共同運用資源或策略聯盟、異業可互相配合的利基，或政府及公協會團體的專案與專

業協助，以降低成本，保有生存空間與企業競爭力。

前往大陸設廠投資的台商，絕大多數為中小企業，亦多有家族企業經營的模式。然當外在環境改變，常會因經營者本身對應變的敏銳度及思維反應不足，而錯失轉型升級的契機。企業若想快速地進行升級與轉型，勢必從經營上的創新與加強創新的精緻程度著手，而要達到這樣的目標，則必須善用策略型管理技術與工具，才能加速卓越企業的腳步。縱觀台商在進行升級與轉型上，所面對的問題與挑戰在於：

(1)　企業經營體質的穩健與成長

中國生產力中心於2009年，針對731家企業管理工具的運用，進行調查結果顯示，在國內的企業依然對於「標準化、制度化」，有關的生產品質控管工具之採用的提升較重視。然而，當前台商企業面臨升級與轉型壓力，企業必須務實面對現處之環境。更必須正確地使用管理工具加以輔助，並提出企業體質提升與確保競爭力的方案，有其絕對之必要。以下提出幾項有效提供企業升級之管理工具供參酌運用：

(A) 經營績效整合管理(Total Performance Integration Management, TPIM)。

(B) 精實生產系統(Lean Production System, LEAN)

(C) 全員參與生產保全(Total Productive Maintenance, TPM)

(D) 全面品質管理(Total Quality Maintenance, TQM)

(E) 知識管理(Knowledge Management, KM)

(F) 卓越經營評量(Business Excellence Performance Assessment Superior System, BEPASS)

(G) 智慧資本評量(Intellectual Capital Rating, IC Rating)

同時，企業進行轉型之管理手法，包括：

(A) 群聚輔導(cluster)

透過群聚促進產業上中下游垂直或同業與異業的水平整合、資源共享、優勢互補，找出創新模式與轉型契機。

(B) 創新產品與服務(Innovation Technology & Service)

應用資訊與通訊科技(ICT)，將技術、產品與服務進行融合與應用，產生新價值與新服務。

(2) 落實績效管理塑育專業人才

「人對了，事情就對了！」公司在面對多變的環境時，更需要留住關鍵人才。

實現企業願景與目標的主體在於「人」，為了能夠達成企業的願景與目標，企業必須發掘、培養與訓練人才，給予其個人潛力發揮的空間及激勵，使職涯發展能與公司願景方向一致。企業人力資源管理的起點，在於清楚瞭解實現企業願景與目標，組織需要何種人才？具備哪些條件與特質？並以此方向進行員工能力的培育與價值觀的塑造。

企業可以透過績效管理的推動，塑造員工行為與思維模式。公司須清楚本身所重視的是什麼，明白的宣示與貫徹溝通，將之與績效做結合並且落實。績效管理重視什麼，員工就會留意什麼，行為方面亦會有所調整。

績效管理制度的實踐上，能結合組織策略目標與企業文化，在凝聚共識與透明運作的平衡計分卡(Balanced Scorecard, BSC)是一可操作運用之工具。平衡計分卡強調平衡的觀念，將企業願景轉換為具體、可實施的行動策略。由財務、顧客、流程與學習成長四個方面的構面衡量績效，尋求企業短期與長期目標、財務與非財務度量之間的平衡、落後與領先指標、外部與內部績效等之間的平衡狀態。

透過平衡計分卡的有效運作，關鍵績效指標 (KPI)務必建構與聯

結到員工的工作表現上。在學習與成長構面上，引領組織成員精進所需的知識、技能；在流程構面上，激發組織成員以創新及效率建立生產、營銷及服務方法；在顧客導向構面上，促使組織成員提升產品和服務的價值，促進顧客成功；在財務構面上，提升營運績效，提高股東的投資價值。

　　企業不論升級或轉型，不論運作推行何種管理工具，有必要以完善的績效管理制度與此些工具做結合。除藉以引導組織與人才快速成長外，經營者也更可以開誠布公地讓組織內人員知道公司與個人發展目標，藉由各項方案促動變革。經營者並以樂觀、熱情、正向價值觀來感染員工，讓員工都能看得見企業與自己清晰的未來藍圖，同時願意與組織承諾共創卓越的未來。

　　利用績效管理留下對公司企業價值觀認同，且有能力發展的關鍵人才。組織內人員願意及有熱忱於工作中展現其價值，塑造企業和員工間之同心與協力，這是企業所欲追求的方向及卓越的成功之關鍵因素。

問：您對台商開拓內需市場的看法與建議？與大陸內資策略聯盟是否具有可操作性？

答：台商必須積極與正確掌握大陸經貿的政策方向，尤其大陸在計畫經濟下，其政策所要推動的經濟發展方向，多要求向下貫徹。瞭解其對外資企業開拓內銷市場的開放與政策措施，例如在家電下鄉的政策中，外資企業是否有參與的機會，以及如何進行，有無法令或其他限制之規定。這是台商企業在此政策方向下，即應提早注意與瞭解。

　　台商企業開拓大陸內需市場是必然的方向，大陸龐大的消費人口及成長中的消費能力，其已由「中國製造」邁入「中國市場」。台商勢必要在此時掌握機先，適時調整營運策略方向。而在進行內需市場

開拓方面，有以下幾個項目可以供思考，包括：企業所面對的客戶是否為最終消費者？亦即真正的客戶在哪裡？企業如何建立分銷體系？如何建立客戶長久的合作關係？自身組織對市場的反應機制為何？市場行銷的模式、策略，以及人才是否具備？產品本身是要普通大眾化或本地化？在行銷上區域間如何進行整合？要由一級城市開始或由鄉村開拓發展？

企業不僅關注現在擁有什麼樣的資源和能力，更要關注內銷成功需要什麼樣的資源及能力，以及是否具備有效整合資源的能力。企業須具有明確的內銷營運目標、策略規畫、堅定轉型內銷的意志力、創業的激情與心態，以及決策者親力親為，並打造堅強的內銷團隊。

台商開拓內銷市場勢必兼具現今短期及未來長期效益，並非是簡單意義上的市場轉移，而是企業選擇持久發展的戰略轉型、升級與再造，這種轉型將與企業本身的資源及能力做匹配。在外銷轉內銷的熱潮中，台商不應盲目地跟進，應結合本身的資源來選擇切入內銷的路徑及方法，有以下幾項提出作為思考之建議。

(1) 產品的選擇與延伸

將在內需市場銷售之產品，與企業現有之產品是否差異？市場對公司產品的喜好與接受度如何？是否依區域市場之不同，而對產品設計或製造方式上做改良？

(2) 內銷與外銷之平衡

對原已在進行外銷之企業而言，如何在外銷市場之產品及產線資源中，做某一比例資源配置到內需市場上？當內需市場成長後，工廠的生產效率是否足以應付？是否足以具有相當之規模經濟以降低運營成本，以及其他管銷費用？

(3) 品牌與通路的掌控

內需市場的開拓上，成功與否最關鍵之因素即在自身品牌的建立

與通路的掌控能力。在產品市場中，以穩定的品質水準與滿足消費者真正的需求來建立品牌形象，用品牌來贏得市場消費的附加價值與利潤成長。如能掌握運作通路方面的優勢，是外銷轉內銷所應重視的未來問題。

是否與大陸內資企業進行聯盟合作，是可評估衡量之問題。大陸內資企業的優勢包括：具有低成本運作的成本優勢、熟悉市場且能靈活應對、現有分佈據點多、擴張迅速、受當地政府的支持等優勢；大陸目前已有許多知名的企業，在大陸享有全國性知名品牌，其知名度及通路遍佈大陸各省，像是海爾、聯想、中石化等。台商若能與這些知名企業進行優勢互補，以合資或合作策略聯盟方式，共同開拓大陸內銷市場，可以減少建立全國品牌及全國行銷通路上的風險。雙方若能夠建立長期的合作關係，將有助於台商生產的產品快速佔有大陸市場。若依此方式進行同時，台商對本身經管及代工生產方面之升級與精實，不能懈怠。

另一方面，對中小企業的台商而言，未來或現在最大的競爭威脅對手恐是大陸的民營企業。大陸民營企業在經過十多年的發展，部分亦具備靈活應變及積極打拼的精神。甚至其部分企業的實力已凌駕台商中小企業之上，或與台灣的大企業相較毫不遜色。台商若能善用其資源，與優秀的民營企業進行合作與策略聯盟，共同開拓大陸內銷市場，如能達到市場開拓、成本降低、競爭力提升，亦是樂見。

台商企業間若能彼此合作，形成共同物流系統與聯合採購系統，亦能大幅降低經營成本。台商之間能建立共同銷售賣場，則能產生綜效。台商之間要成功發展策略聯盟，最好是該行業上下游供應鏈的龍頭帶領，或是彼此之間能夠優勢與資源互補較易成功。此外，若能透過大陸各地台商協會帶頭規劃，除當地台商之整合外，各地台商協會間彼此更可以形成策略聯盟。協助台商企業的產品跨區域進行展示，

或協助台商企業的產品打入其本地市場，就此，台商的產品有機會塑造出全國性的知名品牌。

問：您認為在大陸建立台商品牌與通路是否可行？主要的阻力與問題何在？

答： 在大陸從事內銷事業發展、建立通路與品牌應著眼長期的發展策略，思索企業本身的真正客戶是誰？發展品牌的效益何在？其在短期無法從中得到利潤，甚至必須具有忍受與度過初期虧損的能力。若僅僅看到成本費用的陸續投入，但短期內卻看不到效益，恐將影響到品牌投資的持續。從無品牌到品牌建立，要當成一個新事業的開創過程，台商經營者必須慎重其事，此亦涉及企業發展方向的整體策略改變。

台商企業在大陸進行品牌的發展，有3個方向：

(1) 自有品牌：建立完全屬於企業自身的品牌來循序漸進拓展，自然其市場操作上具有一定難度，須相當人力、時間及經費成本；

(2) 代理品牌：借助國外品牌的優勢來建立通路管道，然企業可控能力弱，代理權亦有可能轉移；

(3) 貼牌生產：即為大陸知名通路企業進行產品的代工，然這只能作為企業一種過渡期的操作方式。初期目的在降低風險，過程中須學習內銷的操作模式。

根據接觸台商的反應訊息，多數台商在大陸開拓大陸內銷市場遇到的問題多在於政策法規不明確，以及法規的可依循性不完善，此亦是台商建立品牌、開拓大陸內銷市場最主要的進入障礙；另方面，大陸各地區當地政府多有各種名目的費用收取，更增加台商許多無形的成本，仿冒、偽造與專利侵權等行為，以及在大陸發生商業糾紛時常不易處理，此皆是台商開拓大陸內銷市場的主要障礙。

就目前大陸整體環境而言，在短期內前述的問題是不易解決與改

善的，然此些現象皆是影響發展內需市場及建立品牌上的重要因素。因此，台商必須審慎思考自身產品在擬訂發展品牌與通路上，可能的問題點。並能事先評估可以承受的風險，預先擬定因應對策，期能以穩紮穩打之方式，開拓出企業另一個成長曲線。

問：面對兩岸經貿發展與台灣經濟衰退，如何提升台灣產業競爭力與分散市場之努力？

答：經過金融海嘯的衝擊，對岸的中國大陸積極不斷地計畫發展經濟，硬體方面的建設一日千里。台灣能否在此時此刻之後的世界產業鏈結構中再次佔據有一席之地，端賴台灣產業能否掌握「升級」與「轉型」契機。有以下幾點提出看法：

(1) 台灣企業須具備更健全之經營體質

外在經濟與競爭環境的持續變動，是唯一不變的事實。企業本身不論位居何處，皆應保持組織的靈活彈性，將「持續改善」注入企業文化中，以能隨時面對新的外界局勢與競爭局面。

況且組織在於以人組成，大陸之人文發展與員工素質一時之間仍無法大幅提升，人力資源問題依舊存在。台灣企業須能建立一套建全之管理制度，持續地輔以人才教育養成訓練，企業提升人力品質，穩紮穩打、永續經營。

(2) 加強對轉型升級的認知與作為

大陸各項政經發展之作法與趨勢，已在在顯示其對經濟之重視與努力於產業之提升。尤其在沿海之區域，原先勞力密集或純粹以加工為主之產業，已漸受到大陸政府財稅等措施之變動，引導朝向內陸發展。加上大陸各地陸資的興起與實力的提升，台灣產業必須將轉型升級，由口號迅速導向可以具體行動的步驟，並應多利用政府協助產業轉型升級之計畫落實實踐。

(3) 大陸加工、台灣出貨

台灣部分產品，仍可以評估製造與加工之成本，如在大陸地區有相對加工成本較低之優勢，配合與台灣距離近，海運便利下，可於台灣各加工出口港設立成品組裝、檢驗工廠，形成零組件在大陸生產，成品在台灣出貨之模式。

(4) 重新評估產業本身與其他地區之相對利基優勢

台灣之產業須進一步瞭解與進行本身核心競爭力之優劣勢分析，配合政府經濟發展政策，清楚產業之優勢，或在相對劣勢上可利用互補之作法。例如公司仍以勞力密集為主，人力成本將是重要之衡量指標，企業未能導向自動化轉型升級下，仍可將研發之重心留在台灣，評估其他地區人力工資成本仍低之地區進行投資選擇。在台灣，也有相當多產業發展自動化、高科技化、生產效率化；或產品研發設計上加入許多創意元素，或精品設計，進而在世界市場嶄露頭角。

(5) 價值創新，永無止盡

台灣的產業要升級或轉型以提升企業競爭力，亦可由「價值創新」的觀念下，由三個角度著眼：第一在用心、仔細地發掘客戶群潛在的需求，提供客戶群有價值、其真正所需要的的創新服務；第二是設法提升產業本身整合模式的創新價值；第三則是思考如何進一步替客戶創造增值。台灣產業從「價值創新」的思維進行全盤的分析及整合，進而超越全球其他競爭對手。

(6) 群策群力，策略聯盟

台灣產業須能再以中心廠結合衛星廠、群聚方式，更加密切進行垂直或尋求水平策略聯盟、資源整合的合作之方式，讓資源可以進行共享，彼此優劣勢互補。以群聚聯盟的方式與國外供應商、客戶商洽訂單時，亦可有一定之規模經濟，本身享有議價之空

間；單打獨鬥勢將顯得孤軍奮戰，遇有難事時亦孤立無援。

透過上中下游進行創造附加價值並做整合，進行策略聯盟，並能在產品上實施差異化，由最根本瞭解「價值」所在。尤其在於如何主動挖掘客戶的需求並將其轉化為價值，同時將產業中各企業的價值鏈整合起來。目前世界各企業間競爭激烈，幾乎回歸到最基本的利用價格來作競爭。面對此一現象，企業只有學會價值創新，才能順利形成台灣產業的競爭力。

面對挑戰全球化競爭與日趨艱鉅的營運環境，台灣產業唯有隨時檢視、調整營運模式與未來發展方向，聚焦核心能力，採取經過全盤考量的整合性發展方案，方能突破關鍵瓶頸問題，常保台灣發展競爭優勢。

金融風暴因應與轉型升級

Ａ台商

◎**訪談重點**

- 大陸地方政府學習能力強
- 地方政府積極因應金融風暴衝擊
- 台商回台上市多有更積極作為
- 各地台商協會評價與優勢
- 協會具實力與團結才有影響力
- 轉型升級與品牌經營策略
- 危機意識不足就是危機
- 台商協會公益取向與社會認同
- 政府政策貼近市場與現實

問：台商當年去東莞投資，當地經濟條件比較落後，哪些政策措施影響當地政府的行為？譬如說昆山的出口加工區，基本上是把台灣那塊東西搬過來，這當然是昆山那裡很大的一個特色。那像東莞這一塊，有沒有哪些比較具體的？因為台協的建議，東莞政府來推動的、來改變的？不論在行政措施上？或是效率上？比較具體的有哪些？

答：這都會啊！當初我們進去的時候，我和他們的政府官員講，台灣的進步，一步一腳印，中國的進步是跳躍式的。你指的是台灣帶過去，我認為全世界成熟的東西一次到位，所以他不要學習。你最好自己學習好，整套帶過來給我，全世界，不只台灣這樣帶，全世界都這樣子。從江蘇，所謂的高科技園區，只要這三年能做的，硬體來講，哪一個不比新竹科學園區強？東莞有一個松山湖科學園區，為什麼松山湖不成功？因為政府的關係，太晚。台商也好，特別他要去大陸投資，階段不同啊，松山湖是中小區位，為什麼？偷跑的！沒去會死啊！違法也去啊！長三角中大企業，得看政府臉色。

　　至於你說，我們搬過去的東西，你現在來看，整個台商到珠三角，中小企業和當初台灣的那一套有沒有一樣？通通一樣！第二個，你說獎勵政策，現在東莞政府的獎勵政策，沒有比台灣政府給的少；產業轉型升級、創新研發通通有。這就是你講的，我們和政府建議，當初台灣的中小企業怎麼起來的？他就可以好好的來聽我們建議嘛，結果他們採納了，現在比我們更優惠了啊！比你做得更好啊！這就是你講的這個問題嘛！過去多年來，光講這一波，東莞市大概少收一百億規費（減費）。三大項，一場地使用費，二堤防維護費，現在就是減半嘛！那你想想看，一萬五千家的企業，每個減半，留多少？第三個，殘障基金，那個殘障基金算法是用人頭的，如果工廠員工1,500人，殘障基金一年大概交28萬（人民幣），一百多萬台幣；所以一家大概幾萬到幾十萬，小的企業大概是好幾十萬，大的企業好幾

百萬，這就是我們建議的。

　　我的朋友協助台資企業轉型升級，關於產業升級，我和政府談的第一個，是企業還有命，沒有命的話還升什麼級？降低經營的成本，才有延續力，這就第一個，人家也做了！

問：減費不是減稅？

答：稅！這不是地方政府的事情！費，才是地方政府有權的事情！第二個，升級除了減費之外，還可以怎麼辦？我就動用那邊的經費，來動用台灣各大財團法人，台灣經濟部下的十六個財團法人，我大概找了九個，對台資企業進行協助。其實兩岸政府口口聲聲說要幫助台商企業，講得很好聽，實質做的還是有限。經濟部底下這幾個財團法人，現在照法律是不能到大陸設辦事處的，也不能夠幫我們的！中國大陸也不允許他掛牌啊，兩邊政府都要檢討。幫助企業有甚麼不好呢？所以說要給他建議啊，我和這邊的長官也這麼講，那邊的領導我也這樣講。今天台商有困難，幫助台商度過難關，不是台灣政府唯一的責任，也不是東莞市政府唯一的責任，兩邊都要付出。也不能老是回娘家端錢啊，我在這邊你至少也不能一毛不拔！兩邊都要付出！

　　你剛講場地，他租了一大片辦公室給我們這邊，三年一租還給你裝潢好。更重要的，這些單位，台灣政府不會給錢，誰給？第一步，企業向協會來申請。我希望我的企業請專家來診斷，經濟部也做這個事情，一年全國才一百二十家，一年拿一千兩百萬。去年，我就拿六十四家；今年，都炒熱了，大家沒有人要了，我拿三十二家，我六千多家，現在不到一百家。我建議市政府，市政府同意啊，只要你們協會申請要診斷，每一家補助五萬；派人來診斷，自己出一萬，政府給四萬，不能自己一毛不拔，他給你付百分之八十夠了吧。診斷好了以後，如果沒病當然就好了；如果有病要怎麼辦呢？治療啊！就請

他來輔導！中國生產力中心也好、資策會也好、金屬研究中心也好。這些人只要申請，協會批准通過的，診斷過了，寫報告簡單嘛！我來替你診斷哪些部分，一年一百萬人民幣，東莞市政府補助百分之五十，夠好吧！

　　第三個例子，我們有申請補助啊，自打品牌也有、創新也有、研發也有。我們不是有工程中心？工廠可以來申請工程中心，通過了可以補助一百萬，研發的很多加加起來，通過補助就一百萬。所以現在東莞補助加加起來，可以給我們的企業，無分本地企業，通通一樣，只要符合標準，通通可以通過！比如講，我要研發什麼東西，我看哪個大學，例如我要跟政大合作，看是哪個科系，就直接提出申請批准，他補助你五十萬。學校你大概會拿我二到三十萬，我就丟東西給你研發，成果就是我的，這些都是我們提的。其實昆山是講好的很好，但我是實質拿出來的，所以我敢大聲講。現在全中國企業轉型升級，台商協會也好，政府也好，做得最多的大概就只有我們東莞，我一個月二十幾天都在搞這種事情，

問：東莞政府做了很多的事情，但是我們過去的印象是東莞市政府並不是那麼有效率。或者是對台商的回應能力，並沒有想得那麼好，這是我們錯誤的印象嗎？

答：你們這個資料，我在這邊講不客氣的話，全中國108個台商協會，唯一有自主能力的台商協會只有東莞！

問：我說的是東莞市政府！

答：如果東莞市政府不支持台商，我們會有自主能力嗎？你哪一個有自主能力？昆山嗎？上海、北京可以嗎？他們所有的東西先到台辦，都是台辦做的，唯一有專職秘書長的只有我們一個，我們自己可以獨立做

事情的！其他都是經濟處長兼的，即使有，也沒有實權，所以你說他們有沒有配合我們、協助我們？當然，以前大家也不用那麼在意政府怎麼樣，老實講，為什麼？因為地方的權力是有限的，你說昆山也好，上海、廣州都一樣，稅務、海關……所以你們資料哪裡來？電電公會的資料？他們的資料都是前三年，因為風險一堆，今天很簡單，我們自己有跑過，大部分的調查都有設計過的，回答都有統一的！我也可以搞一次，何必呢？後來政府又不在意這個事情，一開始很在意，我不知道是哪一個專職去拜會電電公會，後來又不管了，為什麼？不相信電電公會的調查，你們說你那麼好，有沒有成長四、五百家台資企業？東莞每年成長四、五百家，倒掉又再進來，進來就這麼多。政府其實不要找麻煩就好，產業鏈完整，全中國最完整的就是東莞，還有哪個地方那麼完整。

問：但你們那邊做筆記型電腦不行吧？昆山的整個產業鏈是最完整的！

答：東莞也做得起來，東莞組一台電腦，不用外來的就可以做！

問：政府一直很積極回應台商的需求？

答：我剛剛講太晚，但他也動作很快，很快就馬上轉過來。然後我們現在的企業比較單純的關係，你只要是他鼓勵你的，他研發中心設在這裡，條件你開了，你要怎麼建，通通搭配你；你不用拿錢也沒關係，照你的條件弄好，三年、五年……聽說大話新聞那天報說：東莞市政府鼓勵台商回來上市，補助兩千兩百萬，目的就是掏空，這個會被罵！上個月我上電視，就有談到這個轉型升級。我說喔：我感覺台灣的名嘴實在是很無恥，不懂又不查證；不查證又亂報，社會亂源就是這些人。

　　我說他們很奇怪，東莞市政府是要鼓勵台商回來掏空？他們腦子

不知道在想什麼？有沒有搞清楚！第一，東莞的企業只要落戶籍在東莞，不管你甚麼商；第二，不管你在哪裡上市，沒有一定說要回台灣才可以，可以在大陸，全世界都可以，怎麼會叫掏空？第三，人家也很聰明，不是你一申請，就能得到兩千兩百萬人民幣。申請了，給你一百萬人民幣，通過了再給你一百萬，另外兩千萬分三年，你不是要繳稅嗎？會扣，多聰明啊！為什麼要補助？如果一年能扶助十家，不管他在哪裡上市；十年之後他有一百家上市公司，從中小變大企業，在他的市裡面，這是不是強勢啊！人家很有眼光。全中國地級市最有錢的就是東莞，最捨得花錢給台商的就是東莞市政府。

問：像你的Ａ公司可以轉上市嗎？

答：不可以，因為我是用台灣的上，我剛講，要落籍在這裡，所以我現在要把東莞的做切割，就變成東莞Ａ公司，可以切啊，很多都這樣切的。我現在台灣的業績也沒有併回來，如果我回來上市就兩千兩百萬，一億多台幣！還有哪個政策這樣！珠三角都是中小企業，東莞六千多耶，如果我一年補助十家，十年我就有一百家上市公司在我這邊。

我講一個具體例子，從小我們瓜子、糖果，就有聽過翁財記，沒有聽過徐福記，現在徐福記大陸最大，去年在新加坡，他繳稅三億多人民幣。如果他養到十家、一百家，光這個稅他就收不完；地方就壯起來，經濟也好，大權又都在我這邊。反正我現在錢多，我為什麼不把你養大？人家是這種心態，把你們養大才是東莞政府的福氣！

徐福記因為創新獎，領了六百多萬。傳統產業也沒關係，做食品也有，你能改造創新就可以！但這是漸進式，也不是你來我就給你，你以為他錢多啊！

問：那個真可怕，一年繳稅繳到三億，那他一年營業額多少啊？

答：快四十億吧！

問：那回台上市這一波有沒有比較多？

答：講起來，台灣政府真的很丟人，台灣回來上市要10億。有一次在宜蘭開會，我話講得之重，我當著行政首長的面發言。我說：院長，我感覺啊，我們台灣官員的腦袋是漿糊做的！大庭廣眾啊，我說為什麼？台商回來上市上櫃，為什麼不敢開放？你們在想什麼？而台灣的各縣市全世界招商，只要願意來台灣投資的，我們政府什麼都給你。那現在是已經出去了，有成就要回來，應該是衣錦還鄉，不要！不可以！

問：就是怕集資！

答：但現在證明有沒有？政策不要怕！

問：上次東莞一個指導上市櫃的，他說你不要小看東莞那種地方喔，很多人做生意不太講話，符合上市條件，兩百多家！

答：這個我早就講了，去年出第一本兩岸上市櫃的書的時候，發表的時候，我也有被請去。我告訴他，東莞可以獲資格回來上市的，保證一百五十多家以上！所以馬英九總統上台沒多久，我發言我就提到，遺產稅從40%降到10%。第二天在圓山飯店，幾百人，我就呼籲這個事情。我說台商為什麼不願意回來？先交20%的遺所稅，萬一不小心，正好這個時候死掉，再扣百分之四十。我一億已經給了你們六千萬，請問各位長官，要是你們願意嗎？你也不要！為什麼新加坡可以不要？香港可以不要？後來通過了，結果，去年第四季匯回來台灣八千億台幣！今年第一季又匯八千億，兩季匯了一點六兆！所以不要怕，今天你這個位置上，**擁有權力，更重要的，你有這個責任**。這

個我查過，連續十年平均我們一年抽不到200億，現在一下子回來1.6兆，吃利息就划算！

問：東莞的聯結還有法治這一塊，好像評價不是那麼高？

答：長三角發展的晚，所以一開始就照規矩；珠三角一開始就是甚麼都不管，為了你要進來，什麼都可以！所以，到現在有一件很好笑的事情，珠三角什麼都可以協商，長三角不行。這也不是東莞不守法，而是珠三角協商空間大！如果什麼都照規矩，那有什麼好講的！

問：東莞政府和台商台協之間的互動，一直是保持比較好呢？還是有不同階段？不同書記？

答：全中國一直以來，沒有一個像我們這麼好的！

問：昆山政府他們那種服務效率、那種敬業精神，很多台商讚美得不得了！

答：東莞也這樣子，但是你說通通讚美是不可能啦。他們兩千多家，我六千多家，而且昆山來我們這邊學習學了幾次你知道嗎？還學我們怎麼溝通、怎麼開會，這沒有什麼好吹不吹的？你看我現在可以跟東莞市政府直接通電話，不經過台辦，一般是不可以的！

問：他們也說他們常跟昆山打電話？書記！

答：這還是不一樣，昆山是縣級市，小；越小越容易，越大越不容易。當然，昆山一個縣級做到這樣，也很了不起了！當然，他的書記位階不能比，他的書記位階是縣長，當然可以委任！原則上，台商協會強的，地方政府就是好的！政府不好，協會會強嗎？

問：那上海市不好嗎？

答：見不到市長啊！直轄市就是這樣，北京也是如此，你見得到嗎？一個省啊，如果我要見省委書記也不容易。但是，普遍來講，台商協會強的，市政府也普遍支持台商！基本上，全中國招商都來東莞。

問：聽說各地有駐東莞辦事處，都藏在哪裡？

答：我們是做一個所有各地的招商，會長來，我就接待，也不是很多，一般地方政府根本就不尊重台商協會。其中有一個副省長要來拜會、招商，我們就打電話問台辦，會長來不來？他說不知道！隔一個禮拜，他自己打電話給我，會長，我們行文給你，副省長兼書記要來拜會，你們怎麼都沒回應？我說你們當地台商協會會長都不曉得是誰，那還來招什麼商？那我們就不予接待！

　　我不管你啦，你不認識台商協會會長，就代表你不關心台商，這樣我不予接待。他很生氣，他說我是副省長。我心裡想說，你副省長關我什麼事？我告訴你，全中國我只要顧好一個省長，其他的我不關心！副省長又如何！我就掛掉！後來又打，隔了一個禮拜，派他台商協會會長先來打招呼！隔了半個月才來拜訪，人來的時候，臉很臭！

問：現在不是台商推薦一些團體回來，一定要台商會長推薦，海基會才給他特別批准！這也是拉高台商會長這個角色！

答：以前不行、不可以，通通要專案，那就有得等。其實我們為你們做事，一天到晚都找我們做事，我們多可憐，我們還不敢請錢，政府哪會補貼我們？以前是倒貼，現在才講好：我貼多少，可以請多少，我先替你包出去，回來才給你請錢！如果這一點，你都那麼小氣不給我，那太沒道理嘛！

問：你們推動的轉型升級喔，主要的措施有哪些？

答：這種東西花精神、花時間，又不見得有效果，可能這三年才看到效果，但又不能不做！

問：所以台灣有一句話講，轉型升級，談何容易！現在有哪些措施積極在推動的？

答：通通在推啊，就是輔導、診斷這些……另外，我們現在請了一個物流保稅區，物流的執照也是剛剛拿到的；現在又要再推批發大賣場，把所有台資企業，和貿協幫我們做了一個台商精品調查，把台商所有的產品推到全中國去！我們預計全國設十個點。

問：都是經過貿協做認定？

答：他幫我們認定不可能，他幫我們做市調、做調查；還有明年三月，要來協助我們做展覽！在全國做兩次展覽，全部都我們自己來，請專業、設大賣場。這一成功，是真正對台資企業實質幫助最大的！擴大內需，而且呢，做不成，垮掉也沒多少錢；做成功，那營業額是百億計的！像這個，物流本金就拿到了，公司也成立了，批發大賣場現在也開始申請公司了。接著，我們先籌一千萬，等申請公司下來，我們預計籌六億，設批發大賣場！

問：你們那個物流保稅區，有個17％的稅，那是你們談出來的？還是先賣後繳？

答：所以，我們做台商的轉型升級，我是做一點，整個系列的。第一，從降低經營成本開始；第二，把這些單位請來，協助強化體質；第三，有很多補助申請，還有各研究單位的協助；第四，政府去年已經取得了第一類物流保稅區，這意義在哪裡呢？沒有這第一類物流保稅區，

就要從香港，費工費時、進來就要17％。現在有些物流保稅區，當天解決，一個貨櫃二十呎，去香港來回一次，六千多塊；現在只要1,200塊，最少省一千塊！

　　更重要的差別，除了省五千塊、省時間以外，一進來先繳17％。香港這裡就難談，但我們跟政府銀行談好，銀行擔保，先售後收。本來不想做內銷的，現在那麼大的誘因，時間快、成本沒有增加，這樣就有意願賣！如果有意願，難處在哪裡呢？自己打品牌很難，我們是集體打品牌，串在一起，現在地方我們也談好了。以後，我們這個大賣場會有創新，可以申請補助！我是大批發不是零售，價格會比較低，不用過你好幾手，土地也優惠，稅也優惠。更重要的，我打廣告可以跟東莞市政府一起，這樣一成功，我就全國設十個點。當然，我們預計瀋陽、成都、武漢、福建、廈門二級城市，物流已經成立了，已經拿到執照了，搭配起來，全有了！我想這方向應該不會錯！

問：你們講那個產業本業升級怎麼做？

答：從中國生產力中心，從管理、組織、研發技術。研發，有中國生產力中心、工研院，都會幫助你！軟硬體都有，都請進來幫助你。法律上怎麼辦？跟我們協會簽約！就沒有一個違法的！那我也怕，剛剛講，那錢要很多耶，我沒錢怎麼辦？現在四萬八，一簽約，先付兩萬，他如果跑掉，不給我怎麼辦？這我做很多！

問：現在效果怎麼樣？

答：當然很大，但是生孩子也要十個月嘛！

問：可是如果是降成本的話，應該已經看到了！

答：剛我講，成本就已經看到了！

問：像改善流程，也可以降低成本！

答：那能降低多少錢？他們滿意就好了！我們市政府沒有補助欸！

問：最近政大有一位學者，他在端午節時跑了一趟東莞，他是做一個調查研究。他發現這段期間有不少台商倒閉，但也有不少台商更健全的擴大。他歸納出幾個很重要的因素，第一個就是他進到中國大陸，不把中國大陸當作是世界工廠；他一進去就是世界市場的概念。第二，進大陸品牌通路，他就開始打，然後研發是他重視的核心議題。結果發現這些廠商，最後能夠存活的，都具有這些共同的特質！

答：有這些特質的太少了！去大陸那麼多年，在大陸市場能夠成功的，只有兩種。第一，世界級的企業，我準備花五年去打市場，世界級的！第二個，吃的，全部都是吃的，吃的門檻低，但是風險也低（就像徐福記）。你有沒有聽過旺旺怎麼起來的？本來要打包回家了，在長沙，滿倉庫的東西賣不出去；後來，就發給大家吃。結果那個誰很聰明，說那你批給我，我去賣好不好？過去大陸做生意，錢沒有先來，貨不能載走的；反正老闆都要回家了，就說載去好了。他也認為你明天不會拿錢給我，就不要也無所謂！結果賣光了，第二天再來批，而且賣得越來越多，越來越好。結果一聽，怎麼變這樣子，開工！就這樣成功了！

你講的石頭記，是另外一回事。那是這一、兩年，用台灣品牌、連鎖。比如講石頭記、85度C、兩岸咖啡，都是這些，真的可以學習。製造業跟這個是兩碼子事情，所以一般要打品牌，談何容易，我才會說要集體打品牌的方式！

問：沒一樣容易的！轉型升級談何容易啊！從內銷轉外銷又談何容易啊！

答：所以我才說台商是就地修練，轉型不轉行！我認為這是最好的！不轉

行，把經營權改變，把外銷的挪來做內銷，行業不要轉！

問：但有些廠是轉得很辛苦，我一個學生在做童裝，他原來也是做外銷，後來他做內需，想打品牌，可是小企業做品牌非常辛苦！

答：只有集體打品牌，不能中小企業去打，一定打不起來！現在徐福記來打也打不起來。為什麼我要推集體打品牌，就是這個原因！

問：台商轉型內需，機會大不大？

答：這很難講，我認為機會還是蠻大，現在國家政策也是在走這條路。因為你不轉型不行，美國也是這個問題，美國的生態在改變！

問：美國人在練習儲蓄，中國人在練習消費！

答：真的給他存款下去，全世界死光光！美國三億人口，就全世界一半以上的消費！你去過東莞虎門嗎？

問：有，虎門，批發衣服！幾個大批發都在那裡！

答：東莞有一個很特別的地方，它的城鄉差距比較小。三十二鎮，最差的也有三星級飯店，這是比較特別的！全世界住五星級飯店最便宜就在東莞！豪門還是龍泉，可以去住松山湖的凱悅，太棒了！是天然湖！

問：東莞的污染也是蠻厲害的！

答：不只是東莞，周邊都是，全中國都是污染！台商，快到七萬！廣東省，佔百分之三十幾！香港污染才大！這也沒辦法，台灣也一樣！要經濟發展，這個陣痛期是一定要過的！

問：台商如果跟日商策略聯盟，進軍內需市場的話，有沒有機會？

答：很難，中國非常排外！

問：對，策略聯盟啊！日商出資金，台商出面，日本給資金技術，台商去開拓？

答：有這樣的話，當然可以去試！資金有，當然都可以試。

問：日本貨在中國市場競爭力如何？大陸市場發展有何特質？

答：Made in Japan 還是好的價格，全世界從家電到汽車，都有日本貨。但他到中國就沒辦法，家電不見了，汽車也不見了！而且還故意壓制他，其實現在都不是日本了。歐美哪個廠牌沒進來？除了法拉利、勞斯萊斯以外，哪個沒進來？你看大陸的廠牌有多少？他生產的車子比台灣多太多了，歐洲品牌他全有，日本品牌他也全有，除了我剛才講的，法拉利、勞斯萊斯以外，什麼沒有！他把皮爾卡登的品牌也拿走了！

問：您的產品投資風險何在？有何教訓？

答：我做的是乙太網路的線，全做，從光纖進來到你家開始；從進機房到插電開始，全世界一百多家專利。韓國、日本光纖都很棒，我在那部分也是虧得最多。高科技真的玩不起，我虧了五億，我是虧在光電兩次。1992年，剛剛流行光纖，日本已經流行很久了；韓國也很強，韓國的技術全部被日本挖去。那時候我們開始瘋光纖，我們這種中小企業，沒人會做光纖。那時候台灣只有一家一中華電信，投資很多，沒有訂單，跑太快。第二次，光電轉電器，就比他更高。現在所有的長距離，或是都會與都會，都是光纖。進到你家來，光纖是快到一秒鐘繞地球七周半，我就做這個，工研院光電所也做這個。那時候小小的一個，三百美元，但還是可以賺一半，多好賺，全世界瘋。結果，又

跑太快，沒有客戶，沒有人用。我們現在還沒有用到那個地方去，講是未來嘛，但光纖到現在還沒有到家。後來我們做了1G、2G，還沒有訂單，工研院都跑到10G。和這些科學單位合作，不能說他們不好，他們是以東西好為主，不管市場的。可是好有什麼用，沒有市場，跑那麼快。還是要靠本業，去年市場不好，但我營業額僅下降0.47%而已。

問：你認為能夠安然度過危機的原因？

答：我四年前就開始在準備，大陸工廠一直在處理。2004年我就下令，除了新東西、有價值的，原來這些東西不准再擴充；不能說訂單越不好，就越買設備。我認為工廠一直擴充，遲早會死，要想辦法掌握末端、通路端，掌握客戶就好了。我們就積極在美國布局，所以我在美國自己設了一個B2B（business-to-business，亦即企業對企業用電子商務進行交易），現在也不錯啦。我從2005、2006年開始，從零開始，現在一年都一千多萬美金。到2006年我又併購了一個通路商，花兩千五百萬美金。這就是為什麼我們這一波影響有限，而且我現在美國那一家今年還會成長。

　　現在我是製造商，也是大盤商，也是貿易商。好賺的自己做，比較不好賺的給別人賣，那裡都可以買，通路也是我。現在我為什麼反而好呢？比如講，我現在給大批發商，label那種，不會讓我們批發商買。都直接回東南亞進貨，進太多庫存，凍未條（受不了）。價格如果壓很低，我不賣給你。批發工廠就是不一樣，原價我賣給你都好；那有什麼關係，再怎麼樣也比積壓庫存好，以前是有算庫存，現在不行了。所以我認為工廠不要怕，要掌握通路，現在我是自己掌握通路，還有自有品牌，這有什麼不好！

問：無錫，也是做這個東西？

答：不太一樣，那比東莞更精密，更有技術的。世界一百多國家專利，那是很有價值的東西。

問：連電腦機房很多都是用這個？

答：到處都有機房，家裡、學校也有，到處都有。但一般來說，缺點在哪裡？有沒有保密性？還有就是，修了以後就整個線亂七八糟！我這個第一個好處是保密，你可以每天換號碼，它自己也不會跑掉！保密，這是最好；第二個是節能，電插在那裡一般就耗電，但我這個沒有使用就不太會耗電，自動概念。現在比我這個強的只有電腦，但是如果是電腦，就需要有人來24小時照顧，這個還比較好用！

問：台達電子的老闆說，他最怕哪一天睡覺醒來，他的電源供應器被一個 IC晶片取代。

答：想太多！我的也一樣啊，我的乙太網路走外面。從光纖進來，到機房、到線、到牆壁出來，所有的全部我這裡做。包括你們出門都帶 Notebook，它也是有一條線，全世界我佔25％。如果它以後都換無線的，我會完蛋！但想想，不要想太多，這也不太可能！

問：對啊，像昨天我家裡裝個自己的基地台，其他的，小孩子就可以跟我分享啊！

答：但大樓還是要啊，沒有人敢不要拉線的！而且美國的飯店幾乎都有那條線，全部要。它的價值在於：無線的，它的通訊沒有保密，你是不保密的，你敢嗎？哪個住家敢？哪個飯店敢？哪個銀行敢？保密問題啊！而且，無線的畢竟有死角。台灣那麼發達，還是有死角的，還是要有線，所以不要怕啦！

問：說說東莞台協的文化與特色？

答：那些大廠，幾乎都加入協會。你不加入沒關係啊，你的事業會大過協會嗎？大方向你還是要靠協會！台達中國區的副總裁，是我的常務會長；寶成在中國最高的職務，是我的副會長。我們倫理很好ㄟ，不管你大小廠，誰當會長，誰就要尊重他。他就是你的會長，否則你不要加入啊！比大小廠有什麼用？不然你出錢來做啊，這就是我們的傳統文化！

問：協會在東莞市政府是什麼樣的份量？像協會周年慶的時候，大家都來？

答：中央也來，台灣也來，從國台辦，省台辦都來，每年都辦周年慶。上次比較大是我交接的時候，第八屆，出席兩千多人，吃了168桌耶。所以有時候，像你剛剛講，我們是不得已，也不是我們自我膨脹，真正台商界能代表全台商的，只有我。我們每年就像我們地方大拜拜一樣，一股熱潮，共產黨看你們有沒有團結。我交接的時候，那時102個台商協會，來96個台商協會會長，會長沒有來至少副會長來。這是要給共產黨看台商的團結！我們有人、有錢、有權！台企聯的募款就募不到！你以為我們喜歡辦？我們是落地接待！五星級飯店，飯店都包的，三百多房間、五百多房間包下來。大家都在看，幾乎廣東省的台辦全來，各地的台辦都來。落地接待，要花多少錢你知道嗎？一下飛機就開始給你接待。五星級飯店一人一間，專門人接你，接到飯店。還要安排吃飯、坐幾桌，通通安排好；有緊急聯絡的事情，連電話都給你，搞到這樣子耶！

問：台商協會會員的認同度？還有平常在地方上是不是有協助地方政府做一些事情和公益活動？

答：公益活動我們一直辦得最好，三十二個政府，有一半的消防車是我們送的。所以我一直強調，我們政府為什麼一直和台商協會這麼好？我們辦任何活動，像這次我們破土，每個村子都邀請我們幹部吃飯。因為有問題時，協會會實際幫你解決問題。包括這次金融風暴，我們兩百個學生交不出學費，不分期的。學校算一算，大概差了一百五十萬，就來找我，說是不是未來成立一個基金，募六百萬，來準備給這些付不起的學生開銷？可是不可以，救急不救窮。如果因為這一波金融風暴救起來，我們怎麼給他想辦法都沒關係。如果長期繳不起，就不要讀啊，是不是這樣子？這很合理啊！

　　第二點，台資企業現在叫苦連天，還要募款。這弄不起來，找政府啊，兩邊政府叫他付錢啊！第一當然是找東莞市政府，我帶著校長去。他說差多少錢？我說一百五十萬。他說沒關係，那小事。還有又提到，學校已經十年了，很多設施都已經舊了。他說那就不好補啊。我說這樣喔，你不能每年補喔？他說，你想好嘛，看三年還是五年一次，補你多少錢？市長這樣講啊！後來，我給他提第三個，不能只照顧東莞子弟的學生；還有在地讀的學生，能不能比照當地辦理？每年東莞成長五萬個小學生，我負擔得起。但是他還要考慮台資企業的子女，許多措施是比照當地，一樣有獎勵，那我這個就可以接受！台灣政府管不到他，我馬上約，馬上解決，當場就可以解決！

問：地方政府財力雄厚？

答：他們又有心，知道台商對他們有幫助。我們剛去時，當地又髒又亂，我們發動三萬人同時掃街。我們現在辦活動，一萬人。今天有這個地位，我們也是覺得，包括汶川大地震，我們捐了一億多人民幣。東莞是最多的，看到什麼小學，我們也捐了五百萬。另外，又在那裡建了三所學校。八月我要去剪綵，震災的小學！

問：有一個香港經驗是，當時他們在汶川大地震前，也捐了希望小學。後來他們知道又震垮掉，就蠻後悔的！因為那小學蓋的時候都是偷工減料，他們覺得如果我不捐的話，還不因為這樣一震而罹難。我今天捐給你一個小學，我一定要一磚一瓦監工完成，我是一個很完整、健全的學校給你。

答：政府經過這一次以後，過去都是反正都有地震，何必花那麼多錢。當然現在講什麼都對啦，事後諸葛亮，誰都對啦。那時候又不是只有他在蓋小學，從來也沒地震！所以那時候我們的大樓設計是可以因應七級地震，錢差非常多。那時我們堅持，錢我們出，蓋就對了！成本差三千萬！因為台灣怕地震，而且我們要住68層耶。我們自己有五十幾部電梯，電梯跟101一樣的！後來汶川大地震之後，他們才知道，我們應該是對的。所以這次過了之後，已經沒有這種事情。都要靠自己，風俗這樣，你就跟風俗嘛！你不要自己去偷，大家沒有事；你有事，我們現在是去找本來就有賺錢的學校。這是一個救難，我們是捐三個學校，是這樣子！監工和設計都是我們在弄！

問：你們做這個公益，一般來講，台商在大陸一般老百姓的形象如何？

答：很好啊！我們和他本地都很密切，我就說我發動三萬人掃街。那時候很髒很亂，現在東莞很漂亮、很乾淨耶。要到市政府那裡走走，不是只去虎門，畢竟虎門是鄉下！再說，敬老尊賢重陽節，我們都有去問候！我們和他們社會是走得很近的。現在捐血一萬袋，因為有困難我們才做，沒困難我們做幹嘛？他們捐血是放假的，給錢的，讓你休息的、領營養品的，不一樣。所以我們做很多公益的事情，我們公益所發出去的，包括汶山大地震捐款，是以億計的！地方政府也看在眼裡，很感謝我們。地方老百姓因為我們也得到很多好處啊，我們也會救濟他們啊。我們還會到汕頭，拉自來水給他們喝。我花了四、五十

萬，也是副會長代表去。你要人家尊重你，只要付出，你有沒有把這個地方當作是你自己的地方來付出？否則你只要要求人家要對你怎樣？沒道理！你有付出，人家自然看在眼裡！

　　我多在搞協會的事！少去工廠！我公司都是專業經理人在管！我一年也做五、六十億，可以轉上市，但是我不要啊！我要的報表給我就好，其他的關我什麼事！我東莞廠，一年做五億人民幣。真正管理的，我才一個總廠長和一個總經理；總經理還管其他的，其他的就是業務。我算是最少台灣人的，全部在地化！降低成本！其實台灣的人也會吃你，也會亂七八糟，制度做好一點就好！財務主管是台灣人，全力稽核，結案拿回台灣做！

問：像經濟部在推那個鮭魚回流？

答：不實際啊！一直提有什麼用？又不是小孩子，商人不會比你做官的笨。如果不回來會可惜，你推著叫我不要回來，我都回來！你要我回什麼？工廠帶回來嗎？不是吧！你說總部？條件太苛，營業額一年要十億，一年要開銷五千萬，這也都沒問題。但是他來個很好笑的，員工一百人以上，百分之五十要大學畢業以上，這就很可笑。你管我用什麼樣的人，用神仙、用沒讀書的人、用博士，管我管那麼多？這就可能難了！稅就25%，沒有吸引人。設在你家耶，你什麼誘因都沒有給我，只不過因為我是台灣人嗎？只要稅降到15%，大家都回來！後來被攻擊，人沒有限制那麼多了。原來有設置一些優惠，結果你還是怕，那就不要搞了，有什麼用！交情有什麼用？都是心態問題，他怕！

問：我們整個政府的市場性太弱。營造一個環境，人家自然回來！

答：如果放開，怕圖利企業！像共產黨，我圖利你一次，你要養我十年。

台灣不是，我寧願你不要回來，我也不能圖利你！這是政策性的，不是公務人員的問題，訂政策就是這樣！

台商布局與前瞻策略

謝慶源
（東莞台商協會執行常務副會長，台德興鋼材有限公司董事長）

◎訪談重點

- 大陸投資背景與布局
- 東莞台商協會務實解決問題
- 轉型升級成立物流公司與品牌思考
- 就地轉型結合政府與民間力量
- 大陸市場仍看好，越南機會有限
- 東莞法制不足，不以腐敗定論
- 企業、地方政府與台協是生命共同體
- 信任與實力是與政府互動之憑藉

問：談談您赴大陸投資的背景

答：我是1992年來到東莞，至今已經快要十六年，十六年前我進到大陸充滿了希望跟信心。我來到這個地方，從地方到中央，從最基層的村、鎮到省、市，對我們都很歡迎，感受到同胞的可愛。

雖然曾說東莞是我第二個家，但其實彰化才是真正的家，東莞則是戰場。在那邊發展還是受制於人，尤其「人紅是非多」，台商在中國大陸經營一定要保持低調。現在其實兩岸差異還是一樣存在，而台商在大陸經營的產業別不同，經營方式也就不一樣，面對的問題也不盡相同。不過共同的是，在大陸被騙、被拐的一大堆。有些本地人很壞，甚至會聯合起來，故意製造糾紛來跟你敲竹槓。台商協會一部分的功能，多是在處理這些商業糾紛。

問：台商大陸投資主要考量成本與利益？

答：台商去大陸投資也是有許多問題，例如土地、廠房、費、稅等等，但是去中國大陸的目的，主要就是為了降低成本。基本上企業的考量，除了成本還是成本，你的成本不能跟人家競爭，就失去競爭力。如果自己有廠房、有土地，沒有租金的問題，就增加了籌碼。另外還可以用土地再去借到錢，這樣競爭力當然就比較大。在東莞，為什麼這波金融風暴，香港人比台灣人傷得嚴重？因為70%以上的香港人都是租廠房；而且整體比較起來，台灣人還是比較有企業精神、刻苦耐勞。香港人都是星期一來，星期五就回到香港，我們講的是比較一般的傳統企業，大企業則不一樣。

問：談談您參與協會的情況？

答：基本上當初選會長，是認為人生在一個階段性的時候，怎樣才能夠更進一步，能夠多為台商做點事，這是我當初的心態。會長的第一個原

因，是因為榮譽也是責任。

　　我當「執行常務副會長」，是經過上一屆的選委會，由葉春榮提名經過選委會通過。除非我個人因素或者是不符合大陸法律規定，才會再重新挑選會長；所以他設了一個「執行常務副會長」。也就是「這一屆會長提名下一屆的會長，並且經過該屆選委會通過，才能夠作為下一屆的準會長候選人」。郭山輝為了不要讓之後下一屆，再重蹈這一屆的覆轍，所以才定訂下這個規矩。總之，我的原則是不計較得與失，能做就做，不能做也不是一定要做。

　　葉春榮說因為最困難的時候是在他手上，希望交給下一屆的時候狀況會更好，所以這一屆要想盡辦法來開源。在這些事情上他很信任我，例如跟各家航空公司簽約，就像跟旅行社一樣，超過多少我們可以抽多少。東莞台商協會會員這麼多，一個月要賣超過兩百萬張的機票是很簡單。一張賣兩千，一千張就兩百萬，所以這是開源。

　　東莞台商協會最重要的，就是跟中國大陸政府的溝通協調，讓中國大陸政府瞭解如何能夠很務實的協助台商，是台商協會的基本功能。像是這次十億貸款的問題，能正式浮出檯面，就是中國大陸政府對外商所釋出的美意。但是有實質上的問題，銀行就私底下說：政策雖然如此，但最後的決定權還是銀行。政府的美意我們是知道了，但是還是要實事求是的面對問題。我們自己還是成立擔保公司，其實中國大陸銀行只要有擔保，什麼錢都敢放。但是這次的10億貸款，大企業不願意借，因為借的利息很貴，要借的人都是台灣已經借不到錢。利息那麼高，誰付得起？借了只會惡化財務的狀況，小企業借不起也借不到。

問：這波不景氣對東莞衝擊大？

答：現在這一波失業返鄉潮，對整個東莞經營環境造成很大的負面影響，

所謂的「二月風暴」，幾乎整個二月都不能開工。如果工廠要開工可以，但是就會變成庫存。如果賣都沒有賣，又再進材料做，這就變成問題。目前整個環境影響很大，例如，鴻海連做iPhone的廠都虧損，因為現在手機、電腦可以換，但是也可以不換。

中國大陸政府的政策應當更務實，不務實的話根本讓台商活不下去。例如，部分進口要繳保證金根本沒有實質意義，這個東西不是要內銷到市場，他只有出口。中國大陸政府認為，因為高污染所以要繳保證金，這是完全沒有意義的。政策制定時是憑空想像，想要以價制量，你污染我就拿你的錢。講難聽一點，其實就是想要拿你們企業的錢，去做國家的建設。做出口為什麼要繳稅？這是不對的、不合理的。例如，進口機器設備也是，當初說好「先徵後退」，分五年退還，到現在一毛錢也沒有。我們台商協會都一再的呼籲這些政策必須要做調整。

東莞的「綜合工時」問題，也沒有辦法具體執行。因為企業有淡、旺季，淡季的時候我可以讓員工休息，旺季的時候就讓員工加班。但是只要平均起來沒有超過整個工時限制，就不用再多付加班費，也不會違反《勞動合同法》。但是東莞頂多給你三個月的計算期限，之前到北京時跟勞動部反應，他們說一年之內的可以，中國大陸其實在各個地方都不一致。我們協會就跟東莞市政府呼籲，應該要務實地落實透明的制度，才能夠讓企業有生存的空間。而這些呼籲與反應其實也都是為了降低成本。

台商協會能夠做的最多也就是這些，你說台商協會能拿錢給你嗎？這是不可能的。而我們成立了擔保公司，但是這種擔保公司，單憑我們台商協會的名義就能做嗎？也是不行的，因為這樣做風險很大。如果我們台商協會的政策沒有東莞市政府的支持，那絕對做不好。所以之前也跟東莞市政府談過，籌措一億資金，台商協會出60％

的資金、市政府出40％的資金。

　　而台灣的這部分，政府要有政府的政策。現在基本上台灣整個傳統產業鏈，已經全部搬光了，要重新再培養不是那麼簡單與迅速的。從廠房、機器到人員，特別是很多的技術人員，在台灣已經出現斷層。目前台商在大陸基本上都已經是當地化，你要我們回來，但是人員在哪裡？如果可以開放台商的大陸籍技術人員一起回到台灣，繼續協助你，這樣的話或許就有希望。

問：傳統產業對經濟發展貢獻仍不容低估？

答： 台灣的大陸政策應該要去配套，這不是很難的事情。我在好幾年前就一直強調，我們的澎湖、金門在幹甚麼？我認為弄賭博是下下策。當初我們傳統產業好的時候，台灣一片榮景，大陸現在能夠蓬勃發展也是因為傳統產業所帶動起來的。傳統產業才能夠帶動人才，這種人員的帶動才會很旺。台積電能帶動多少？他產值很高，對國家並不用繳稅，人員也都是高所得，但整體來說他們能有多少人？

　　傳統產業才會帶動消費，這是不同的概念。台灣高所得的的人，大部分都是已經有家庭、買了房子。而大陸不是，傳統產業的人員很多都是從外省來的。賺了一點錢就想要成家立業，也不想要回家鄉去了，所以傳統產業的帶動效果是很厲害的。

　　所以台商協會功能，也就是把台商的困難傳達給兩岸的政府。因為台商沒有什麼本事，什麼都要靠自己。但是當台商發展到某一種程度，想要進一步發展卻遇到瓶頸的時候，就必須要靠政府的力量，看政府有沒有什麼方法來協助。中國大陸很關心我們，但是台灣政府關不關心，這必須要說清楚。雖然我們明白，不可能個別為台商來做一套政策，會有整體的考量，但還是應該說清楚。

　　個人的看法是如此，例如，外勞薪資不能與基本工資脫勾。我們

就無法接受。為什麼這些利益都要給立法委員？外勞薪資與基本工資脫勾不是為了別的問題，而是挑戰利益的問題。像是有關收費的問題，這也是因為利益掛勾在一起，地方政府跟地方財團的掛勾。這都是很嚴重問題。

為什麼申請外勞要到處被賺一手，需要外勞的廠商直接去向勞工局申請不就好了嗎？然後勞工局直接向外國募集，這應該是很單純的問題。因為所有雇用外勞的審議，都要經過勞工局同意，那又何必要有那些仲介公司？勞工局直接給外勞就可以了，這些動作為什麼不能做？就像我們協會自己上網去賣飛機票，只要雇兩三個工作人員，就可以賣得相當好。

問：成立物流公司的背景與必要性？

答： 很多企業，一個經營者，沒有實際去瞭解從進料、加工、出口這個環節，他沒有去注意。因為大陸以前是計畫經濟，合同都是計畫的，我們製造耗損較大，報關員也懶得去理，台幹也沒有去認真注意這一個問題，長期累積下來的話，變成東西短少。其實東西的短少是因為損耗大，所以短少，但是他沒有去變更合同。像這種情形要趕快去跟老共申請，說我損耗不只是3％，是5％。如果海關不相信，就趕快下去查，我們也實際弄給他看，這才是一個務實的經營者。但是像那個誰做了差不多快十年，累積少了八千多噸。八千多噸的料不得了，成本很大，五千萬的台幣哪裡那麼好賺！

問：利潤也沒那麼多……

答： 對，因為他這個不像電子行業大起大落，他做這個都是什麼computer，或是手機那種東西。你說利潤有多大，也不見得，是不是？因為這個是塑膠粒的問題牽涉到很廣，我們為什麼最近那麼多被海關抓去

關？因為塑膠粒是一個很值錢的東西，塑膠粒有PE的、尼龍的，有很多種，像現在很多東西都是塑膠粒做的。因為這種東西不可能是純的，所以都會加碳酸鈣，就是石灰粉那種的，因為碳酸鈣是石灰粉做的……

問：這算石化下游？

答：它是石頭磨出來的碳酸鈣，加進去之後變成成本降低。還有一個是進新料到大陸，但是他買舊料來做，結果把新料賣掉，就被海關關起來。都是存在這一類的問題，大陸都是這個問題，台灣人貪啊……

　　像這種東西，我們成立物流公司，因為台灣的經營模式跟大陸的經營模式完全不一樣。台灣以前都是從保稅，一直到徵稅，到後來連退稅都沒有了。所以我們的任何海關問題都委託報關行來處理，我們從來不關心。反正貨交給你，資料交給你，就什麼都沒事。但是大陸不行，大陸的合同從計畫合同，到現在的電子手冊，到所謂的聯合經管。現在大部分只能做到電子手冊，電子手冊比以前的計畫合同好太多了。計畫合同是說我大略估計，像我做包包，從五英吋到三十幾英吋那麼大，我什麼時候要接到訂單我不知道；我會接到什麼訂單我也不知道，只有訂單進來才知道，所以往往變成與事實不符。第一個，我申請合同，比如說，12*10英吋，結果事實上是15*15多少，這變成是計畫合同時代所產生的問題。這個問題到現在基本上已經大部分解決了。但是過去所累積下來的，大陸也沒有既往不咎，所以他現在直接去講說少了八千多噸。所以那天去找我，希望我第一個，不要用走私，如果用走私就要被抓去關了，二十五萬人民幣就要被抓去關了；第二個希望不要把他企業降級，因為如果降到C類就差很多；如果是第D類就根本沒得做，所以他現在是要求我兩點。

　　因為台商如果出了事，基本上都是透過立委、國台辦，在走這條

路。像是蔣孝嚴他的案件基本上都是我在幫他處理。他出了什麼事，或是台灣人找他，大部分的案件都是我在幫他處理。我們也是一個義工，台商協會也是一個義工，做社會善事。當初我們要成立這個物流的時候，得到市政府的肯定。因為東莞市政府沒有我們物流的概念，也沒有我們物流的經驗，也沒有做保稅商的經驗。報關的連環經管他們是有啦，但是跟國外還是沒接軌。

問：在昆山不是有一家叫花橋？

答：大陸的物流的概念是：你的貨，我幫你從這裡載到這裡，這樣叫做物流。台灣的物流是不一樣的，台灣的物流是：我在台灣就幫你裝船，不管是成品、原材料，什麼都一樣。幫你安排報關，安排space，安排船。到了大陸，我幫你負責報關，負責幫你送到工廠，這個是這一塊。然後出口也是一樣，你的成品我幫你叫拖車，幫你負責報關，幫你負責船公司，然後進入我的報關系統。今天這個貨，交給我之後，你就可以開始追蹤貨到哪裡了。他的報關系統是說，今天這個貨，上了我的網站，上了我的批號。欸，現在這個貨是在東莞的保稅倉，或是在哪個碼頭？明天船已經走了，第幾天在哪裡？我們可以隨時上網去瞭解，什麼時候可以預期到達東岸、西岸、歐洲、加拿大啦……

問：服務啦！

答：把台灣的這套系統，拿到大陸來，所以我們就變成開始做這一塊。

問：那你就收他服務費就好了。

答：報關的報關費要錢。

問：整個東西是一套嘛！

答：幫你拖車，幫你報關，幫你安排space，還有船期，全部一套。通通幫你一條龍的服務，這是所謂物流公司的這一塊。那我們物流不能侷限這樣，我們物流的下一步是說：我們成立這個物流公司，然後再成立一個大賣場。大賣場的概念是說：集合所有台商的產品。因為台商的東西都是保稅的東西，要做內銷勢必要進到我的保稅倉。一進保稅倉就視同已經出口了，如果你這個東西繼續出口，就沒有卡到稅的問題。如果你想要轉到內銷，我們物流公司有另外一個牌照，就可以替你報關，跟你繳稅。因為你這個東西已經賣給我了，賣給這個物流公司了嘛，等於是物流公司的貨。

　　針對物流這一塊，貨進到我們的保稅倉，如果你說貨90％要出口，10％留在這裡，當然就要去負責保稅倉的租金。我們自己的保稅倉，租金比較便宜，所以保稅倉也是我們自己的，我們自己的東西沒有資金的壓力。我們也跟招商銀行談好了，比如說我們這個貨，值多少錢，我們申報，這個貨多少。我以後進了多少貨，我跟銀行講好，我的貨值的80％貸款給我，或者90％，我一個月核算一次。這個部分我出口了，我再來補上去，補上去我就要補繳錢。這個倉庫我貸一千萬，以後我的貨存要存一千萬以上，這很清楚的，抵押在那邊嘛。如果我今天賣得多進得少，那我要退還錢給銀行；如果進得多出得少，那他會再貸款給我，這樣的模式。

　　台商你要自己找品牌，有困難。我們是集體找品牌，我們是民營，Taiwan factory made 台灣工廠做的，這不一樣。

問：這很像是美國沃爾瑪，產品保證……

答：像6月18號，在廣東省東莞厚街的展覽場，就找了所有在中國大陸做大賣場的老闆。包括台商和外商，來參觀我們的產品，有一千個攤

位；比如說法國的大潤發也在那裡了，沃爾瑪、家樂福，那些老闆通通把他請來，我們展示產品。這是第一步，這些產品也要進入他們的大賣場。對於這個大賣場，第一個，我們自己也要成立大賣場；第二個，我們要批發。在這個批發的過程，我們現在已經跟全國的台商協會，一些大會，我們都有聯絡。這個媒體一見報，大家都很清楚，以後可能也可以有加盟的模式。現在暫時不去打第一線的城市，而是去打第二線的城市。不管是青島、成都這些城市，我們就是去打這些城市。我們更能夠可以自己銷售、自己批發，所以我們大賣場以後的功能基本上是這樣。

大部分的物流公司只是做服務，連報關都沒有。只是說這個貨要幫你發到各個省，什麼吉林省……我們完全不是，我們要共創一個台商的品牌。所以將來進入內需市場，這個品牌一旦建立的話，就不得了。

問：台灣精品這個概念，就是附加價值高，人家認為台灣是一個形象。因為我們最近的品牌研究，發現made in 什麼東西的喔，國家就是一個品牌。譬如說，made in Japan 就是賣十塊，made in Taiwan 就是賣八塊，made in China 就是賣四塊。

答：所以我們是台灣工廠製造，台商製造。以後我也希望除了台商製造的，我們也賣進口貨；不要大陸工廠做的東西。

問：Made in Japan，就是再貴都買。

答：這些外商最大的功能，就是把他的整個社會、經濟通通改變了。以前的上海人是最上流的人物；以前的廣東人只是什麼都吃，天上飛的、水裡游的、地上走的，全部拿來吃，但現在不一樣了。不過，吃虧的事不做。

※就地轉型，開創新局

問：為什麼近年台商強調轉型的重要性？是環境使然嗎？

答：我為什麼從今年開始發現要轉型，因為整個大陸的情況已經轉型了。以前我們去的時候，小學是屬於村管的，初中是屬於鎮管的，高中是市管的。現在全部翻新了，市管高中跟學院，鎮管初中跟小學。但現在又限制的，小學如果達不到一千人，就要合併。今年剛好我們厚街那學校，人數不夠多被併掉了。我們現在請了一個專業人士，那個人很厲害。我們現在專收小學、幼稚園、初中，這一次我拿高中反而沒拿到，所以台商很吃虧就是這個問題。他們認為高中這塊比較敏感，除非你叫學校來給你牌照，他這次就沒有給我。但是我也不會放棄，他也沒說怎麼樣，但是我想下一步我要走兩岸的問題了。因為如果台灣政府開放大陸的學生到台灣就讀，我相信我的學校是一個平台。我作為兩岸到台灣就學的平台，我要透過國台辦去爭取這個平台。設這個平台，你在這裡讀的，你要到台灣我幫你，做一個平台到台灣來就讀，希望去做這個東西。我跟你說啦，現在整個城市的開放，很多人考不取學校……

問：我們要那些考不取的人來幹嘛？不過話又說回來，考不取學校的未必將來沒有成就。

答：王永慶讀了什麼？這很難講。你讀了碩士、博士，你不一定賺得錢多。

問：如果我們的開放政策，不能去把一些大陸比較好的學生一起來跟台灣的學生競爭，只是為了滿足後段班的學校的話，我想也失去了開放的意義。

答：是，我希望我們的國家訂一個標準，什麼學生我收。不是說拉哩拉雜通通收，也要有一個標準來收。這個政策訂出了以後，怎麼去做，絕對有一個細則，一個辦法，一個遊戲規則。大家訂清楚，你說美國的學校，有一些州也是亂七八糟。比如說我們讀那個西太平洋大學，讀那個碩士班，那是什麼學校！我也是拿碩士，那我那個碩士怎麼能跟你們比？

問：產業別不同與認定課稅差距大？

答：為什麼那個誰到了東莞，他說了一句話，他說你東莞這種面積，這種條件是適合六百萬人口居住的地方；但東莞這種發展，傳統產業太多。所以那個誰一開始是說，這種傳統產業，附加價值低的這些，讓它自生自滅，就這麼講。但溫家寶就不是：我們要扶持中小企業，即使台灣過去是由中小企業所創造出來的。我想大家很清楚，什麼叫做高科技，當中華人民共和國要去認定郭台銘到底是不是高科技產業，他就很頭痛。因為郭台銘其實只是代工而已，完全只是代工。他代工的東西是誰，都是我們傳統產業提供給他的。他的所有的parts都是我們提供給他的，沒有我們這邊中下層，哪有今天的郭台銘。因為如果是高科技的話，所謂的稅，才15％；如果不是的話要25％，現在都是兩稅合一，25％。所以他認定你是高科技的時候，只有15％的稅；如果你是一般的傳統產業，屬於25％。到後來他也沒有辦法欺負他，他企業大，後來就把它認定成高科技，是不是這樣？

　　這部分就是說，十幾年走過來了，我們也很清楚，什麼該講話，什麼不應該講。所以現在批評我的比較少了，都是接受我的。像那個海關，就批評我們現任的海關負責人，這個不行啦，怎麼樣啦……有一次我們要簽快速通關，就派了一個副會長。那個人是接我海關的，硬把它打回票，說層次不夠高。報我謝慶源上去，就說：喔，這個ok。

問：大家都是很現實的一個問題，所以他們對你都是對等，職稱的對等……

答：這很重要的，今天我什麼人物來，你就是安排什麼樣的人物來。像上次省裡什麼人來，就說你至少要找一個常務會長過來。他就要求你這樣，我們認為這個是合理的。他們很講究規格，對等的規格。

　　你今天是要瞭解物流這一塊嘛，我們今天為什麼要做物流？我們想的是說可以降低會裡的成本，減少海關的風險。我們來替你掌控，能夠掌控貨的、物流的監控行程，做好客人和廠家之間的關係。我可以隨時告訴你貨在哪裡，更重要的，一個保稅倉。以後都會慢慢這樣，因為產品太多，產品會少量多樣，像你從日本、東京、奈良、OSAKA（大阪）賣的，像7-11一樣。我這家，我在東莞的這家7-11，要這麼多東西，一百個、五十個。所以我們現在做的就是替他們在東莞，通通在保稅倉裡面，所有的東西都進到保稅倉去。幫你整合，整合後一個櫃，幫你報出去。不用到日本再拆、再送，直接在東莞幫你送到奈良、送到OSAKA，還有哪些縣、哪些省。比如說我們一個彰化縣好了，有多少7-11，很多啊！就直接從東莞到台北縣、彰化縣，到任何縣去了嘛。

問：這中間最主要的是，物流的東西，如果廠家不熟悉，很多東西因為不熟悉而犯法，透過這個公司，就可以避免這中間可能所產生的犯法問題。

答：所以只要減少很多報關員，他會盜賣合同。第一個，盜賣合同；第二個，人為的疏忽。因為報關員像我們廣東這一塊，都是他們本身派出來的，他們本身的知識水平都不是很高。更重要的是，現在大家都是高物質享受。現在很離譜，我在虎門就有一家企業，他的報關員去賭博。企業給他的錢通通把它賭掉，然後到處欠錢，一下子跟他要錢，

哇，死了。然後他就去偽造，誰跟誰借了多少錢。結果一進來，一個報關員短短一年內，虧掉兩百多萬人民幣。

我們現在有五個報關員，我們統一管理。以後是說，這家的報關員，直接都是報同一事業的工廠，做試吃的就專門報試吃。因為你就非常知道產品原料的品名，產品的品名，還有它整個物性都很清楚，這樣就有辦法報。

今天東莞外商，包括海關，都是我們一天到晚跟他反映，才改成電子手冊。就是可以直接上網去變更，可以直接跟海關對，我今天要出多少、進多少，原材料的單號多少。如果海關相信你，他就過了，電腦就直接過；如果認為你有問題，就會下來查，要求你去報告，報告的時候就先拿樣品去給他審查。審查之後通過，不過就下查，在這樣的過程之後，現在的地方就比較少。聯合經管更是一個統一式的管理，就比較沒問題了。

問：你這就變得比較像是「虛擬通路系統」！

答：以前是虛擬。

問：我所謂虛擬，比如說台積電，你跟我代工，你的產品隨時可以在網路上看到目前的進度，你什麼時候生產出來的，就等於是把這個物流的東西也當作是你的東西，你只是幫他付個費而已，你應該做到這種透明。

答：不是。這裡有兩個概念，現在聯合經管的話，海關隨時可以在網上，去查你目前有多少材料還有成品，他是透明的。但是我們物流公司不會去幫你弄這一塊，這個部分我們不會去幫你操作，我只是負責你要出口的部分，我幫你弄。

你今天出多少，工廠要提供給我，你可以跟我聯網。聯網之後，

你就知道這批貨是什麼東西，要出到哪裡，憑著這個我就跟海關申報出口。聯合經管跟電子手冊，是企業系統跟海關系統結合，所以海關隨時可以上你的網去瞭解你的東西，這是兩碼子的事。

問：會長，那你們物流公司會去看那個貨嗎？

答：我們不負責那一塊，你今天要出多少貨，你提一個明細給我，我就根據這個，負責幫你出口。所以就是說，如何去審核這個東西，要我報關員去審核。我們就是要訓練報關員，你是哪一個專業的，以後你可以去簽發。對鞋子、鈕扣、尼龍布、壓克力，這個要培養一個專業的人。

問：物流那一塊，你們找的就是報關員？

答：找報關員，或是報關的，還有就是找投資公司。第一個，因為我們有一個投資公司；第二個，因為量大，所以可以跟船公司殺價。然後最主要的是，我幫你報關，不會讓報關員隨便去跟你講：他今天被查了，要多少錢；那個有問題啦，要多少錢，我要花多少錢把你搞定啦。這個東西，政府、海關很清楚。這個是什麼東西，包括政府都不會去刁難我們，我們就在這方面會比較順暢。

問：東莞政府那邊？

答：政府是一百個願意支持我們，東莞那裡的地也是政府找的，提供了兩千五百平方米，給我們免費做聯合辦公。以後我們企業，譬如我們做模具的，我可以到金屬中心去。如何來降低我模具的成本，如何來提升我的模具比人家好，這都是他們幫我們。所以我們以後有問題，就可以直接找那邊，當然我們去要花一點錢，這誰都要的嘛。最主要我們有一個窗口，不要又跑回台灣去跟你喊救命。工地的人可以直接到

你廠裡，看了之後就再請一組專業的人馬回來輔導你。那是企業個別出錢的，這是聯合辦公。

問：什麼叫做聯合辦公？

答：我們跟八大工商團體簽了一個合作協定，上我們網站應該有。從電電公會、貿協、生產力中心、物流、資策會、紡拓會、金屬中心，還有工研院，聯合在那邊辦公。像政府不是給了一百二十家的企業診斷，今年又有；中國政府也相對提出來，最高是三十萬。這是他們派出來協助我們的，他可以幫我們出費用，三十萬，幫我們墊錢就對了。這個部分完全是在協助八大法人在那邊聯合辦公，為台商積極解決產業轉型升級的機構。

東莞政府第一個願意；第二個，他們也沒有物流的經驗。所以他們希望是說能把東莞物流做好，因為他才剛成立一個 B 類保稅物流。什麼叫做 B 類，就是說，一般你進去再出口，然後你要出口就免稅，要內銷就徵稅。但 B 類的話，比如說你這個產品，原材料原來是進口的，但是因為現在又出口了，這個原材料可以退稅，就是說 B 類的可以退稅。可以退關稅、也可以退增值稅，這就是 B 類的保稅倉。以前東莞都沒有 B 類保稅倉，這個當然是很吃虧。現在為了轉型升級，因為很多東西是進口的嘛，為了內銷已經徵完稅了。但現在又要出口，現在做一做要出口，我就可以退到稅了，享受退稅的政策。

問：這個創意也是你們推薦的嗎？八大協會辦公室？

答：這個是政府希望說能夠真正進來扶持台商轉型，所以葉春榮也對這塊盡很大力量，跟這八大團體談。談了以後大家也有共識，這也是賺錢的機會嘛，現在台灣有什麼作為？沒什麼作為嘛！

問：這是雙方都有意願的，但是誰先提出來的？

答：這個我想基本上，一開始是因為CPC的問題。我們台商回來，希望轉型升級。台灣過去在最不景氣的時候，也是這些出來協助轉型。所以他也想比照這個模式，把這個找一找，找了之後東莞政府覺得非常好，就開啟了。當然我想，這個資源，大陸本身就沒有那麼瞭解這一塊，東莞以前是農業的社會。

問：他們的專長還是第一和第二產業？

答：所以上次那個誰來的時候，就專門跑這些。你看這些八大團體，經濟已經包羅萬象。我們當時做大賣場，請外貿協會去幫我們調查，都是免費的；生產力中心那些人，張寶誠很厲害耶！

問：張寶誠有一次跟我聊天，他說：我幾年前就跟東莞講，他們那些人都不信，拼命打球，說要轉型升級，他們那時候如果把它聽進去，即早應變的話，現在事情不會那麼大條。這幾年事情出來。不過我們一般估產品生命週期，到一個地方投資大概十五年左右，就要淘汰掉。十五年之前他多歡迎我們，十五年之後，他又講什麼，很明顯的例子。這沒有好什麼現實不現實的問題，這就是事實，你就要面對這個現實。

答：適者生存、不適者淘汰。像去年大家前三季都賺錢，第四季就打掉了。

問：急凍！沒有單子？

答：不是沒有單子的問題，是所有原材料價格一下子栽下來。銅一下子搞到三、四千，咬了一半。包括你說中華航空，為什麼虧那麼多，他們油是預購的。我預購了多少，結果死了，一百多塊剩五十塊，我們損

失很少，我們現貨要多少買多少，就沒有什麼事情。

問：台商到大陸投資，會不會對政治認同產生變化？

答：現在是說，家還是家嘛。你說，經濟上、現實上，可能需要依附，但政治上我的自主性還是非常強的。本省籍、外省籍可能會有一些差別……。現在很多人是四代同堂在大陸，這個是要跟社會、整個經濟去低頭。沒辦法，我要生存，勢必要失去自由，為了照顧自己的家，勢必要把它遷過來。但是，家還是家。我們家還是在這裡，我們就是台灣人。

問：這種本土認同不代表說我是支持統獨的，而是至少我覺得台灣的制度、我的自由、民主，還是覺得驕傲？

答：很可貴啦！基本上我們回到台灣，你往東走，往西走。像我們現在在東莞全部是定點的，定點生活。今天我安排到哪裡，我就到哪裡，我不會去逛街、幹什麼。我不會想做這個事情，這很難去預料的問題，尤其我們經常在媒體，都是會碰到的問題。基本上，我的生活就是定點生活，我不會亂跑。今天開會，要去哪裡，都是司機載；買東西都輪不到我去買，很少，這為什麼？因為社會的問題，種種的問題。我回到台灣就很輕鬆，今天可以去爬山，可以去幹什麼，家就是不一樣。所以我們不可能為了做生意，去跟政治低頭，我不覺得是這樣。

問：越南投資可行？

答：所以我覺得說，生意嘛。你說今天去哪裡，去越南，我老早就說，越南不是我們去的好地方。你說現在有沒有證實一切？我連去看都不想要去看。那時候去大陸，十幾億的人口，我們看到的是他的人。傳統產業就是需要人，但是十幾年以後，還要缺工。一個越南才七、八千

萬人，有多少能夠就業人口，那你說會不會缺工？絕對缺工嘛！

問： 將來如果內需市場擴大，台商的認同會不會因為利益的更本土化、更大陸化而改變？利益會不會改變認同的問題？有沒有正相關？

答： 利益只是改變。以我，我不知道。以我來講，因為我兒子真得是很頭痛。他如果早一點來接，我會想說我早一點回到台灣來。我也不想在那裡，利益只是製造我經濟的基石而已。但是怎麼講，我的情感還是在台灣。只是一個經濟的現實，當然我要跟現實去低頭，這是沒辦法的。但是經濟實體只是我的一個部分而已，最重要的觀念是，情感的這種，還是在台灣。不可能說我為了這個，對自己的土地不認同，這是不可能的。

問： 是不是說我今天在台灣，譬如說有民主、有自由，生活環境，不斷地把它做得更好，尤其是軟體這一塊，做得更完善的話，這樣子來說，認同改變的可能性就相對於變少了。如果環境一直在變壞，我乾脆拉倒，這邊都不要留了，乾脆移民大陸去算了。

答： 現在有少部分的人，對台灣的政治厭惡，不願意回到台灣，這確實是有。但是是少數，基本上都是在，比如說我有一個朋友，他是在澳洲，他就很少回到台灣來。他說我厭惡台灣的政治，大部分都回到澳洲去。但是他不會說我在這邊做生意，就好像說是認祖歸宗，說大陸就是我家，我想這個比較不可能。

問： 很多老兵不願意待那裡，也是因為這個原因。

答： 因為整個隔閡那麼多年，他們的生活，還有他們整個老鄉的情感，有時候我們所沒有辦法接受的。他們那些現實面，我經常講，大陸人一為自己，二要為老鄉，第三才會想到你。這個情感我們也看開了，其

實我們就是為了去拼經濟，跟社會的現實低頭，沒辦法。

問：如果台資銀行進去，對國內廠牌有徵信資料的話，如果能結合的話，效果不知道怎麼樣？

答：如果台灣的銀行進到大陸，我那時候就講，如果能用兩岸的擔保品，作為一個共同的抵押物。我們希望站在大陸的心態，他現在已經講清楚了嘛，如果台商在大陸因為貸款然後倒閉，現在台灣的話都可以到大陸去追債。這一條保護了台灣的銀行，用大陸的資產來做抵押物，萬一他倒債的時候，同時可以要到這個擔保品。所以如果以後兩岸銀行互通的話，那我覺得可以用兩岸的擔保品共同做一個抵押物。你要在台灣借錢也可以，到大陸來借錢都可以。共同的抵押物，台灣的加大陸的，把它併在一起。然後我們當然希望是說，用台灣的利率來作為兩岸貸款的標準，不要用大陸那麼高的貸款利率。

　　這次如果擔保公司好的話，他可以補貼利息。利息2％就變成可以抵掉，擔保公司起碼要3％，不然沒人要做擔保公司。就是靠這個3％，因為政府補助2％，你可以減輕一些負擔。不然大陸貸款利率現在起碼5-6％，再加上3％，就變成是9％，9％對我們來講，是很重的一個利息支出。如果9％減掉2％，就變成7％，起碼有個幫助。所以我們才在講，反正如果不做，絕對對我們的政府來講不好；要做，如何簡單呢？就誰出錢，誰就把錢拿回去吧。你說這公司大家出錢出了七百萬，你就把七百萬拿回去花，就變成投資不用拿錢就對了。但是你還是付這個利息錢，投資是不用錢的，拿回去是要付利息錢的。因為這個公司要運作，公司有賺，也是有分到你。你繳了利息沒錯，但公司如果賺，你也賺錢。

問：現在貸款還是很辛苦，昆山到什麼程度你知道？市長來了，書記都在，他說沒問題，你這台商沒問題。結果市長一走，去找銀行的時候，他就給你推……

答：他講什麼一句話，領導講一講，聽聽就算了。一開始推出這個政策，我就找了市級人大代表來談這個問題。我說政府推出這個政策，你們看法怎麼樣？他說這種事情，因為政府只是負責保證。如果這個企業倒掉，50%由這個擔保基金提供，來幫你負擔一半。但一般的錢誰來負責？銀行不承擔，這烏紗帽誰去負責？沒人負責！所以他們就跟我說，聽聽就算了。領導講的，我們聽聽就算了，現在好像總共貸款了六十幾家，全東莞就是這個政策真正有拿到錢。

問：長三角洲有六十家有貸到，但是都是大公司？

答：所以，上一次江丙坤到廣州的時候，我參加了嘛。大家在談，中國銀行那個女孩子在介紹工作績效，講一大堆，我們連聽都不想聽。啊，我們總共貸了多少給台商，我說你們貸的是郭台銘，是奇美。貸的是大企業，中小企業誰貸給他？只有象徵性的貸。

問：而且她還跟你討價還價，跟你壓很低，她沒有給你議價籌碼，全數給你砍……

答：現實的社會沒辦法，你只有向現實的社會低頭。

問：像你們去大陸，東莞台商，可不可以用創業期、發展期、然後到成熟期，如果我們用三個階段來分的話，可不可以這樣區隔？創業期應該有吧？

答：對，那都已經過了。

問：發展期呢？基本上你們現在算成熟期，用哪個時間點來界定會比較適當？

答：其實，依我來講，我在1997年以前，就是香港回歸之前，是我們的黃金期，那時候做什麼賺什麼。是以我個人來講，我認為啦，但基本上也差不了多少，那是黃金期。賺錢的時候，怎麼做怎麼賺，因為那時候什麼都不規劃，我們那時候已經轉型了。到一九九〇年代好像已經轉為獨資了，我很早就轉掉了。因為憑良心講，我很多時候可以建議政策，我每一個都投資。我拿五百萬到大陸去，我現在所投資的點，都是在大陸所賺的錢。所以加加起來投資了幾千萬，學校也投了幾千萬，就這樣投、投、投。現在，不管最後有沒有收成，起碼我有兩塊商業地在，現在的價值很值錢。因為現在的整個的中國跟台灣一樣，發展高鐵，東莞就是香港到北京的高鐵站。以後我那裡四通八達，常虎高速公路的落點，有一個交流道，今年十月份就通車。以後就這樣，交通很方便，輕軌、高鐵、快速道路、高速公路，所有都在那裡。所以我們那裡很方便，我到後來什麼企業都不做，還有兩塊地在。

　　一開始，憑良心講，我都跟台商這樣講。我說：在哪裡投資，跟台灣都是一樣的，最後的價值不是廠房的價值，而是土地。土地永遠不會折舊，其他都是會折舊，這是很清楚。

問：1997年是黃金期，那1997年之後是什麼期？我是比較從宏觀的來講？

答：以我來看是調適期，因為過去不規範的，它慢慢規範了。那些海關根本不是很瞭解，那些是專業的人嗎？你說這個隨便問你是什麼做的，你也不知道。你合同隨便報，他也不知道，那時候他們比較不規範。我想1997年開始進入調適期，到了2000年就不是調適了，變成是規範。

問：制度會以《勞動合同法》來做一個分界？

答：《勞動合同法》基本上，它是一個新的《勞動合同法》。《勞動法》本身的基本架構，是沒有變更的，是《合同法》，《勞動法》合同修改而已。這是兩個概念，《勞動法》自始至終是對的；但只是合同，員工跟企業的合同，這個調整而已，那個是在2008年1月1號。但是勞動合同本來就有了，但是那個時候是不規範的，所以怎麼加班，沒人去理你。我講的是，我們就海關這塊來講，1997年之前其實是不規範期；1997年到2000年變成是調適期，調整期；到了2000年之後，就變成規範期，你不規範就會隨時被抓去關。

問：可不可以用草創期、發展期、成熟期？

答：也可以啦，差不多是這樣！成熟就要規範嘛，一樣！草創就是隨便，馬馬虎虎……

問：我們怎麼解讀三角關係？東莞市政府、台商協會、台資企業？我們從訊息上理解的，第一，它是法治規範比較差的；第二個，相對於長江三角洲的政府來講，它是比較弱勢的；第三，官員比較腐敗的；第四，因應未來的變局能力是比較差的。可能要從早期到現在……

答：針對第一個，東莞和珠三角、長三角不一樣，長三角是政策比較嚴苛，管理比較鬆散；珠三角是法治比較寬鬆，但是它比較制度化、比較規範。

問：規範嗎？那你長三角不是更規範？

答：我說長三角比較規範，政策比較寬鬆，政策鬆，管理比較規範；珠三角是政策緊，不規範，這是兩個完全不一樣。所以我經常舉一個例子，我做這個杯子，在廣東，叫做允許類；我到了長三角，為了鼓勵

這些外商的投入，我想辦法把它變成鼓勵類。我兩個朋友都是這樣，我很清楚，他們東莞這些人都死皮活賴，說不可能，我說要不要叫你們來，講給你們聽。他做陶瓷，就加了一句，環保陶瓷，是鼓勵類。

問：可是你法治差的話，政策再緊，是沒有用的啊？

答：他政策就是比較嚴。你說，今天只能批允許類，東莞的這一部分就是說，很多政策可以去調整。過去大家認為印刷業，印刷業的機器設備很貴，印高級的，比如說我要印whiskey的盒子，那算不算高檔?白蘭地酒的紙盒，那個都是大陸做的，那個機器設備很貴。但是你是允許類，進來就是要徵稅，我怎麼受得了，我還沒賺到一毛錢就繳這麼多設備費。所以他們就用加工，來料加工就是不作價，機器設備不作價……政府為了要鼓勵我們轉三資企業，過去所有的通通轉過來，造成你的稅。我這是合法，逼我去改這是不對的。但是他現在已經給你好的政策了，就是說你機器設備就地轉型，包括轉投資，可以不用管環保問題、消防問題，都給你合法化，包括你的所有機器設備。好，我什麼條件都給你了，如果不轉，下次他就很多優惠政策就不給你了，你就沒辦法生存。我認為這樣是合理的，因為你沒有什麼條件要求你這樣投資就要改，當然是你投資合法來放這個東西。但是這個問題在轉型的過程中，有這麼多的困擾，他全部一筆把你勾銷。幫你解決，就地轉型，不用合同一些，連過去的一些，只要你申請，就不處罰你。然後設備也不用你補稅，什麼都幫你合法化，讓你就地合法。你再不改，以後就說這個稅不補，這個怎樣啊，通通都來了。

問：您認為這個就是合法？

答：我認為東莞政府，你說它腐敗，我不認同。因為這次台商這麼多事情，我們做了這麼多反應，包括轉型的事情，包括海關的政策問題，

我們反應，政府都很用心的來幫我們弄。只是我們東莞比較差的是說，一些利益的問題、掛勾，這是我們所受不了的。包括我們廢料處理的問題，這一塊一直沒辦法解決，因為這個牽涉到利益的問題。這塊是我們比較傷腦筋的，其它的問題，我覺得我們所做的，政府對我們的支持度絕對比別人好，比深圳、比哪裡都好，我們絕對敢講這句話。昆山我不知道，但是昆山的問題一堆。你不相信，你下次來，我找那個王品化工。他也在昆山，也有投資，為了要辦手續，也煩得要死；那個化工，他在東莞也有廠、在昆山也有廠，他也氣得要死，環保要求……，一大堆問題，也是有問題。

我說腐敗，是某種程度的腐敗。你說越南跟大陸，大陸拿錢辦事，越南也是拿錢辦事，就這麼簡單。但是你說一些拿錢的，我們說必要的惡，那沒辦法，全世界都一樣。（問：你這樣說會不會有點阿Q？）有些事情你說我們弄這個採購，他會請我們吃個飯啊。這沒有辦法，台灣人也照拿，不是只有大陸人拿。我認為台灣人還惡劣，都不講，這怎麼辦，台灣人帶頭這樣約啊？你說好幾家老闆，那些幹部都是笑嘻嘻的，為什麼？中間給他拿走了。台灣人很多也很不自愛，造成台灣東莞台商二百多學生繳不出子弟學校學費，他肯定是沒工作嘛！可能是被裁員，或者是被降薪。如果是老闆級的，就是被倒掉，倒掉就走了，根本就不會繳不起錢；那些繳不起的都是上班族佔大部分。

問：說東莞市政府是弱政府對不對？

答：我不覺得他是弱政府，過去我不敢講；但新任的這個，我覺得不是弱政府。

問：我所謂強弱的概念，是該管的把它管好，不該管的我就根本不要去

管，這是一種強政府，還有就是說它的執行力，在這些上面是很強的。弱政府，就像浙江，它不該管的就不管了，基本上是比較無為的。但是東莞市政府是不是在有些事情上，它會比較採取一種不作為，還是一種積極作為？

答：基本上你說廣東跟福建，你去問這麼多的台商，福建是比廣東差太多。他們那個領導人素質仍有差距，你去問問福建那些人，憑良心講，因為它政策開放得早。我不認為說它的政府沒有什麼作為，基本上是每一個領導的速度不同而已。你看像很多政府，做了很大的措施；你看這次東莞房租也降很多，很多都自動降，我們的要求他基本上都有在做。

問：之前不是降了一個土地使用費？

答：場地使用費！場地使用費是這樣：市政府不收了，地方還在收。一半一半，其實那個是海關合同費，東莞唯一最差的是收費太多。

問：收費是不是跟腐敗有關係？

答：收費太多，因為制度的不同。你說長三角，他們是收稅不收費；珠三角收費又收稅，長三角一般是很少的費用（因為「費」的隨意性太大）。現在政府有在要求儘量不該收的費不能收，中央有訂這一條。我們最重要的是說，費這一塊，比較不規範，費的部分是地方的，逃漏稅比較好解決。費多稅少，稅還是收，但是就是那麼規範。長三角是費比較少，費少稅多，比較規範。那跑不掉，一個蘿蔔一個坑。

　　包括這次我幫人家解決一個法院的問題，朋友包了三萬給他，不是我包的，那個是間接的。他說：「會長，我們是朋友，這錢拿回去。」我是不管什樣面子不面子，你說把他們一竿子打翻一條船，我是不認同。我跟你講，今天多少是一回事，但是我們只要能夠把事情

辦好，這是我們的目的。這很合理的，我經常跟台商講，你不要怨天尤人，你先思考你自己，今天是你錯在先，不是人家來找你麻煩。你搞清楚這個問題，現在已經是法治社會，海關把你誤判，你可以上訴；如果他敗了，他連工作都沒有了。所以我才講說，你不要怨天尤人，先把自己做好，先思考是我做錯嗎？你如果做錯了，你就乖乖就範，這很簡單。

問：它這種三角關係，用什麼來解釋會比較好？

答：我解釋是一個生命共同體。以今天政府，沒有一個好的政策出來，以台商協會也沒有辦法運作。沒有好的政策，我們的配合度，也不能講配合度，其實台協，做的是一個溝通的橋樑。台商有問題，就請教台協，台協會做如實的反應，反應到政府。那政府他肯定要很務實的，在最困難的時候，他想盡辦法。借不到錢，他也說，那好了，我出3,000萬，你們做擔保公司嘛！因為這沒辦法的問題嘛！你台灣的企業，我政府也不是自己開銀行啊！不是我說了算，我已經降了利息，有給特別的補助金。憑良心講，我們的科技，以前是說，只要你是高科技的東西，你就可以申請補助，看你是什麼高科技？他有創新、品牌創新、產品創新，政府有補助他幾百萬，所以這部分，政府做了很多工作。以前科技所有的補助都是補助國內企業，輪不到台商。現在是不是不一樣了，他都歡迎你們，你有創新的、有高科技的，有附加價值，全部可以申請補助。

問：等於說，我今天補助你，讓你這個企業可以壯大，對我的稅收也有貢獻？

答：相輔相成。我認為說這個三角關係是相輔相成，是一個生命共同體。你這個台商不支持台商會，你台商會也做不了事。你說你講的五成

強，我不否認，但是基本上，大企業都參與了。你看我們東莞好了，台達、裕元……，那些大的，所有幾乎都參與。這一家抵幾家？我問你啦，你說裕元，就是那寶成，他十幾萬人，是不是？大企業一參加，某種情勢馬上不一樣啊。譬如我下去當會長，我也把那些大企業都拉進來，你說廣宇啊、金寶啊……，大企業做我的後盾就好了。我企業不大沒有問題啊，我講的話很現實啊，不大，我小不隆咚；但我有這個心來為大家服務，我有大企業來支持我，這樣就可以了。抓大，聯合中小企業大家一起貢獻一份心力。東莞就是靠外銷型的產業，百分之八、九十都是外銷型產業，產業沒有，什麼都沒有了。

問：你所謂這一波金融風暴裡面，得到滿意解決的主要是哪幾項？

答：很簡單嘛！企業借不到錢，他也找銀行來跟我們談了。這已經找來，那你借得到借不到錢，那是你自己的名嘛！對不對？你說我們借不到錢的問題，是因為保證金的問題，他現在也幫你解決了嘛！比如說海關的問題，這個什麼事情啦，這個已經通通解決了嘛！包括以後我們這個保稅庫，以後也不用每一批去徵稅。一個月跟我們月結，這種事都政府出面，你沒有政府出面，誰去跟你做這個事。所以你說從本身市政府的政策，到國家的政策，到海關的政策，全部我們有問題，都可以得到一些雖然不滿意，但是已經可以適時解決的相對的路了嘛！這一波他們已經很努力在做，你說我們請了電電公會來，他們連office都免費提供給我們。我們要產業升級，他也找了大陸的生產力中心來幫我們，他也補助錢給我們，那我們要怎麼樣？那你做不好是企業的問題了，還要怪誰？是不是？難道我要保證你不倒？要怎樣？那不可能的問題嘛！該做的都做了！

問：要升級他也提供方法嗎？

答：這個已經是在市中心裡面耶！你說我們那個台商大樓，他幫我們競標耶！那塊地本來是競標，競標要一萬八耶！他還去幫我們收了三千塊，這沒幫忙嗎？台商醫院提供了兩百多畝的地，那麼便宜賣給我們，也沒有幫忙嗎？這都幫忙啦，幫了很大的忙。我們江凌副市長為了這個台商醫院，他找了所有的單位，單一窗口、集中辦公、集中審批，這麼快就審批過了。沒有這樣，要拖多久啊？這是破例啊！江凌就找了所有有關醫院要審批的單位，通通找來，就是這麼簡單啊。一個窗口，他就把他找來協調，這是他做的工作，你說他沒做嗎？所以我們很多台商，現在講，很多不理智，有什麼鳥用啊！我們已經聽慣了。這是說，良心辦事啦！你講什麼，那是你的事。但是我想說，功德永遠是功德，你說做了壞事永遠是壞事；我們是積功德，我們就做了啊！你要躲我們怎麼樣，去要功勞嗎？那不可能嘛！你不認同我們，那是你的事，盡心盡力嘛！

　　所以我常講，個人事小，協會的事情是很重要的。把協會的形象弄壞了，你什麼都沒有，就完了。他要幫你，你要說功德無量耶！他不幫你，他也沒有什麼責任。

問：台商和台協的認同關係，看起來也可以從很積極的角度來講。有些東西它好像也不是完全由正面來看待，其實說很多台商協會也走很多歪門邪道？

答：給人家騙了很多錢。會員給人家騙很多錢，所以我們有的時候走了很多冤枉路。現在我們就是有七個院區，我跟我們的會長，他不在我去；他在他去，兩個都在兩個都去。去跟他們開會，去宣導政策，去宣導我們做了什麼事；你們什麼問題提出來，大家討論，我們現在是這樣做，逼著每個學區一定要去趕快招集這個會議。所以我為什麼要

去賣機票，一半回饋給分會，一半留在協會，也是這個問題。分會、協會沒有財源，我幫你開源，包括我跟中國電信講：我們打手機，回饋給我們10％。他們現在是一人送一台手機，以前是中國聯通，現在賣給中國電信，座機手機互打免費。我們一直想辦法，能夠替會員省錢，能夠替分會開源。我們做甚麼呢？我們經常講，我們沒有權力的權，也沒有金錢的錢，那你說我們做甚麼？我們當一個副會長也要捐十萬元，當會長二十萬，當理監事東抓西抓也要十萬。所以我明年如果要當會長，我一上來，先拿五十萬出來，人民幣不是台幣，就是先拿出來，那我說我是為什麼？

問：你在東莞期間，屬於台商的制度創新這一塊，哪幾點比較有特色？海關的制度啦？對它的影響？

答：其實我覺得什麼叫做創新？因為企業的變化很快，以前我曾經跟他們講過，海關跟著企業走。但是那時候一直追不上我們，才導致台商很多犯罪的行為，因為這樣觸犯他們的海關規定。但慢慢之後，現在就好一點了，他們反而是超前在迎接我們。所以這已經是說，我們逼他們要去改，你的制度不行，你要改；你的方法不行，你要改。

問：制度和方法有哪些？

答：我想以前也是計畫經濟，現在慢慢是市場經濟。但是現在還有一點他們還沒追上的就是，我們要反映的就是說：我們要轉型，轉型那個估價。比如說他那個東西要打稅，這估價往往沒有辦法跟市場接軌，因為市場變化很大，這個月的銅價跟下個月的銅價，差異很大，不一樣。我就老是跟處長講：你們那些人，你也上網看看，你說台商在騙你，你上網一下，看價錢多少，不是說我們說了算。

　　現在最大的問題，轉型遇到了問題。我們企業要從外銷轉到內

銷，往往原材料的估價，沒有辦法按照市場價錢去幫我們估價。比如說我這個是次級品，這個是A級品，就有很大的爭議。當然有一些不好的台商也去騙海關，這也是有。所以變成說，你們有時候要騙我，因為一個害群之馬，搞得台商變成這樣。

問：計畫以前是什麼最糟糕？

答：合同就是例子。我預計半年後要出多少，我要用什麼材料出，你說有沒有辦法跟市場結合？可是市場的變化快，是不是？那你有什麼辦法？到時候一出口，再叫我去改合同，根本來不及。結果一出去，品名不符，尺寸不符，怎麼辦？像我，就不敢拿我錢，我打個電話給他。像上一次，海關幫我扣我的櫃，第一個，他說我的品名不符；第二個，他說我進少報多，進少報多是對我企業不利，是不是，進的少？這我就不跟他爭，先打電話給科長；再打給組長，沒人理我；再打到科長，科長說：啊，這個我們已經輸到電腦去了不能改。我說好，他說不能改，我馬上去找主管關長。我會把數據拿給他看，我不跟你鬧，我拿三個數據。我說報告關長，我這個企業，在生產的時候是給我這個重量。因為他們生產時是會稱重的嘛，企業給我秤重是這個重量，出口是這個重量，海關報的是這個重量，這三個重量不一樣，那我沒有辦法採取折衷。我這樣報，那你說我今天是以少報多，我吃虧啊！我沒有進那麼多，卻報那麼多？我是吃虧，如果我是進多報少，說我把那個東西賣掉，我沒有啊，這是第一點。第二點，你說我品名不符，我說我這個品名已經報了十幾年，今天才來跟我說品名不符。只是我的範圍比較大而已，你希望我們報小一點的範圍，那這個東西你也不能說我錯；你要求我改我可以改，就是編碼。後來那個關長怎麼講？小事，你不要這樣嘛。後來他採取一個措施，以後只要是走船進來，讓他先磅多少重再報，這就解決問題。

後來他在大會上講，像這種品名不盡一致，只要沒有影響到：第一個，稅的問題；第二個，不牽涉到特殊產品要有許可證的問題，不牽涉到許可證也不牽涉到稅的問題，一概不處罰。這個是我謝慶源做的事，說我有沒有功勞？我為大家創造福利啊！不涉政、不涉稅，就不處罰。

大陸投資生命週期與管理挑戰

Ｂ台商

◎訪談重點

- 為何赴大陸投資？
- 是否考慮赴越南投資？是否有產業生命週期而考慮遷移？
- 外銷台商目前經營挑戰？
- 台商如何處理土地所有權、使用權問題與糾紛？
- 台商金融風暴傷得慘重？
- 兩岸直航與物流運作為何？
- 大陸「報關」作業如何運作，有改善產銷？
- 當地台協功能如何？人際關係重要？
- 海關作業原則與問題排解有何方法？
- 漳州台協與海關在實務上也面臨同樣問題？
- 對台商「轉型升級」有什麼看法？內外銷差異大？
- 大陸傳統產業對台商仍有其不可替代性？

問：為何赴大陸投資？

答： 整個來說現在對於在大陸投資的企業優勢：港資是在服務業，而台商在於製造業，台商在整個文化、產業鏈和管理模式，相對於其他國家企業來說，目前還算是有優勢的。

　　企業的基礎是人，台商為什麼要去大陸，都是因為人的問題，我們說廠、地太貴都還好解決。但當初台灣發展到沒有工人、工資太貴，這些都是人的問題。找不到工人就沒有辦法生產，當然也還有其他因素，例如台幣升值等，可是都還好解決。

　　當初會離開台灣的原因是，主要因為在台灣拿不到配額。人事成本太高還要再去買配額，當然就做不下去。我是1991年到大陸投資設廠，原先1987年台幣升值以後，1989年先到泰國去，初步還算成功。

　　那一波我們轉到泰國，原本競爭只是跟台灣的同業競爭，可是到後來就不一樣了。在泰國後來卡在電鍍廠，整個成本降不下來，在泰國拿不到設電鍍廠的執照，整個生產線沒有辦法轉過去，但是在大陸可以。如果拿不到電鍍廠成本降不下，也就不用離開台灣做了，難以跟人家競爭。而後來南進政策垮掉以後，泰國就更難做，最近也是整個收掉，當初我們那一波進去泰國的差不多都死光了。泰國在整個管理文化、語言、工資上，還是難以跟大陸競爭。

　　漳州早期是靠農業，還沒有開始發展的時候，在福建省裡面都算是純粹的農業社會。那時候靠近台灣沿海的一帶，發展的都還不錯，漳州算是發展不錯的，但是近十年來被泉州超越後，開始重視工業。一般國家對電鍍廠的設立都比較嚴格，尤其是對外商，就是因為電鍍廠的原因，所以最後到大陸設廠。剛開始先去大陸瞭解，去看的時候就已經有很多台灣廠進去了。那時候我們從香港進去，從深圳往北看，很多地方都說歡迎，問到可不可以設立電鍍廠，都說沒關係可以做，但是核不核准卻不一定，其實那些都是非法的。

　　剛開始就覺得，雖然是早期到大陸，但是若打算長期規畫，一切都還是要合法，不合法到最後吃虧的還是自己，又不是做兩三年就要跑掉，所以主要以願意核准設立電鍍廠的地點來考慮。最後漳州同意核准設立電鍍廠，跟漳州的鄉鎮企業用合資的方式合作設電鍍廠，因此地點才選在漳州。那個時候珠三角已經多有所發展，當時我們也沒有特別的管道找到願意設電鍍廠的地點，所以也不是說沒有考慮珠三角，只是剛好找到漳州，就在漳州。早期漳州進出口還算方便，反正大家都是先拉到香港再出口，成本都很高，所以沒什麼影響。

　　這二十年來成本結構變化很大，整體而言人工成本是不斷在增加的，稅費、規費等也是越來越多。總體而言在經營越來越困難的情況下，現階段大陸台商面臨轉型的決定。目前台商的選擇有三個：「轉型」、「產業升級」、「外移」，這三個其實都不好做。有評估過是否轉為內銷，再投入人力與資源。但是隨著整個大陸的成本不斷提升，評估後認為划不來，因此不打算轉內銷，不過有考慮將產能分散到寮國。

問：是否考慮赴越南投資？是否有產業生命週期而考慮遷移？

答：越南在基本上是跟在大陸之後，不考慮越南的原因是因為目前越南的成本也是不斷上升，尤其是人工成本。評估跟大陸的差距大約只有三到五年，緊跟著大陸，成本會整個上來。你投資下去，做個三到五年就面臨現在跟在大陸一樣的問題，當然不考慮搬過去。所以直接跳到下一階段的寮國，認為大約有十年的發展週期。

我們用日本、台灣、中國大陸當例子，一個地區的發展週期大約是20年。製造業從一開始在美國大約發展20年，然後轉至日本（1950）20年，再到台灣（1970）20年，然後我們轉進大陸（1990）也大概20年，一個區域從開始發展到成熟，大概都是二十年左右。

　　或者以一個產品生命週期跟投資區位考量來說，大約就是二十年，或者說一個產品製造的優勢、競爭力大約可以有二十年。從開始萌芽、人力成本低廉、政府政策法令配合，到整個成熟、人力成本上升、政府政策調整，一個發展的循環大概都二十年左右，現在就是面臨下一個發展點的選擇。然而這個週期現在會越來越短，像是寮國來說大約就只剩10年，最主要的問題是在於它是內陸國家，所以運輸成本跟進出的費用會比較高，另外它的人口較少也是一個重要因素。不過就算是只有10年，但對我們這一代來說也就夠了。其實各行各業不太一樣，例如紡織業，有的人也是跑到斯里蘭卡、孟買或是尼加拉瓜等等。而緬甸現在還不行，政權太不穩定、政府殺人如麻。

　　台商所以成為「逐水草而居」的跨國生產模式，最主要是因為我們是出口導向，根據我們的生產成本為優先考慮，來做調整。而市場導向的台商企業就不會像我們這樣，他在採購、銷售的成本會考慮的比較多，市場在這邊，也就不會有外移的打算。也不是只有台商要「逐水草而居」，任何國家只要是出口生產導向的行業，都一樣要做這樣的考量。

　　而現在是整個成本結構正在變化中，一方面人民幣的匯率也下來了，中國大陸政府也已經宣布停漲基本工資，各種稅費也因為這一波金融風暴而有減少的措施。在早期兩、三年前，有些可以自動化生產的產業（如生產睡袋或是生產纖維），聽說是有將廠房移到原料產地的打算。很多公司都會預先做長期規畫，像我們公司在五年前，那時人民幣還沒有升值，就已經有規畫要將產能分散到別的國家的計畫，就等人民幣升值。

　　像我們比較幸運的是，這些事情我們早期在台灣已經經歷過一次，有經驗過，看得會比較準一點，要規劃也比較容易。現階段的情況，台商也不會坐以待斃，大家都有應變的過程，可是還是要看產

業。例如你做大廠產品（衛星廠），例如鴻海下游的零組件廠、或是寶成下游的鞋廠，訂單都是大廠在接單，你怎麼規畫也沒有用，最後還是要看大廠怎麼決定，你也只能怎麼配合，跟著做就是了，沒有辦法去主導這些事情。而像做比較單獨的成品，例如做餐具、或是做單獨產品的行銷（直接做成品在賣的），比較深入市場去行銷的，或有自己的點在賣的，或是成品外銷的（但是貿易商沒有用，訂單的變化不是直接可以掌握的），就有空間來打算，可以預測市場的變化來做下一步規畫。

　　但是目前只有一半到三分之一的台商有這樣單打獨鬥的能力，剩下大部分的台商還是依賴上游和整個產業鏈，大廠生意不好，你也跟著不好，壞到最後就一起倒掉，根本就沒有與人家議價的自主能力，如果規模不夠大，情況就更糟糕。同樣的，龍頭產業或上游母廠也是很難移動的，因為整個產業鏈都在這裡，要搬動很不容易。在沒有自主能力的條件下，要做的就是「自動」在成本上嚴格控制，或是追求品質更好，這樣人家才動不了你。例如腳踏車工業，你做變速器但是比人家貴，品質也差不多，就失去競爭力，沒有人會買你的。就算同樣為台商的巨大，也沒有辦法買你的，還是要去買比較便宜的，甚至是大陸本地廠商生產的零組件。這類型的零組件廠不要去預測市場變化，就專攻降低成本就好，市場變化等因素，其實都是讓大廠做主。零組件廠要做就要比人家便宜，不然就要有「不可替代性」，例如專門生產比較特殊的零組件，或是產品品質特別好，讓大廠一定要用你的。可是這並不容易，萬一遇到成本上升，經營就變困難了，「價格」跟「品質」是競爭力的兩個關鍵。

問：外銷台商目前經營面臨哪些挑戰？

答：出口產業要知道自己的戰力在哪裡。最近大陸生產成本一直在上升，

雖然近期有下降的趨勢，但還是有許多廠商在考慮搬到原料所在地，或者回到美國生產。不過如果生產規模不夠大，我想就算搬回原料地生產，成本還是很難降下來，也不見得就能夠繼續做得很好。總而言之，做出口生產的行業，尤其是零組件，一切都是為了成本在考量。其實這一波金融危機，真正因為「金融」因素而倒閉的廠家其實不多，最主要是深受大陸整體經營環境惡劣的影響。之前就已經有很多台商在那邊掙扎要做還是不要做？要不要乾脆順應這一波金融風暴乾脆收起來。這一、兩年原物料成本上升、大陸工資成本上漲、大陸地方政府稅費越來越多，整個成本變化讓台商的生產受很大的影響。而在這一波金融風暴，就大陸本土廠商而言，覺得是有保護因素在裡面，像他們要貸款就很容易。但是台商就很困難，台商貸款困難的原因主要有幾個：

第一、　很多台商本身都租廠房，沒有抵押品不可能貸到錢。

第二、　很多中小型台商到大陸，要貸款的抵押品，取得手續並不完整。像是在土地的取得上，他們取得的是「劃撥地」並不是「出讓地」。「劃撥地」根本很難去做抵押，就算是地上建築物也沒有辦法。「劃撥地」是「指定用地」，假設政府將土地劃撥給你這個公司，那就只有你這個公司可以使用。

問：台商如何處理土地所有權、使用權問題與糾紛？

答： 漳州那邊怎麼會有這種問題，什麼是「劃撥地」？「劃撥地」東莞沒有，我們這邊雖然也有「土地使用手續不完整」的問題，但那是指廠商跟村委會私底下簽協議，用錢向村委會買土地使用權（50年），國土證還是屬於集體的，土地還是村的，只是村同意給你「使用權」。這個問題在1992、1993年要去買土地的時候就問過律師（當時還沒有現在這種私人律師，只有公社律師），特地去廣州找私人律師問，他

的答覆是：「像這種土地問題，如果發生爭議的話，廠商敗訴，村也是敗訴，然後土地由國家收回。」

因為這是歷史留下來的產物，現在東莞政府願意幫我們「就地合法」。其實「就地合法」就是再補一筆稅給市，就是說你當初是跟設廠地點的村購買，但是沒有跟縣（或市）買，只有跟縣（或市）買，才有真正的出讓權給你。現在這個問題在東莞基本上是解決了，但是卻面臨一個更大的爭議問題，就是在「就地合法」的過程中，1平方米大約要繳150元人民幣左右的稅（一畝地大約10萬），但是你稅繳給縣（或市）後，村又開始跟你搞鬼。有的比較大的村、一個社區裡面又有幾個村，現在村也跟你要錢，社區也跟你要錢。

到現在這個時候，要辦這些國土證還要這麼多錢，誰願意付？所以目前就卡在那邊。政府的態度則是，限制我們要在2009年6月底，把這些國土證件辦成，如果辦不成，那就對不起啦！而且錢是繳給東莞市政府，可是有的村很惡劣，又說村裡的老百姓有意見，你要再補多少錢給村。

所以我覺得台商在大陸投資，有些事情要自己去承擔這些責任跟後果。因為當初是你自己要去省國土證的錢，所以才會有現在這樣的結果。像我自己完全是按照國家標準來繳國土證的費用（當時1平方米才繳30多元人民幣）。一切都合法，該繳給市的、該繳給村的通通繳了，國家發給我國土證（不是市發的、是國內通用的）。如果現在我要買賣土地，根本就不用再多花一毛錢，只要把香港公司過戶給買家就可以。

答：關於公司過戶這一點，最近重慶出現一個案例。就是政府追溯一家公司在「境外」交易國內標的物，公司被判決違法，可以追討買賣所得的稅。A公司在國內的所有權跟物產，不能在境外轉讓給B公司，或者是讓C公司來持有A公司也不可以。

　　我的作法是「股權轉讓」。公司登記的名字沒有變（所以不算是買賣行為），只是股權的轉讓，這樣是可以的。而因為我的國土證沒有登記個人姓名，是香港公司名字持有，所以我在境外轉讓公司股權的時候，不會去變更國土証的使用權。我的國土證登記名字是香港公司（境外公司），像這種國土證在東莞沒有幾張，現在就佔了很大的優勢。因為很多台商都是用「香港公司」名義來投資「大陸公司」，再用「大陸公司」的名義來購買國土證，這是正規的作法。以前比較不規範，所以現在政府對我也沒輒，沒有辦法把我的國土證變更回去。自從1998年以後，中國大陸就規定不許境外公司可以持有國土證，只有國內公司才可以持有。

　　而目前東莞市政府要我們補稅、村又要我們補費，這樣根本不合理，是跟國家法律牴觸。他們的說法是認為，因為老百姓將土地給你使用，當初你們協議會給他們租費，讓他們好過生活。但這些對我們有「國土證」的台商是說不過去的，當初我要跟政府辦國土證的時候已經「買斷」。政府跟「村」和老百姓「買斷」，然後再過給我們，我們再去跟市政府繳交辦理國土證的費用，一切都是合法。我們都繳了國家土地的「使用稅」，現在又要向我們收「費」，當然會讓台商抗拒。而現在大陸政府有一個說法，就是你先繳，之後再退給你們，但是這個錢繳了，想要再退回來談何容易？

　　漳州跟東莞在土地政策上又不一樣，漳州這邊的作法是：台商早期取得土地的方式，如果是合法的，就是政府直接批給你的，這種叫「行政劃撥」，是「市政府」劃撥給你，性質是「指定用途」使用，指定給你這家公司使用，如果你要買賣，政府就會將地收回去。這個形式跟「村」買「土地使用權」類似，費用並沒有繳給福建省。而土地證明上只寫「劃撥」，正式跟省買的是「出讓地」，兩種土地證明只有這兩個字不一樣，其他完全相同。早期台商進去對於大陸土地政

策根本不懂，都只以為跟政府買的地就是合法，根本不懂有好幾層的不同分別。漳州跟東莞在很多政策上又都不一樣，在漳州拿著「劃撥」地的證件，再去跟省政府補繳一筆費用，就可以轉成「出讓」，這樣的土地證才可以去買賣或貸款。如果只是「劃撥地」證明，因為有指定公司使用，所以根本沒辦法去買賣。你想要買賣可以，就是要先去跟政府繳一筆錢，變成「出讓」地才可以。但多了這一筆費用，整個買賣土地的價格就差很多，所以這一點在漳州也發生了很多爭議問題。

　　所以台商投資大陸在土地問題吃了很多虧，特別是在貸款上，租廠房的不可以抵押，拿到「劃撥地」的也沒有辦法去買賣或抵押，這都只算是跟村買的，沒有真正拿到國土證的也不行。還有就是蓋廠房的時候，沒有按照規定也不行，設計廠房不符政府的設計規格也不行，建廠房時還要讓政府各級單位監督、消防設施監督核發證明等等。如果這些建廠時的規定都沒有具備證明，手續也算是不完整，因此也就沒有辦法辦理建築物的「保存登記」，在中國大陸叫做「房產證」。沒有辦法取得「國土證」、「房產證」這兩種證明文件，也就沒有辦法去貸款，這兩個證明就害了很多人。

問：台商金融風暴傷得慘重？

答：但是其實話真正講起來，這一波金融風暴，台商沒有想像中傷得這麼嚴重，其實有很大的因素也是因為台商到大陸一直貸不到款。一直貸不到款，讓台商沒有辦法。因此台商未就資金做太大的槓桿操作，所以真正被「金融」因素所影響的台商反而比較少一點。如果當初貸到資金，大家一直擴充一直衝，那現在情況就糟糕了，一定會更嚴重。當初貸不到錢，沒有辦法擴充，那也就只好這樣，現在生意差就差，也還不會怎麼樣。但像中國大陸當地的廠商都有貸到錢，現在訂單、

生意沒有了，還要付利息，整個廠房、設備卡在那邊，資金反而週轉不靈而倒閉。所以這一波金融危機，台商真正因此而倒閉關門的情況，其實不算嚴重，香港與大陸當地企業才真的嚴重。台商因為當初貸不到錢，反而現在情況還比較好一點。

　　所以我認為這一波台商真正受影響的原因，是因為兩、三年前成本上升的因素，台商資金取得困難反而讓台商不像香港企業、大陸企業那麼敢衝。他們有關係，比較有辦法取得非法或合法的資金來源（例如：用不正當的管道取得國土證、房產證；或是之前流行的10家、20家公司各自貸款，但是聯合交叉保證，來貸到資金），金融槓桿操作大，像是浙江、溫州商人還有港商，在這一波金融風暴，因為金融槓桿大，受傷相當嚴重。反而台商消耗掉的是過去所賺的利潤，有自己的資金廠房，本業專業夠強的台商還是撐得住。

　　像在這一波金融風暴之前，漳州燦坤廠就差點倒掉，但是因為金融風暴，反而讓他又活過來，機會又來了。就是因為廣東這一帶的港商、浙商的家電3C大小廠商倒掉太多，而燦坤那時還沒有倒，所以訂單沒地方下，又通通跑到燦坤這邊來，生意變得特別好，整個營收做起來，反而因禍得福。

　　因為這次金融風暴，有些產業都重新洗牌，像一些鞋業廠商就是如此，廣東這邊做廉價鞋子的小廠商撐不住，倒掉差不多了。而大廠過年前天天加班，一方面訂單都灌到那些大廠上；另一方面大廠買原料便宜，都因為這樣所以撐過去了。上次有人問寶成訂單有沒有減少？寶成說：「訂單沒有少是騙人的，但是我們的策略成功，我們外銷的量減少，可是內銷的量增加了。」

　　之前寶成在內銷的部分經營了十年，不知道虧了多少，還是做不起來，但是後來改變策略，現在成功的把通路做起來。寶成在這兩年很迅速的在全國鋪貨，策略就是透過擁有世界品牌（如Nike, Reebok,

Adidas）的代理權，與銷售點談合作（銷售點的股權寶成佔51％，經銷商佔49％）。加盟後銷售點就可以販賣這些世界品牌的鞋子，有這些名牌的加持，原本經銷商利潤可能有限，加盟後人家賺100塊還可以分49塊，最後反而讓很多經銷商自己來找寶成談加盟。全國通路建起來後，寶成不但讓自己的鞋子賣得好，也讓這些世界品牌必須重視他的意見。

Marketing做好，整個變成買方市場，繳的代理授權金也可以談折扣。例如：7-11，之前中國時報對他發布未經其證實的報導，後來7-11總公司決定在全國報架上，將中國時報擺到最底下，中國時報的銷售量就被影響，最後也是乖乖的澄清。所以如果marketing做的好，最後還可以反過來跟品牌大廠談條件，行銷策略相當重要。

東莞台協前會長郭山輝就是想做內銷，但卻未成功的例子。之前郭會長也是想鋪通路轉內銷，但是卻沒有名牌的加持，通路做不起來。一方面中國大陸本地的家具業經營幾十年，通路相當完善，他卻要從頭開始，很難跟他們競爭。另一方面也不像寶成是代理「世界品牌」，他的只算是「美式」風格家具，顏色尺寸裝潢風格等，都與中國大陸的風俗民情、使用習慣格格不入，儘管品質不錯，在中國大陸也沒多少民眾可以接受，不但不適用也不認識他的牌子，內銷當然做不起來。他雖然倉儲管理做的不錯，但是還是不行。

郭會長其實反應算很快，一開始就在杭州設點，還有日本人設計的全自動管理的專門儲貨倉，可以放二千個40呎的貨櫃。原本計畫將美國的倉庫整個移到大陸來降低成本，倉庫設計是「先進先出」，整個生產跟儲存都全自動化管理，並透過這樣的方式來降低庫存。有這麼完善的計畫，但是卻還是因為通路問題，而沒有成功。

問：兩岸直航與物流運作為何？

答：現在因為兩岸已經直航，目前我們東莞想推的是「B類的保稅倉」。例如：要進口大陸的進口車，一旦落地到港就要徵稅，而台灣的制度則是有一個「保稅倉」，領出來的時候才繳稅。所以我們現在打算與大陸結合，有人在大陸買車，我們再從台灣的「保稅倉」將車領出來，三天就到大陸，變成賣的時候才繳稅，這樣就不須要先把稅放在大陸這邊。目前大陸的制度是進口多少貨物就要先繳多少稅（含在保證金裡面，貨物賣了以後再退），這樣資金壓力很大，「保稅倉」的作法才有利企業資金調度。

目前我們已經參加台灣的「物流協會」，並且也成立「物流公司」，想要做「保稅倉」的這個部分，但是整個完善的流程目前還做不到，「保稅倉」的這個部分是未來的規畫。不過「物流公司」目前的核心目標在於「台灣貨物進口大陸」這一個部分，透過和台灣的總公司的結合，只要台灣貨物經過我們「物流公司」到大陸：第一、收取費用可以降低；第二、貨櫃費可以減少；第三、我們使用台灣的電腦報關系統，隨時可以掌握貨物流向，和貨物進口大陸的情況。另外，我們希望「物流公司」可以成為該公司的股東，然後將報關的電腦系統引進公司使用，這樣運作上才不會有問題。

目前我們「物流公司」的業務性質主要在於「報關」的部分，和台灣各行業的公司（包括代理商）結合，專門來處理「報關」手續，並不會和其他物流托運公司競爭。我們只幫該公司內托運的貨物報關，並且不對外營業；同樣的，該公司不叫我們托運的貨物，我們也不會幫忙報關，這樣就不會搶別人的既得利益。同時結合「物流」與「報關」的性質。

過去我自己進口貨物到大陸曾發生兩個問題：「少進多報」跟「編碼太廣」。那時後我的一個貨櫃20多噸左右，然後少報了500公

斤，「少進多報」其實是我自己吃虧，但是找辦事員、科長處理都被刁難，最後找出所有重量記錄請關長處理才解決。而編碼的部分我用了十幾年都沒有人說過有問題，編碼一不涉「政」、二不涉「稅」，所以最後還是處理掉了（編按：還是因為關係好的原因）。但是其他台商就必須被「揩油」幾千塊，然後才不列入事件送海關處理。所以其實有時候台商協會的功能就都是在處理這些事情。

　　兩岸直航後，在東莞的「物流公司」有很大優勢（託運貨物可以很快就到，讓企業不用太在意「轉運」成本，因此願意和我們合作），之後的目標是希望成為「雙A企業」，並且可以做到讓台商企業「先賣後徵」、「稅金月結」，日後會鼓勵所有東莞台商都加入這個平台，然後再來跟兩岸政府談這些事情。

問：大陸「報關」作業如何運作，有改善產銷？

答：東莞的情形比較特殊，有很多台商都是「來料加工」。「來料加工」企業在原料、半成品要進口到大陸的部分，是沒有辦法自行報關的，必須交給報關公司處理。而其他的「三資企業」雖然可以自行報關，但報關手續其實很麻煩且複雜，最後也都丟給報關公司。

　　現在台商的報關手續，其實有許多問題。大家會找「報關行」的一個很重要的原因是：自行報關風險太高，萬一跟大陸海關發生問題，一個「高價低報」的逃稅理由，會變得很麻煩，自行報關的企業本身一定跑不掉，找「報關行」可以讓他們擔負這個責任，或透過他們的關係來處理，大陸的海關是可以抓人的。

　　另外，其實台商在大陸的公司雖然都會有報關員，但是良莠不齊，而大陸的「報關公司」又很會「揩油」，巧立名目亂收費，不給又怕他跟你搞鬼。我們成立「物流公司」的目的也不是全然為了賺錢，一個很重要的原因是不要再讓台商被「揩油」欺負，由「台灣」

交給「台灣」，要運到大陸的貨能夠很放心的處理，不用再用「抓小偷的心態」來面對報關這件事情（怕報關公司盜賣，其與海關勾結的話，想查也查不到）。以前常常會發生「報關行」來說海關要查櫃（其實就是來要錢），不過我不給錢也不怕（編按：因為關係好且守法），之後查兩三次沒問題後，也就不再來這套了。但是「報關行」這個行業在大陸是不能碰的（其與當地海關是共生共構），所以我們成立的是「物流公司」，並且只處理我們公司自己的貨物。

問：當地台協功能如何？人際關係重要？可否舉幾個實例說明？

答：漳州的「台商協會」功能，很多也多是在處理這些日常事務與糾紛問題。某次有位台商酒駕撞到人，也是趕快請台商協會處理。酒駕如果撞死人，在大陸算是很嚴重，一定會被關（如果逃逸就更嚴重），沒有第一時間處理會相當麻煩。台商在大陸還是不要酒駕，遠程的話也不要自己開，請司機開車比較安全。

　　「XX汽車」的案例也是，之前在高速公路上車禍，燒死三個外國人，我那時就跟老闆說，趕快包個幾萬塊的「紅包」，給XX交通大隊隊長（中國大陸的高速公路是分段管理，事發地點屬XX交通大隊處理），然後事情就變得比較好辦，燒死「外國人」很嚴重是壓不下來的。也因為那次事件，我打通與XX交通大隊隊長的關係，現在我車在路上要是出了什麼問題，馬上可以處理好，在大陸生存「關係」是相當重要的，如果有「關係」，不管出了什麼事情都會偏袒你。像「XX汽車」的案例，因為有「關係」，雖然壓不下來，但是在一些灰色的模糊地帶，就讓公安可以幫你，有沒有偏袒你的結果會差相當多。像是肇事原因寫「意外」跟「超速」，結果就完全不一樣，「人為」因素就完蛋。我跟XX的司法界都很熟，他們說以前可以黑箱作業，但是現在沒有辦法，但是可以在「也是對的」的情況

下，偏袒你一點。

　　兩、三年前漳州有過一個案例，一個飲料代工的台商工廠，委託他代工的廠商，仿冒「王X吉」的商標，結果被抓到。原本他以為頂多罰錢，也沒有特別注意，一直到判決的兩、三天前，才來找協會幫忙處理。後來協會去瞭解才發現要判刑七年以上，因為太晚講而讓案件已定案，事情就變得很難處理。找庭長沒有用，去找縣書記也說太慢沒辦法，再往上找到市委書記，花了好大的力氣（因為王X吉是名牌，並且是告到北京才發下來地方處理），最後是請中級檢察院以重大案例，重新分案到中級人民法院（市級）審理，才有機會「改成」適用三年以下的緩刑條例，最後才解決。

　　2008年中秋節，我代表東莞台協去東莞的「XX監獄」探視，裡面200個人，幾乎都是一流的人才，一半以上都是因為經濟犯罪被海關抓的。大陸監獄相當「黑暗」，但是不要犯錯通常都不太會有事。在大陸經商要相當謹慎，就算是高級幹部（總經理）也是，公司萬一出了事，就算不是老闆同樣也要負連帶責任，雖然薪水很好，但是壓力跟責任也很大。

　　有些台商在大陸經商都是胡搞，曾經有一個案例。我有朋友介紹我賣機器給在蒙古X地的台商DVD工廠，一台50萬的機器，要我開100萬的訂單。而且他們做的是「出口」，從天津出口，也不是賣到俄羅斯。我想說怎麼可能承受這麼大的運輸成本，他說運輸不用錢，都是政府出的。後來沒訂單倒閉了，但大陸高官去參觀他們工廠時，他們就把組好的成品拆開，大規模的「組裝」一次給他們看，「宣揚」在內陸也是有這麼大的製造廠。

　　我在大陸經商的原則中，在「人際關係」部分，強調「個人形象」與「協會形象」，協會形象要透過全體台商共同來建立，是要長期累積的。我們很自豪「東莞台協」成員，在每一次的週年慶活動都

全員出席，長期累積下來的影響力就相當大，特別是對東莞市政府。而協會的影響力還是來自會員，所以這也就是為甚麼我們每次辦活動，都一定要讓大廠老闆出席，他們是協會的後盾，而所造就的影響力也是全體東莞台商的後盾。如果下屆我當會長，我一定會讓這些大廠老闆當常務副會長，這樣可以讓東莞市政府知道，我們台商協會還是可以掌控這些大廠老闆，有沒有凝聚實力是很現實的問題。而且今天台商協會對東莞市政府有多少貢獻，東莞市政府就會相對回饋你多少。

問：海關作業原則與問題排解有何方法？

答：台商協會對當地政府來說，能有實力貢獻到什麼程度，你就對他有多大的影響力，能得到多少的回饋，「你的影響力能到什麼程度？」這種觀念在大陸是很重的。

在大陸「階級觀念」很重，尤其很注重「官階」，特別是在海關，所以協會在安排「對口」時要非常慎重。海關關長對台商來說相當重要，尤其是想要「轉型升級」，都離不開海關這一環節，要轉型或升級（雙A企業），實質審理把關的，其實是海關的企業處。

我覺得在大陸要解決事情，依我行事風格來說，認為要請人家幫忙是「有程度的幫忙」，不可能說一定要完全依照自己想的要求來做，如果對方有基本原則要求，還是要退一步來達到平衡點，而且「話講久了會失去它的效用」，也沒有那種「要一定」的錯誤觀念，「說的話要讓雙方都接受」才可以。

在大陸處理事情，對方通常是「吃軟不吃硬」，尤其是政府官員。有一次海關要抓人，有位朋友就要求大家聯名登報抗議。我跟他說，海關今天會抓人，絕對有他的證據，不要去搞這種東西。讓他跟你玩到底的話，今天就算是「誤關」了，也會變「真正該關」。那時

候他還很生氣，到處跟別人說我怎麼可以講這種話，可是後來驗證我是對的。只要肯認錯，大家還是會幫你，市政府也是會幫你。

　　有人說台商協會很多時候都沒有用，其實很多時候還是很有用。有時候很多台商稅沒辦法一次繳出來，我都教他們先繳一部分，然後協會幫你開證明，並且找市政府來背書，如此海關就不須去承擔行政責任，通常事情都會變得好處理。台商協會變成一個平台，來幫你證明「心聲」，也出來呼籲政府協助，如此海關立場變得很穩固，不必去承擔責任，很多時候都是因為中國大陸政府官員害怕去承擔責任，而讓事情難以處理。而這些關係都是要長期去經營的，不是簡單就可以替代的，很多時候有人都說，我在處理海關這部分的事情這麼久，怎麼不休息換人？但是我是退不下來啊。

問：漳州台協與海關在實務上也面臨同樣問題？

答：中國大陸政府官員害怕去承擔責任這一點，在漳州海關也是同樣情況，台商協會成員平常就可以去找關長、科長交流，一般他們都認為「協會」去找他們是公事。但是透過私人關係去找他們，他們都會害怕承擔責任而拒絕，不過透過協會這個平台，以協會的立場去找他們做交流，有業務往來關係也就不害怕被檢舉。

　　台商協會與海關的關係，真正重要的部分，還是要長期培養跟科長、副關長等的關係。若出了事情，有關係他們才會「報門路」讓你知道。

　　真正做業務決定的是科長以上，但是很多事情在科長以下就可以處理掉。有一次我自己的一個貨櫃在蛇口海關出關，真正要出去的時候被扣下來，因為放行條被調包。我的貨櫃放行條被「報關行」換掉，讓走私的貨櫃出去，換個假的給我，結果上不了船被扣下來。那時候在蛇口沒有一個熟人，完全沒有關係可以幫忙（就算想要送紅包

也不知道要往哪送？），弄了很久也證明貨櫃沒有問題，放行條是被調包的，還是沒有人願意擔負責任讓我的貨櫃上船出關。到調查科問的結果是，雖然是貨櫃沒有問題，但是多久能放行要看上面的處置。想問是哪位長官可以決定，也不願意告訴我，整個事情卡在海關，沒有門路處理。後來時間越來越急迫，已經快要違約，只好到海關辦公室前碰運氣。後來很幸運的「等到」關長，表明自己是漳州協會的成員，並且說明事情原委，結果當天幾個小時候就准許放行，事情就是這麼簡單，但是沒有關係、沒有門路，處理事情就是會很麻煩。

問：您們對台商「轉型升級」有什麼看法？內外銷差異大？

答：對於轉型升級的問題，我覺得依現在的條件來看，如果政府沒有利多政策，台商要轉型是很困難的。第一個面對的就是「通路在哪裡？」的問題，我認為在大陸中小企業要處理通路的問題是相當困難的，一定要集合大家的力量，共同來打品牌才有可能成功。以現在來說要轉型做內銷這條路是相當辛苦又不一定會成功的，「內銷」談何容易？尤其是在沒有品牌的條件下。而不能「轉型」那就要「升級」，將產品的附加價值提升才是重點，現在生產量多也不一定賺得到錢。

　　中國大陸太大，想要做內銷，往往錢怎麼被騙走都不知道。人把東西拿走就不見，你沒有辦法跟管道將他找出來，不像台灣小找人很容易。他若說從內蒙古來，你也沒辦法分辨真假，但是生意還要不要做？

　　現在面臨「轉型升級」問題，在討論「生產轉移」，討論「內銷」的台商，多半過去主要都是「生產然後出口」，嚴格來說「只懂生產」不懂marketing。「內銷」與「外銷」整個策略與經營方式不同，而且「行銷」是一門很大的學問，絕對不是可以用「生產」的那些概念去套用的。「生產」跟「銷售」是完全不同的兩回事，過去

很多人都搞錯了，以為合起來、錢夠多就可以去做行銷，最後往往失敗。做生產的人想的是「如何降低成本」、「如何增加產業鏈的延伸」，根本不懂如何「佈點」跟「銷售」，「行銷」需要的是「專才」。因此外銷想要轉內銷是相當困難的，並且認為非常不容易成功。

我下半年營收變不好的原因，都是收不到錢。進口鋼材原料時花的都是現金，加工以後賣出去「票期」都很長，有的還要求開七個月，加上我一個月的生產時間，就有八個月收不到錢。現階段大家都是以「保本」為主，誰能多留口元氣，就多一分機會，哪還有人願意撒錢下去做通路。

東莞台協之前請外貿協會來做東莞「大賣場」的評估，認為內銷通路的據點，光是只有東莞是不夠的。現在仍在思考要怎麼去突破，「通路據點」跟「如何降低大量採購成本」都還有許多問題。東莞「大賣場」如果可以做起來，之後可能考慮跨省延伸，但是因為過去沒有基礎（例如大潤發在台灣就有基礎架構），現在要做還是很困難的。我覺得「升級」反而是比較容易的，比「轉型」還來的可行。

「轉型」比較可行的方式，認為是透過「異業結合」，在加強自己的本業專業下結合不同行業，最後發展成另一種新的產業，是比較可能成功的模式。我的「小牛津」就算是轉型，這個轉型過程大概十二年，但是在去年同樣遇到瓶頸。最主要的問題還是在於東莞比較不制度化、較不規範，像這十年來稅收得亂七八糟，「大事化小事、小事化沒事」，人治色彩重。雖然如此，但是東莞市政府對台商還是有比較特別的照顧。

小牛津的前十年發展不錯，大家也相安無事，可是在去年「內地老師」就出現問題。地方意識抬頭，學校一有不合規範的地方，或者是許多透過「關係」來處理事情的方式，一經他們發現，就去檢舉或

跟媒體披露，因此很多事情與規畫都見光死。另一方面，在東莞也出現了類似的競爭，今年開始可能就要開始決策，目前規劃發展「東莞外語實驗學校」，首先大量招收台灣與國際的學生，接著招收內地的學生，將整個發展成立另一種不同的系統，應該要往「多角化經營」發展，不能再局限於只招收台灣學生。

　　台商未來的發展，還是一句老話「各憑本事」。台商在大陸發展這條路還是要繼續走下去，但是企業的發展策略在哪裡，要判斷清楚，將企業體質健全化，要仔細評估不能跳躍式思考，在財務規畫上要腳踏實地，不要一味地只想透過財務槓桿來發展。

　　這一次外商總共倒了一百五十多家、本土民營企業卻倒了200多家，有部分的原因也是因為，民營企業原本都是靠我們外商企業的下游訂單來生存，「我們都吃稀飯了，他們怎可能還吃米飯」。另外評估過完年後中國大陸房地產業者，應該還會再死掉一部分。

圖：大陸傳統產業對台商仍有其不可替代性？

答：台商的未來在大陸這一塊還是要繼續走下去，其他地方（越南、柬埔寨）也不太可能再去發展。發展還是要各憑本事，看產業的適性、技術基礎、資金能力，以及對政府政策轉變的因應。目前中國大陸政府政策的走向，還是認為傳統產業是基礎、基石，不可能為了高科技產業而通通不要傳統產業。高科技產業的發展還是要依靠傳統產業來支持，電腦、手機可以不用，但是衣服、鞋子總是要穿，飯總還是要吃。

　　例如台灣現在為甚麼會這麼慘？就是因為當年傳統產業的出走，台灣的事業基礎，整個轉移到中國大陸，造成失業率上升。中國大陸也是，人口這麼多，要不是因為有這麼多台灣的傳統產業移到大陸，失業率一定飆升，大問題就來了。傳統產業是把財富平均分配到每個

家庭中去，而高科技產業則是將財富集中在少數人手中，台灣只剩高科技產業，所得差距因此惡化，而傳統產業因為活不了而去了大陸，又怎麼可能會回來，失業率也就壓不下來，傳統產業仍舊是相當重要的。

全球布局、品牌與在地化*

鄭寶堂

〔捷安特（中國）有限公司總經理〕

◎訪談重點

- 台灣自行車產業出口績效與挑戰
- 大陸相關產業與競爭趨勢
- 如何看待大陸市場與商機
- 企業成立背景與市場開拓
- 從OEM到品牌之路
- 巨大全球布局與大陸投資策略
- 建立中國大陸供應鏈
- 行銷策略與顧客服務
- 人才培養與「在地化」策略
- 未來經營規畫與挑戰

---

* 本章由國立臺灣大學政治學系徐斯勤副教授、經濟學系林惠玲教授、經濟學研究所博士生李曉雲負責訪談與記錄整理。

　　本次訪談主要目的是為了瞭解台商在大陸經營概況與環境、發展策略、可能面對的問題，以及應對方式等。自行車具備使用方便、價格低廉、不耗費能源、有利環保，以及兼具運動休閒、旅遊等特性。在歐美等地對運動的偏好，和環保意識抬頭下，使得自行車市場消費需求有呈現上揚的趨勢。台灣在自行車產業的廠商努力之下，於國際上享有「自行車出口王國」的美稱。而本次則是特別針對台灣自行車產業龍頭巨大機械公司進行訪談，受訪對象為捷安特在大陸昆山分公司的鄭寶堂總經理。鄭總經理自1980年初就在巨大工作，巨大投資設立大陸昆山分公司，從當地訪察到投入生產，鄭總經理全程參與，對巨大在大陸的投資，有豐富的經驗，有助於我們對巨大的發展建立較深入的認識。

問：台灣自行車產業出口績效與挑戰為何？

答： 根據經濟部國際貿易局和台灣區自行車輸出業同業公會所整理之2008年台灣自行車主要出口國家統計顯示，台灣十大自行車出口國家前五名為英國(數量956,995輛，金額158,830,056美元)、美國(數量720,187輛，金額297,358,656美元)、德國(580,516輛，金額138,453,851美元)、荷蘭(數量449,189輛，金額134,405,495美元)、瑞典(數量388,299輛，金額43,406,679美元)。歐、美、日各國為拓銷重點國家。

　　但隨著歐盟法令轉變，使得台灣自行車供應和銷售鏈也受到影響。自1998年歐盟執委會公告開徵臨時反傾銷稅，台灣自行車在歐盟的銷售數量大幅銳減。於2004年2月26日歐盟執委會終於取消台灣輸歐自行車產品反傾銷稅之課徵，但卻於2005年7月對中國、越南自行車課徵反傾銷稅，中國反傾銷稅率高達48.5%，越南則課稅15.8%-34.5%不等。在此之後，歐洲自行車生產業者即對於原產於中國與越南的自行車，是否會轉運至台灣以規避反傾銷稅，則有質疑，

使台灣自行車業供應鏈產生重大調整。加上近年來，巨大及美利達在奧運及環法賽等重要國際自行車賽中獲獎，台灣高級自行車技術及品質聲名大噪，使得高級車種訂單產生明顯回流台灣的現象。

問：**大陸相關產業與競爭趨勢為何？**

答：其實從2000年開始，大陸自行車的出口值已正式超越台灣，成為全球最大的自行車出口國。顯示台灣中、低價位生產的優勢已完全由大陸取代，台灣廠商則朝向具創新、高品質、高附加價值的產品發展，以差異化產品立足全球自行車市場。但自2005年歐盟開始對中國大陸與越南出口的自行車，課徵前述的高額反傾銷稅，使巨大、美利達等大廠生產計畫重新調整。短期作法：是先將原委託越南台商代工合計約30萬台訂單，轉回台灣自製或委外發包；中期作法：則朝擴充歐洲廠產能方式因應。巨大原先委託越南廠商代工生產的車種，因價位較低，除初步研擬在台灣交由外包廠商代工外，也有可能放棄生產，讓台灣廠全力專注生產高級車種。至於過去產能較低的歐洲廠，則計畫提升生產效率，將部分中級車種移往當地荷蘭廠生產，直接出貨到歐洲市場。而美利達工業方面，原委託越南代工輸歐的近十萬輛自行車，調整移回台灣廠生產，結合中國大陸廠生產的車架與本地外包廠的組裝成本後，再輸往歐洲。

問：**如何看待大陸市場與商機？**

答：據估計大陸目前十三億人口中，自行車仍是上下班通勤最主要的交通工具。有78%家庭擁有自行車，而每個家庭又平均擁有1.27輛，全國總數約4億5,000萬輛，平均每三人一台，是全世界自行車擁有量最多國家。自行車產業分佈地區，可分為華南、華東、華北三個聚落，產業發展是由南往北移動。從1990年起台商赴大陸投資熱潮，以深圳為

中心，帶動華南地區自行車產業蓬勃發展，形成一個年產量2,500萬台以上的大規模生產群體；華東地區以上海、昆山、常州等地為據點，形成於1990年代後期，台灣的巨大集團、日本石橋等大廠先後選擇在此設立據點；但近兩年生產重鎮則有往華北移動趨勢，以天津為主的新興自行車產業聚落，年產量亦達2,500萬輛，以供應廣大內需市場為主。

據大陸統計局統計資料顯示，2007年大陸自行車產量為7,475萬輛，較2006年成長為-0.033%。美國、日本、俄羅斯、非洲為中國自行車出口量的前幾大區域，歐盟反傾銷稅之掣肘，使得大陸未來生產可能因此受阻。未來五年可說是大陸自行車產業發展轉型的關鍵期，可能趨勢為小廠將加速被淘汰。至於能存活下來、有實力的廠商，則須不斷強化研發與製造能力以求生存，同時市場上品牌影響力開始發酵，銷售體系與售後服務體系的建立開始受到重視，並趨於完善。

問：大陸電動車市場是否有發展空間？

答：在電動自行車發展方面，因大陸積極推動反污染法令，使得電動自行車近年銷售量呈倍數成長。上海、浙江、江蘇等地分別通過特別法，許可電動自行車申請牌照上路，帶動華東地區電動自行車產業的快速發展。此一市場快速興起原因來自城市腹地擴張、職業婦女增加、人口老化等，傳統自行車已無法滿足市場需求。而電動自行車價格介於機車與傳統自行車之間，因此廣受消費者青睞。在部分地區如無錫、鄭州、河北等地，電動自行車出現供不應求狀況。但電動自行車存在的安全隱患及電池對環境污染的影響，使得部分地區對電動自行車採取限制使用措施（如廣州、珠海等地），因此電動自行車的銷售，在大陸未必能形成普遍熱絡的長期趨勢。

但也有專家抱持樂觀估計，認為電動自行車的安全隱患及電池對

環境污染影響目前已逐步開始得到控制，且中央的政策是將低噪音、無廢棄污染、耗能少的電動自行車列為鼓勵發展的節能產品之一。因此，未來三至五年有可能是電動自行車銷售高峰期，目前大陸全國電動自行車市場年產量大約在2,000萬輛左右，且每年以20%至30%速度成長。總的來說，大陸電動自行車市場整體而言將會繼續成長，但由於各地政策不一，將導致競爭環境不平等。再者，雖然品牌集中度已較為明顯，但雜牌產品的依舊存在，將導致市場無序競爭情況無法消除。

問：談談企業成立背景與市場開拓

答：巨大公司創立於1972年，當時正值台灣巨人少棒隊揚威國際，得到世界少棒的冠軍之時。這讓巨大董事長劉金標決定以巨人（Giant）為名，希望自己做的自行車，也能成為大家都知道的品牌。當時由於原申請名稱巨人已有公司命名，因此改名為巨大，而Giant翻譯為捷安特。劉董事長當初決定投入自行車產業其實也是因緣巧合，與幾位朋友在台中聚餐時，有人提及基於健康休閒的原因，美國正在大力推廣民眾騎乘自行車，市場需求強勁，自行車外銷的情況很不錯，建議大家不妨一試，於是巨大機械就於1972年創立。

　　當時正值第一次石油危機，美國興起一股自行車熱潮，美國的自行車除本身生產外，主要是由日本供應的。由於需求一下子高漲起來，日本產能供應不及，因此很多人拿著單子來台灣找人生產，台灣因而崛起的自行車製造商約有三百多家。但當時台灣供應鏈很差，大家只是一窩蜂地去做，做出來的品質良莠不齊，因而許多廠商經營不久便倒閉，最後剩下一百多家廠商。當時劉董事長就覺得要做就做到最好的，於是他到日本去研究，和日本大廠請教或是購買日本的技術，並重視生產品質。當時美國Schwinn因為日本供應成本較高，再

加上美國罷工潮，於是找上了台灣巨大。那時是Schwinn要多少，巨大就接多少單，使Schwinn不會因為美國罷工潮而有所影響。

問：從OEM到品牌之路如何走的？

答：早期的巨大以自行車代工（OEM）為主，在1980年已經是台灣第一大自行車製造商；但另一方面，從事代工的OEM廠商，期待客戶永遠不抽單是不可能的事。OEM的經營策略就是客戶的集中度不能太高，如此才能緩解抽單風險，提升公司經營的穩定度。1981年，巨大事業巔峰時期，最大客戶Schwinn訂單量就佔巨大75%營業額。這對巨大而言風險頗高，當時巨大就希望和Schwinn一起創立品牌，可是Schwinn並無此心。過了不久果然以台灣生產成本過高為由，逐漸抽單轉到中國製造，並和香港公司至中國深圳合資，設立自有車廠，不再與巨大合作。

此時巨大劉董事長在看到同業陷入削價競爭的苦戰之後，毅然調整方向在美國成立自有品牌「捷安特」（Giant）。其實早在巨大OEM十年左右，就於1981年以Giant這品牌名稱在台灣內銷。由於Schwinn的客戶主要來自美國，巨大希望趕在Schwinn的新產品推出以前，先進入美國市場。因此便以公司名「巨大」譯音的捷安特作為自創品牌名稱，於1987年進入美國市場。還好當時此一品牌進入美國速度較Schwinn抽單速度快，因此度過了此一危機，也開啟了巨大更寬廣的事業。隨後巨大便靠著本身的創新設計、優異的組裝品質與售後服務，在歐、美、亞、澳等市場一路攻城掠地，驗證了創新設計、優良品質與售後服務的重要性。

巨大從OEM代工廠，到轉型朝自有品牌的路上發展，有其不得不如此的理由。如同多數OEM代工廠商向來的宿命，當年面對大客戶變心抽單，讓巨大一度陷入空前危機，不過卻也因而促成巨大走上

自創品牌之路。瑞士洛桑管理學院教授杜品曾經表示：「台商的弱點在於太短視，只想賺容易的錢，而不願做長期投資。」結果多年來，台灣在國際市場上叫得出名號的品牌，少之又少。要永續經營一定要有自己的品牌，但打品牌是條漫漫長路，企業要有永續經營的決心。原本從事OEM的廠商想投入品牌事業，可利用成立專業品牌行銷公司的方式，讓這家專業品牌行銷公司維持獨立性，如此可避免公司內部文化衝突以及與代工客戶利益衝突的問題。

　　在中國經營對捷安特品牌提升是有幫助的，原因有三：(1)中國的市場如此龐大，因此沒經營中國市場是不能稱為全球性品牌的；(2)中國提供的低廉勞動力使巨大更具有競爭力，當然這部分的力量在降低當中，目前有逐漸被越南取代的趨勢；(3)中國市場競爭相當激烈，若能在中國生存便能在其他國家生存。

問：巨大也做全球布局策略？

答：自行車在荷蘭是最重要的交通工具，由於荷蘭地勢平坦，市鎮與市鎮之間的距離都少於7.5公里，因此非常適合行駛自行車，幾乎人人都有一輛自行車。根據荷蘭二輪車協會RAI統計，84%的荷蘭人至少擁有一輛自行車，自行車平均使用壽命為12年，因此荷蘭每年約有一百萬輛的市場需求。再者，荷蘭是一個具有高度國際視野的國家，樂意配合外國投資者需求，荷蘭貿易暨投資辦事處副代表胡納（Jan Huner）曾說過：「台灣與荷蘭有與生俱來的關聯，不僅台灣的管理人與荷蘭人有良好的溝通，在經營精神（business mentality）上也是相通的。」

　　在Schwinn抽單事件後，再加上當時歐洲掀起登山車熱潮，於是巨大決定在美國成立美國公司同時，也於歐洲成立歐洲公司，於是1986年在荷蘭成立捷安特歐洲公司；之後又因荷蘭地域之便和歐盟政

策影響，巨大公司選擇在荷蘭組裝產品，再轉銷至鄰近的歐洲國家，因此歐洲製造工廠於1996年荷蘭成立。

　　由於歐洲人較注重自行車品牌和品質。台灣廠商最好先提高自我品牌知名度，再進入市場。而台商提高自我品牌知名度最好的方法即是參加展覽和各式自行車競賽，歐洲自行車展在德國的Friedrichshafen舉行。

問：巨大如何思考大陸投資與布局？

答：赴中國大陸投資，則是劉金標董事長生命中的另一項大賭注。劉董事長從大陸1978年改革開放後即一直關心大陸開放情況，並積極參加兩岸經濟論壇。當時已有多家自行車業者投資大陸，但選定的地點多在廣東深圳。自行車業者去大陸投資主要是因為台灣的薪資已開始高漲，有訂單但請不到工人。劉董事長認為去大陸投資，一定要考慮大陸的市場，將大陸當成一個home market來經營，因為台灣市場實在太小，當時就有高達90%產量外銷，劉董事長至大陸希望能一半內銷一半外銷。若以此為考慮，則台商原聚集的華南地區就不適當了。雖然當時自行車的供應鏈在華南，但由於華南市場較小，在那裡的廠商多以外銷為導向，要行銷全中國的成本相對較高。因此當時選擇設廠於華東地區，華東地區外銷可透過上海港；內銷則可利用上海，上海為中國交通的樞紐，是一個極具地利之便的地方。只做OEM會使公司像一個遊牧民族，因此要將中國以home market方式般經營，使它成為一個有力的後盾。

　　當時成立考察小組，考察上海、江蘇等各地，後來經人介紹至昆山，1992年時選擇在距離上海四十多公里的昆山技術開發區，創設捷安特中國公司。選在昆山有三個原因：(1) 昆山技術開發區當時被評為國務院級的開發區，巨大認為設在國家級開發區會較有保障，政策

較不易更改；(2)昆山的地理條件，有公路又有鐵路，近上海，交通方便，運費便宜，再加上當時上海為中國最大的消費集中地；(3)當地政府積極協助，並特別允許巨大生產的自行車可50％內銷，給予巨大自行車生產許可證和出口配額。此外，當地政府做事有誠意又有擔當，會主動向中央積極爭取權利。巨大在當時是華東地區自行車產業的開拓者，而此項決定也為巨大捷安特日後發展成為全大陸第一大自行車品牌，奠下了有利基礎。

問：如何總結巨大成長與發展階段？

答： 大致可概括為：(1)篳路藍縷階段(1972-1975)：為創業草創期；(2)OEM階段(1976-1985)：以OEM方式壯大本身實力，穩定銷售，並於1981年台灣推出自創品牌，且至各地設銷售點；(3)設立行銷公司(1986-1991)：分別於1986年在荷蘭成立捷安特歐洲公司、1987年成立捷安特美國公司、1989年成立捷安特日本公司、1991年成立捷安特澳洲公司和捷安特加拿大公司；(4)1992年至大陸設立製造工廠：對國外廠商而言，當台灣成本提高時，巨大可至大陸生產，不需要再找新的合作者；或者是中低階產品在大陸生產，中高階產品在台灣生產，因此進入大陸設廠投資，對巨大邁向全球化而言，具有重大意義。

問：中國大陸投資策略與供應鏈如何建立？

答： 中國大陸一般家庭在改革開放初期，常以自行車、手錶、縫紉機等「老三件」為財富標誌，因為自行車本來就是大陸的民生必需品，市場龐大。當時的中國生產的自行車被稱為「黑老虎」，此種自行車較為笨重，多用於農村載貨使用，若作為交通代步工具，不見得適合。而八○年代已有多家台商在華南地區，這些台商逐步帶動了大陸自行車國內的新市場，如登山車，再加上當時台灣的薪資已開始高漲，於

是劉董事長決定去大陸投資。

　　在想將大陸當成一個home market來經營的思維之下，一定要考慮大陸市場，由於捷安特的定位較高，因此決定先由較能接受新資訊的大都會打起。在考察小組實地考察後，1992年時選擇在昆山技術開發區，創設捷安特中國公司，選在昆山的原因如之前所述。接著，巨大又與上海鳳凰自行車廠合資成立上海巨鳳公司，從事童車的生產與外銷；2004年，基於搶攻西部大市場需要，巨大於四川省設立捷安特（成都）有限公司；2007年基於昆山廠產能已飽和，其經營策略包括：進行轉型升級的需要，於天津市設立捷安特（天津）有限公司。

　　由於巨大的車款和中國原生產的黑老虎車款不同，再加上品質要求的差異和英式規格的零元件，剛開始巨大採取捨近求遠的方式，自台灣進口零元件；但此非長久之道，長遠來看仍應建立本土的供應體系。巨大於1997年設立泉新金屬製品，2000年再設立捷安特昆山輕合金公司，投入鋁擠型製品的生產，確保捷安特中國子公司的零元件能穩定取得無虞。此外，巨大另外還協助台灣的相關廠商至大陸華東地區設廠，不論是還沒去大陸投資，或是已去華南地區投資者，巨大皆協助他們設廠；以捷安特配套廠的身份，獲取當地政府的重視，以獲得較佳投資條件，例如租地可較便宜。

　　當時巨大還將經營理念相似之廠長，集合由劉董事長、鄭總經理及資深工程師組成的SQA（Supplier Quality Assurance）小組，來幫配套廠商上課，跟配套廠商進行經營理念溝通，輔導配套廠商，並針對製成零件的規格作經驗傳授，以符合國際市場的要求。現在配套廠商有80%來自於華東，10%來自於華南，10%來自海外，1/3為當地廠商，2/3為台商與日商，就價值來衡量，80%是屬台、外商。

　　巨大每年皆會設定本土採購比例，這比例是不斷增加的，因而使日本零元件廠商逐漸到華東地區設廠，而原在華南地區的廠商也開始

想到華東地區設廠，使華東地區成為目前自行車產業聚落最齊全的地方。現在昆山捷安特的零件採購10%來自台灣 (這部分主要為高級零元件)，20%來自國外進口，70%為國內採購。而零組件的採購約在方圓100公里內，因此具有聚落效應，至今還是以台商供應為主。

問：如何思考行銷策略？如何服務顧客？

答： "Global Giant, Local Roots"（全球品牌，當地生根）是巨大全球化的策略，「不做第一（No.1），只做唯一（Only 1）」是巨大的經營理念，巨大目前在全球有六家自行車及一家電動車製造廠；二個原料製造工廠、十多家行銷公司、一萬多個行銷據點，並在全球設立了一萬多個專賣店和與數千家自行車專賣店合作。至今，捷安特仍不斷創新，每年推出一百款以上的各型車種，從專業比賽用車、公路車、城市休閒車，到兒童用車、女性用車、電動自行車到學步車等。劉董事長希望從產品開發、製造、行銷到售後服務，都做到Only 1，每項機能都具有獨特的競爭優勢。

　　在堅持著「讓顧客感動」的品牌信念下，巨大對消費者採取全方位服務，從策略（strategy）、支援（support）、服務（service）三個S構面，滿足消費者對產品品質保證的承諾需求。且不論是哪一種階層，巨大都堅持使用單一品牌，不以副牌來作區隔，減低產品的價值感。雖然捷安特比市場上其他同級產品貴上20-25%，可是它提供的選車資訊和建議、售後服務、品質保證的Total Cycling Solution是其他量販店的通路無法給予的感受，這就是捷安特的品牌附加價值。

問：介紹一下銷售管道類型區域與方法？

答： 自行車的銷售管道主要分為三種：獨立自行車商（Independent Bicycle Dealer, IBD）、大盤商（The Mass Merchant）、各式體育用

品零售商（Full-Line Sporting Goods Stores）。就捷安特而言，台灣以獨立自行車商，即專賣店的方式為主；但通常售價較高，服務品質為其主要的訴求。大陸也以IBD通路為主，供應中檔產品，以產品或銷售地區作為區隔。捷安特曾經對不同層級的消費群做過研究，發現很多捷安特的消費者之所以對這個品牌忠誠，在於量販通路無法獲得完整的售後服務；而捷安特所提供的Total Cycling Solution能讓要求質感的自行車騎乘者產生信賴和滿足。

巨大的銷售區域遍及美洲（最多）、歐洲（次多）、亞洲（第三）、紐澳及其他地方。在大陸，目前有15個直營店，44個經銷商，56個銷售商，一千多家捷安特專賣店，約一千家店中店。其中，福建省平均銷售量高達三萬多台，北京專賣站已擴大到二十幾家，每家平均銷售量都有四千多台。在日本，於1998年投資日本著名的流通廠商HODAKA公司30%的股權，透過巨大公司令人信賴的生產品質與日商HODAKA公司在日本市場已擁有的行銷通路，二者的結合，大幅提高捷安特在日本的銷售量。在美國，約有一千六百個行銷點，銷售量均高達四十萬台，在歐洲銷售量也由20萬台增加到40萬台。

品牌及行銷通路一直是巨大成長的重要動力，每年巨大約投入總營業額8%的經費在全球行銷上，並利用歐洲人普遍對於自行車競賽有濃厚的興趣，透過運動行銷模式，以持續贊助國際專業車隊參與全球重要比賽的策略（如2002年贊助西班牙Once車隊並得到環法團體賽冠軍，2004年起贊助德國TCR T-Mobile ISP車隊，也蟬連環法自行車賽團體總冠軍2連霸，2007年贏得德國IF和Red dot兩項大獎的City Storm），來提高捷安特在歐洲的品牌知名度。

巨大的企業文化特色就是誠信踏實。不像其他企業多角化經營方式，巨大專注本業，不斷改善創新，以否定自己的方式，維持創新的動能來找出更好的管理方式、制度或產品技術。劉董事長希望將捷安

特變成一個生活化的品牌，重新為消費者塑造另外一種生活型態。這樣持續挑剔自己的思考方式，就是捷安特維持領先的動力，也是造成今天捷安特能成為全球知名自行車品牌的主要原因。

問：人才如何培養，實行「在地化」策略？

答：巨大在全球有六家自行車製造廠及一家電動車製造廠，分別為台灣的大甲總廠、歐洲的荷蘭廠、中國大陸的江蘇昆山自行車、電動車廠、上海巨鳳廠、四川成都廠、天津廠及十幾家行銷公司。這些據點所需的人才，原則上都是「就地取才」。就地取才的好處是，對當地市場的特有文化、消費習性、市場需求及語言，較能有效掌握，進而能與消費者做深度交流。這點可以說與宏碁Acer品牌在歐洲的成功經驗相同，必須要借重當地人才，才能協助品牌成功開拓海外的市場。

「能力主義」和「貢獻主義」是巨大全球各地員工的共通標準。所謂能力主義就是以誠信踏實、專業知識、經驗、語文能力及電腦知識為考慮；至於貢獻主義是指人才的待遇和升遷，完全是以其業績及貢獻度作為衡量的標準。由總部依據能力和貢獻遴選優秀的在地人士擔任子公司的經營負責人，再由各該負責人挑選在地人作為其下屬，在當地負責人領導之下，完成所屬任務。

在大陸，員工多來自其它省市，本地勞工比例低。原因在於沿海地區勞工的就業機會較多，且較瞭解當地情形，因此大多不願意到製造業工作，當地的人以做小生意或從事服務業居多。雖然中國自行車整車廠的員工流動性高，同業間挖角情況普遍，但這些流動大多為技術工人與基層人員，主管人員的流動性比較低。目前台籍幹部有九位在自行車部門，六位在電動車部門，約有二百位陸籍幹部；而員工總計約三千六百位在自行車部門，五百八十位在電動車部門，員工以一班制方式生產。

　　研發方面，由歐、美、台三大研發中心的資訊搜集、產品研發，根據比較利益下，再由五個自行車製造廠分配，而六大區域行銷中心做產品銷售與推廣。目前全球有超過一百五十位研發人員是從事跨國性的聯合新產品開發，其中，有1/3的研發人員是在台灣。這部分較少大陸人才的原因在於：大陸人員以消費者的角度來改善或創新產品的能力仍有待強化，因此在產品開發受限較多。再者，大陸人才出國參加展覽或培訓，往往有行政上的困難，因此受國外資訊洗禮與衝擊的機會相對較少。

　　巨大不怕大陸廠商將技術學走，因此一進入大陸市場就使用較好的技術水準生產。他表示，就算不去大陸，還是會被學習、模仿，不能因為怕被當地廠商學習，就不去大陸發展，重點是要跑得更快，走在他們前面。在大陸發展的前三年是以國外技術帶入市場，研發較先進技術，大陸則是以亞洲市場及電動車和折疊車的產品研發為主。每半年巨大就會舉辦全球各地的巨大產品交流活動，讓各地的巨大主管相互學習交流，甚至相互挑戰激勵。而此種作法背後的基本理念則是：與其給別人打倒，不如給自己人打倒。

問：發展上所面臨的問題為何？

答：在大陸發展，就必須要面對產品仿冒和人才流動過高等問題。在仿冒方面，由於捷安特在大陸為自行車市場中的領導品牌，因此仿冒捷安特品牌的自行車有如雨後春筍般，車子的外觀都很像，也標榜著與捷安特有相同的品質。捷安特自行車在大陸的售價為人民幣500-600元，仿冒品的售價則是便宜100元到300元不等的情況下。有些原購買捷安特的消費者，一時間會被吸引去購買仿冒品，但購買後就發現品質不佳，使用壽命不長，之後大多都還是會再回來購買正品。其實「仿」是一個發展中國家的重要學習來源，因此當地廠商會想找知名

品牌仿照，且大多僅能仿外觀，但若是「冒」的話，就不應該了。目前巨大發現有人冒用捷安特名稱的話，會照相回來，請公司法務人員協同當地的工商管理部門去處理。捷安特已於2000年時被大陸國家工商行政管理局列入「全國重點商標保護名錄」；2004年獲得中國名牌產品及馳名商標，由大陸公權力介入交涉，確實有減少仿冒猖獗的問題，也確保捷安特高品質、服務的良好品牌形象。

另外一個嚴重的問題是，大陸人才的流動率高，由於沿海人力工作機會太多，再加上大陸八〇年代出生的人開始投入勞動市場，眼高手低，不能吃苦。一開始巨大以雇用當地人才為主，外地人為輔；現在則是以外地人為主，而當地的人多選擇做小生意，自己當老闆。外地人半年內的流動率很高，但大多是基礎人員在流動，幕僚和高技術人員變動較少，目前僅能由內部管理、技術認定、教育訓練、企業文化培養等方式來改善。

《勞動合同法》對巨大的影響不大，因巨大在這法案還沒提出來之前，巨大就一直照規定做。《勞動合同法》造成的成本提升大約只有百分之十幾，它使得勞工意識抬頭，對於假期、加班費計算、基金計算基礎都需要與員工不斷溝通。而有利緩解衝擊的因素則包括：工會組織支援，而昆山政府有時也會在發生爭議時派員給予協助。此外，昆山市其實一直是台商與地方政府互動良好，甚至為當地地方治理政府產生積極貢獻的典型範例之一。昆山政府每半年都會辦理大型台商座談會，台商協會每個月會請不同政府單位宣導，因此昆山的溝通管道始終維持暢通。例如，曾有台商向昆山政府提出改善治安問題，當時昆山政府的回應程度積極到增設了派出所，也同時加派警力。又如，有人提出整頓職業介紹所，因為某些介紹所提供的人才素質良莠不齊，介紹所為了賺取仲介費，往往希望求職者儘快找到雇主，因此難免出現雇主發現介紹來的人才不能稱職的情況。為此，當

地政府乃設置人才市場，將職業介紹所設置在劃定的區域中，實行統一管理，例如勞力仲介時間統一對外發布，必須透過在此區域中的介紹所才能徵才。這些來自當地政府的支持，確實對台商在地方發展有所幫助。

問：未來經營發展有何規畫？主要挑戰為何？

答： 2003年起，台灣自行車生產不斷萎縮，劉董事長認為台灣自行車市場雖小，大陸市場雖大，但台灣生產出來的高級自行車是不可能完全被大陸取代的。但台灣自行車產業的發展單只有靠巨大的力量是不夠的，因此結合美利達公司，由巨大與美利達二大車廠帶領，再加上十一家理念一致的零組件製造商，以新材料、新功能、新用途的「3N」策略概念，成立台灣自行車協進會(A-TEAM)，以振興台灣的自行車產業，亦確保IBD高級自行車市場不會萎縮。

在行銷方面，以舉辦A-TEAM會員車隊活動為宣傳。在研發方面，鼓勵A-TEAM協力廠商提升技術與品質，加強研發，以取代歐美的原物料供應，帶動技術升級，朝向高品質化轉型發展，塑造台灣成為全球高級自行車生產重鎮的新形象。在生產方面，工業局中心衛星工廠推動小組配合「車輛產業總體競爭力提升計畫」運作之下，協助自行車產業推動豐田生產系統（Toyota Production System, TPS），來提升品質、縮短產品交期、消除浪費、降低成本方式，做到即時化、少量多樣化的生產架構。巨大實施此方案僅二年的時間，已取得顯著績效，庫存降低40%、生產批量由二百台降低為五十台、訂單到出貨時間由四十五個工作天縮短為十四個工作天、投入到產出由十個工作天降低為5.5個工作天、達成率由43%提高為83%。由此可見，推動TPS建立了巨大快速反應能力及提高經營效率。

2003年以來，A-TEAM已成為政府扶持企業的良好模式，將國際

市場的餅做大，不論對政府或廠商都有好處。台灣的競爭優勢已非價格競爭，而是技術優勢和資本優勢。在A-TEAM領導台灣自行車業協同提升產品等級下，透過這六年的努力，出口價格已提升二倍，出口量也回升了，使台灣出口的平均單價，由原本的100多美元，上漲到現在256美元。雖然出口金額在2003年A-TEAM成立後，有高有低，但出口平均單價卻是持續上漲的，便不難發現A-TEAM促使台灣和大陸價位差距增加。

　　面對全球金融海嘯，經濟陷入困境，巨大董事長劉金標說：「自行車業還是會持續成長，絕不會出現蛋塔效應。」原因在於，自行車可以代步交通外，還可以為一項運動休閒工具。在金融風暴後，雖然市場需求萎縮，但台灣出口僅下滑15%，而大陸出口卻下滑30%，顯示歐美人士不會因為金融風暴，就改買單價較低的自行車產品(台灣出口平均單價為256美元，大陸出口平均單價為45.4美元)。主要是因在能源、環保觀念之下，大家重新認識自行車的符合節省能源及增進環保，同時在重視休閒運動趨勢下，使自行車成為休閒運動的最好工具之一。

　　這次的金融海嘯整體而言，在歐美市場受創頗深之下，巨大會將成長動能放在亞洲地區，尤其是大陸市場潛力最被看好。因此亞洲相關投資案仍持續推動，包括台灣廠、碳纖廠、大陸天津廠的生產線擴充，以及台灣與日本等地生產線擴充。金融海嘯雖造成民眾口袋縮水、消費力降低，或許影響購買自行車的能力。但以台灣銷量來看，過去台灣僅有六十萬台的銷量，現在已有一百多萬台的銷量，顯示金融風暴在台灣地區自行車銷售量不減反增。因此在政府因環保大力推行和人民觀念改變之下，巨大相信未來銷量仍會不斷成長，擴充產能勢在必行。至於大陸市場布局，巨大新近完工的天津廠，第一條年產能達35萬輛自行車的生產線已經投產，預估2009年中國內銷數量應會

超過外銷數量。

　　除了上述收穫外，鄭總經理也給予台商一些建議。雖然就電動自行車而言，中國的市場最大，其次是日本，一年大約有二千多萬輛生產，但目前中國的市場很亂，政府條件不一，屬不成熟的產業。雖說已有二千多家廠商有生產許可證，但無證的廠商至少也有二千多家。目前在市面上的產品，有70-80%為不符合國家標準的產品，因其大多利用電動自行車的名義，來規避牌照和檢驗問題，但實際上卻為電動摩托車。再加上目前其使用電池仍有環保與回收的問題，且電池大多為大陸國內生產，顯少進口，品質十分不穩定。最後，此一產業現在已進入價格戰的時期，因此台商在進入這產業前，應深思熟慮各種可能問題。

　　在金融風暴的衝擊之下，目前市場萎縮是全面性的，歐、美、日三大市場間萎縮的情況差異應不大。廠商應開拓新的市場，印度市場是具有潛力的市場，因此目前巨大正在考慮至印度設置銷售點。印度市場和大陸早期市場一樣，許多人騎自行車，但大多為黑老虎車型。隨著所得增加，對於現代化自行車需求應會而慢慢上升，是個值得考慮的市場。但進入前應先想好本身的供應系統是否能支應，產品品質和價位的設定等問題。

問：總結巨大機械公司在大陸投資成功的關鍵原因有哪些？

答：1. 創新設計、優良品質與售後服務的重要性。若要企業永續發展，代工非長久之路，自有品牌的建立是產品轉型必經之路，也是企業長久經營之道。

2. 至任何地方投資除了當地人力、氣候、法規、消費習慣、競爭廠商和供應體系等資料的研究搜集外，到當地數次的深入實際考察亦是事前必要的準備工作。

3. 全球化，利用各國具有的比較利益分工生產，是成為國際品牌要件之一。

4. 針對不同國家、不同市場應運用不同的銷售管道和行銷手法，價格和產品種類也應有所不同。

5. 台商因應大陸低價策略的方法，就是生產差異化高品質的產品，唯有和大陸產品區隔市場，才能找到生存之路。

6. 不斷創新、不斷研發先進技術，就不用擔心別人的模仿與學習。

7. 重視人才的選拔，以能力和貢獻作為選用全球各地員工的共通標準。

8. 以A-TEAM為代表的產業內廠商合作策略，可帶動體系升級，朝向高質化轉型發展，同時亦為促進台灣產業升級，並建立台灣廠商優良品牌之法。

大陸布局成因與現實挑戰*

甲經理

◎訪談重點

- 企業經營的現況與前景
- 企業赴中國大陸投資之原因
- 企業在大陸的經營策略
- 企業之行銷策略
- 人力資源「在地化」策略
- 企業當前發展之挑戰
- 金融風暴的影響
- 前瞻與省思

---

* 本章由國立臺灣大學經濟學系林惠玲教授、政治學系徐斯勤副教授、經濟學研究所博士生李曉雲負責訪談與記錄整理。

　　甲塑膠公司從1958年成立至今已有五十年，公司秉持著「勤勞樸實」的精神戮力經營，至今已是全球擁有四十個子公司的知名塑膠加工廠了。而在這四十個子公司中，就有三十五個子公司設置在大陸，為何甲公司會想至大陸投資呢？又為何會選擇大陸廣州為大陸投資的起點呢？在大陸廠商採低價策略搶攻市佔率和員工流動率甚高的情況之下，甲公司又採取什麼對策因應呢？除此之外，甲公司在大陸經營時，是否還有遭遇到什麼困難呢？另外，台灣和大陸兩地的資源，甲公司又是如何運用的？這些問題一直是大家好奇想得知的，本次訪談內容將為您解答。

問：請談談甲公司現況與前景

答：甲公司2008年營業額為2,087億，稅前利潤為93億，受到2008年下半年「次級房貸風暴」、全美第五大投資銀行貝爾斯登倒閉和雷曼兄弟破產等影響，導致營業額較2007年減少8.7%，稅前利潤減少86.1%。甲公司產品主要有塑膠製品、塑膠原料、電子材料及聚酯纖維製品。

　　在塑膠製品方面，由於台灣三次加工廠商多已移轉至大陸設廠，再加上上游石化原料價格受國際油價飆升的影響，為因應環境改變，因此將部分產品移往大陸子公司生產；且適時調整台灣、大陸及美國等生產廠產品種類，藉以區隔產品市場，以獲取最大利潤。

　　塑膠原料產品方面，考量上游原料需求來源，近年來轉投入石化類產品，以形成垂直供應鏈，提升產能，降低生產成本。由於新興經濟體中國和東協對石化產品需求多在亞洲地區，因此對甲公司而言，憑藉地理環境上的優勢，未來在縮短交期和成本節省上都可取得有利競爭條件。

　　電子材料產品方面，2008年下半年受終端客戶對景氣看法趨於保守，導致電子業供應鏈需求銳減，由於甲公司同時生產銅箔基板、環

氧樹脂、玻纖布、銅箔等製品，再加上轉投資公司生產玻纖絲，因此架構出一個完整的電子材料供應鏈。由於全球印刷電路板（Printed Circuit Board, PCB）產業逐漸移往亞太地區，甲公司亦於大陸昆山地區興建一系列PCB上游電子材料工廠，目前產銷狀況良好。另外，公司轉投資一家專業記憶體及晶圓製造商，至今已擁有自有品牌IC及記憶體模組製造，現在有一座八吋廠使用110奈米技術和一座十二吋廠以70奈米技術生產及代工。預計2009年下半年，台灣二座十二吋廠將陸續導入68和50奈米生產技術，進一步降低生產成本。

聚酯纖維製品方面，投資於美國南卡羅來納州的廠，為一年產能86萬噸的聚酯纖廠，2008年營業額為8.9億美元。近來因為原料價格上漲和東南亞產品低價搶單，南卡廠除積極轉型製作高附加價值製品外，並與國際知名大廠簽訂瓶用聚酯粒穩定供貨合約，以維持穩定獲利。

展望2009年仍受金融風暴影響，民眾消費意願將無法提高，全球經濟景氣持續低迷。甲公司為突破不利的營運環境，將加速調整產業結構，發展高技術及高附加價值的產業，藉由本身豐富的多角化和垂直整合經驗，提升整體競爭能力，從中勝出。

問：甲公司全球布局思考與策略為何？

答：甲公司在全球設置的子公司，包括中國35家（分別位於大陸廈門、廣州、南通、惠州、昆山、重慶等地）、印尼1家、越南2家、美國2家。最早於1976年至印尼設廠，以各佔股權50%的方式合資，主要生產軟質塑膠布、塑膠皮、硬質塑膠布。

BKPM主席表示，印尼2005年最大國外投資來源為亞洲國家，依次為韓國、馬來西亞、新加坡、中國大陸及日本。為了創造有利的投資環境，印尼政府於2006年2月底頒布一份政策套案，其中針對海

關、稅務、勞工等與投資相關之議題，提出改善之措施。依據該案，未來政府商業執照請照時間，將由150天縮減至30天；貨物通關時間亦將由30天減至7天。此外，政府將簡化核發外國投資者簽證及居留許可的程序，並縮短「能力測試」（competence certification），由原本超過30天減為14天，而辦理專業認證則由23天減至14天。

但至印尼投資，有些問題也必須注意，在印尼市面上水貨極為氾濫。由於走私進口的水貨沒有繳交關稅與奢侈品稅，售價低於市場行情40%，因此價格機能受到嚴重扭曲，對當地生產者影響甚大。目前電子業者正積極要求政府廢除價格低於2,500萬印尼盾（約折合2,770美元）電子產品的奢侈品稅，此稅率的廢除將會減少當地產品的價差。再者，至印尼投資的另一項缺點是，印尼的執照與稅捐制度十分繁雜瑣碎、公務人員薪資偏低，又無健全司法制度給予制裁。因此多數稅務人員與油、電、水等公營事業員工業已習於受賄與主動索賄，到哪辦事都要包紅包，此點是投資者需注意的怪現象。根據印尼投資協調委員會之統計，自1967年至2005年底止，台灣在印尼總計投資1,102件，投資總金額超過135億美元，僅次於日本、英國、新加坡與香港，佔外人投資第5位。在印尼充沛的人力資源與廉價之土地等經營成本之下，可考慮用當地原料，設零配件工廠。但在投資之前，應事先瞭解投資環境、並進行市場考察，並充分瞭解合作夥伴之財務狀況。

再來，甲公司也有投資美國，1979年去美國設廠投資的。早期在美國很賺錢，後來因人工成本上升，所以投資沒有早期多，目前有四個工廠，主要生產乙二醇、聚酯纖維製品、軟質膠布及塑鋼門窗等高附加價值產品。在美國生產成本較高的情況之下，2006年美國子公司就因為中國低價搶攻市佔率，而聯合DAK AMERICAS 和AMERICA & WELLMAN二家聚酯纖維生產廠商對中國投出控訴，要求美國政

府對其產品課徵反傾銷稅。甲經理表示，由於台灣母公司會做市場區隔和策略制定。因此對中國課徵反傾銷稅，對甲公司大陸廠而言並無影響。

近來，甲公司開始去越南投資。越南為東協國之一，且有許多中游或下游的廠商逐漸去越南設廠的情況下，甲公司於2001年也至越南投資設廠，2004年正式投產。主要生產聚酯纖維製品，在那設廠的台商大多是利用當地豐富的天然資源與充沛勞力，將產品加工後再外銷，甲公司產品主要提供給台商和當地廠商。

根據越南計畫投資部的統計，1988-2007年至越南投資的主要國家為南韓、台灣、新加坡、日本，以亞洲國家為主；歐美國家可能因為語言、文化關係，投資較少。而台灣在越南投資以輕工業為主，例如製鞋、製衣、紡織、調味品等，其他還有水泥、摩托車生產、農林業等。台灣在越南的投資有80%以上集中在越南南部地區，包括胡志明市、同奈、平陽、平福、巴地頭頓及西寧省等，主要原因為基礎設施較佳及接近市場。

越南已於2006年正式完成與28個WTO會員之雙邊諮商，依據越南加入WTO之雙邊協議，越南承諾自入世後5年內將進口稅減讓22%，越南產品關稅將減讓自2%至63.2%不等；其中紡織業關稅減讓最高，漁產品關稅減讓38.4%，木製品及紙業關稅減讓32.8%，電子機械設備關稅減讓23.6%，橡膠產品關稅減讓21.5%，農產品關稅減讓10.6%。但值得注意的是，越南成為世貿組織（WTO）之會員國後，許多出口項目如木製品、紡織品及水產品可能面臨反傾銷指控，這點是投資人在投資前須考量的地方。

總體來說，越南政治穩定，且越南政府重視外人之投資建議，使越南投資條件，如勞工薪資、土地租金、減免稅優惠等，甚具競爭性；再者，越南為中南半島及中國大陸西南方之門戶，地理位置重

要。另外，人力資源充沛、天然資源豐富，與台灣距離較近等因素，使台商至越南投資日趨增加。去投資前仍須注意，找投資地點、談投資條件、買土地、簽協議、用水用電、環保等問題，由於越南雨季很長，易有午後雷陣雨，因此重工業建廠時間在預估時應加長。

問：甲公司為何去中國大陸投資？

答：甲公司是做塑膠的二次加工產品，本來大多在台灣發展，而其下游加工廠商約有超過3千家以上，下游製作的產品包括皮包、皮箱、鞋類、吹氣產品（救生圈）、玩具等。但由於下游廠商多為勞動密集產業，用人成本相對較高，因此在1990年，大陸開放以後，這些廠商基於大陸人工成本約為台灣1/10的考量下，幾千家下游廠商陸續到大陸或越南設廠；尤其是大陸，同文、同種的民族共同性，再加上語言溝通方便，因而大多下游廠商選擇到大陸投資設廠。初期甲公司還可以用外銷方式去供應這些下游廠商，但長久下來，下游廠商開始抱怨，認為甲公司的售後服務鞭長莫及，距離太遠，廠商遇到問題時無法即時解決。於是甲公司在下游先行之下，為了配合下游廠商需求，和公司整體經營發展，便至大陸設廠。

最早於1994年至廣東省的廣州投資，選擇廣州是因為，由香港過去即深圳和廣州，深圳距離香港最近，雖然土地比較貴，然而廣州是下游廠商做塑料加工集中的地方之一。再者，廣州為其省會，甲公司認為地方政府的條件較佳，且農村人口眾多，可大幅降低用人成本，基於這些因素，甲公司便選擇廣州為投資大陸的起點站。地方政府早期都會給予許多優惠，例如租稅減免（二免三減半）、外銷超過70%者所得稅減半可以多延長幾年、土地成本和設廠成本的優惠等。但由於大陸為人治的國家，對於一開始允諾的優惠有些會實現，有些則不一定。

　　目前甲公司在中國有35家子公司，當初1990年代的戒急用忍政策，金額較大的投資案必須專案審查，專案審查沒有核准的期限，必須要通過陸委會、經濟部工業局、中央銀行、財政部等部會之審查，因此會耽誤到投資時間點。甲公司為了避免被專案審查，採用二個方法應對，化整為零的方式投資和降低個案投資金案。依據現行的大陸經貿政策規定，投資大陸的資金若是以個人名義投資，金額不得超過八千萬台幣；如果以公司名義投資，五十億資產以下的企業，上限為公司淨值的40%；五十億資產以上的企業，依資產金額分段累進計算投資上限。由於甲公司資產超過三千億，並無投資上限的問題，但政府以個案投資超過五千萬美元（以前為二千萬美元）作為專案審查標準。在這樣的限定條件之下，甲公司投資時以拆款的方式投資，一個產品就成立一家小公司，用此方式來規避專案審查。由於政府管制是以一個公司為主體來管制，因此須以每種產品成立一家新公司的方式來因應，因此就成立了許多家公司。

　　甲公司去大陸投資是先考慮市場需求，以需求為導向再來考慮設廠地點。那邊是否有客戶，再須考慮是否有原料，原料運輸是否接近港口等，在這些考量之下，再決定幾個設廠地點。比較這幾個地方政府的政策，收集資料做研究，如當地勞工來源、土地成本、政府優惠措施等，最後還要實地去考察。其投資地點主要是沿海由南至北，即剛開始主要投資珠江三角洲（例如廣州），現在則以長江三角洲（如昆山）為投資重點。大企業早期去昆山時土地很便宜，不過隨著廠商陸續移往昆山，使得現在土地較以前貴很多。昆山那邊有很多電子產業市場，包括蘇州（蘇州高薪工業區）、無錫、常州，許多下游的電子工廠在那附近，甲公司目前在昆山就有12家公司。

問：貴公司經營策略為何？

答：甲公司橫跨了許多產業，包括塑膠、化纖、電子，目前以電子為主。主要是因塑膠的應用受到各國環保要求的限制，甲公司目前在銅箔基板、銅箔、環氧樹脂、玻纖絲、玻纖布等電子產品產能皆排行在世界前三名。甲公司生產產品的原則是大量生產、成本低、品質佳，因為甲公司的人工成本高，因此一定要生產品質好的東西。

　　有鑑於全球PCB產業重心逐漸移往亞太地區，因此甲公司在昆山興建一系列PCB上游的電子材料工廠。甲經理說：甲公司的最大優勢就是所有原料都自己做。甲公司在昆山的電子材料工廠已呈現垂直整合情況，是先從美國PPG公司進口玻纖絲的原料，此原料大陸也有，但品質沒有那麼好。由甲公司和PPG公司合作製成玻纖絲（glass fiber），甲公司再利用本身生產的玻纖布、環氧樹脂（epoxy）和銅箔加工製成銅箔基板。最後利用銅箔基板製成印刷電路板，這六大產品，全由甲公司自己製成，其他公司無法學習。

　　在塑膠製品方面，甲經理表示，甲公司的母企業在大陸有設廠，因此塑膠原料主要是跟相關企業購買。母企業在寧波設有石化廠，由於大陸石化廠的品質有待檢測，因此同價格之下，還是應該跟自己企業購買。跟寧波廠要求以外銷價格售予甲公司，因若是外銷價格售予的話，保稅進口，成本和進口原物料不會有所差異。但若是寧波廠以內銷價格售予的話，必需要繳17%的增值稅給政府，則會導致甲公司成本過高，因此二公司會依據規定在物流園區以外銷價格進行交易。

問：行銷策略為何？

答：由於甲公司不是生產最終產品，因此較無一般品牌的行銷問題，而多角化生產是公司發展中自然產生的。在中國低價競爭下，公司必須要轉型升級。不論在公司新產品研發、生產技術的創新及新材料的使

用，都應用心經營，期望製作出差別化且具高附加價值的產品。母企業每年花很多費用在R&D上，每個廠都有技術課，各事業經理室有研究開發組，總公司本身也有研發中心，在大陸各廠也有技術課，但僅於製程上的創新開發。

由於台灣人事成本較高，平均一個人每月的人事成本就高達九萬多，因此甲公司將核心技術的研究開發部分放在台灣。台灣目前也有生產產品，但主要是做高單價的塑料，以差別化且具高附加價值的產品為主，技術層次較高，良品率可達98%（一般廠商平均約85%）且使用壽命較長。台灣工廠嚴格製程管理和品質管控，因此可生產出穩定性佳且品質良好的產品，一般廠商是很難做到。甲公司在製程品管控制（Production Quality Control, PQC）、PPM（Parts Per Million）管理（註1）、預防保養方面做的很好，現在甲公司已經做到預知保養，在設備還沒有損壞以前，就先預知其可能會發生的問題。利用紅外線、雷射去做檢查，定期保養，可預先得知鍋爐、馬達、軸承等設備是否有壞，不用等到設備壞了再修理。其產品品質穩定，售後服務良好下，因此許多二、三次加工廠仍會選用該公司的產品。

甲公司生產的產品很多，在台灣約有70%的產品外銷（包括直接外銷和間接外銷），30%的產品是內銷，內銷產品大多用於生活用品、馬路建設和建築材料上。至於中國大陸的產品，由於產品眾多，因此依據產品不同，內外銷比例也有不同，例如軟質塑膠布和塑膠皮，大約90%是外銷；廣州、廈門、重慶、鞍山生產的塑膠硬質管100%是內銷；而與大眾、TOYOTA、HONDA、BUICK等車廠合作的汽車內裝用的膠布，也是100%內銷。由於大陸汽車成長快速，甲公司所銷售的差別化產品，都可以有不錯的利潤，大約有20%的淨利；至於昆山有分電子材料廠和纖維廠。就電子材料廠來看，其以垂直整合的方式生產，因此價格好、品質穩定，產品有內銷也有外銷，

其中印刷電路板有90%為外銷，銅箔基板有50%為外銷。

問：人力資源如何安排，實行人才「在地化」策略？

答： 要提拔大陸的幹部，忠誠度優先於工作能力，因為大陸幹部會偷技術，又很容易為了幾千元就被其他公司挖角走。因此許多產品配方和主要關鍵技術都還是由台灣派過去的幹部掌握，或公司的產品配方以代號表示，和許多日商和韓商作法相同。甲公司認為大陸員工當管理的幹部可以，但高階主管可能就有所顧慮了。目前經營者廠長、總經理、副總經理、少部分技術人員為台幹，約400人；其餘課長以下的職員和低階員工大多為當地人員，約有12,000員工，且電子材料廠的台幹較多。

另外，員工流動率高也是大陸勞工嚴重的問題，甲公司以正派經營、待遇佳、工作穩定性高、內部管理制度良好（包括工作安排、升遷、福利等問題）、教育訓練以及較人性化管理的方式來降低員工流動率。在大陸有許多台商不願培養人才，因此規模較小的台商需要的人才可能只要一、二個；若是自己培養必定花費很高的成本，且不一定可以留住人才，因此大多以挖角方式獲取人才。甲公司不可能為了那一、二個人才，就將薪水都調漲，遇到這種情況，甲公司通常都讓他離開。大陸一個月員工流動率5-6%都算正常，流動人員主要是基層員工。在台灣員工流動率就很低了，因為甲公司待遇佳，採取公正客觀的管理方式，因此流動率低。

問：當前發展所面臨問題如何？

答： 由於甲公司為一家大公司，與中國當地政府在行政辦事和溝通管道方面較為良好。至於台商協會則是對於規模較小的台商幫助較大。規模較小的台商大多經由台商協會，台商協會再轉給台灣事務辦公室。台

辦在中央，各省直轄市、各地縣級皆有設立，主要是針對台商台灣同胞做服務，有經濟處、秘書處、交流處，台商協會亦是在台辦的協助統籌之下成立的。在台辦協助下，最後轉至各級政府單位，以辦理各項相關事務。

雖然甲公司和政府官員互動良好，但發展中也遇到了許多問題。首先，大陸仍把台商看為外資，因此並未給予國民待遇。台商跟外資競爭，台商的基準是相同；但若是內資企業，則基準會不同，內資企業可得到較多優惠，例如有些內資企業不開發票，藉此減少17%的增值稅；也有內資企業以包稅的方式繳稅，即一年繳固定的稅額給當地國稅局，在這些地方台商難和內資企業抗衡。

再者，有些內資企業做的產品是不符合國家品質標準的。像塑膠硬質管在中國是有國家標準的，但內資企業通常第一次送驗時，給予良品送驗，因此在檢驗機關那有通過檢驗。但實際在生產銷售時，內資企業就降低品質，例如在塑膠原料裡面多加些碳酸鈣，少加些PVC粉、可塑劑、安定劑，將成本降得很低，以廉價去銷售產品。若被查到，就再將良品拿去送驗，並賄賂一下官員，因此產生很多黑心產品。甲公司不願以低價和內資企業競爭，因此甲公司以製作差別化且高品質產品來跟內資企業作區隔，不賣低階產品，講求品質和售後服務。內資企業多以較差的生產設備生產，產品控管差，品質不好。若和內資企業競爭價格一定競爭不過，因此甲公司以賣高級產品市場為主，賣給重大建設和講求品質者。

另外，如果是為了內銷，工廠會往中西部設廠。因就台商而言，許多原料要進口，運輸成本很高，因此為了發展內銷才往中西部移。目前台商內銷情況很普遍，不再只做三角貿易。但須注意，大陸貧富差距很大，沿海地區購買力較強，西部較為貧窮購買力低。甲公司重慶的廠，當初就是沒注意到當地消費者購買力低的問題，導致現在該

廠的產能去化效率不佳。

　　最後是租稅方面的問題，中國增值稅為17%，增值稅如同台灣的營業稅5%。在大陸做生意，不管有賺沒賺，先扣17%的稅。在美國，通常增值稅是在消費末端扣稅，但在大陸只要內銷就必須扣17%的稅。企業在一開始開發票時就要自行區別內外銷，大陸在這方面捉得很緊。產品若是要外銷，一進來就要跟海關報備要保稅。東西放在保稅倉庫中，保稅原料有手冊，裡面的量和金額都要寫清楚；產品製作完成後，外銷時再看使用多少保稅原料。海關每個月都會核對，因此內外銷的用料要區分很清楚，量和金額不能馬虎，一查到不對，馬上以走私罪辦你，一關就是 15-20年。大陸外匯局（職責控制外匯，提出用途和計畫，要有完整的計畫才能動用外匯）、海關（職責監管保稅原料的進口和保稅區設備）、稅務局（職責查稅，如增值稅和所得稅）為台商在大陸投資會遇到的三大鐵板。另外值得注意的是，自2008年起，在大陸投資，每次交易都要繳17%的增值稅。內外資企業所得稅率為25%，高新技術企業稅率為15%，利潤匯出時還要繳10%的股利稅（香港優惠為5%），稅賦很重，因此現在大陸已不是最好的投資地點，越南取而代之。甲公司目前在越南取得的所得稅優惠是四免九減半（所得稅四年免稅，九年減半），10%的所得稅率。但越南容易罷工和政府管理沒有中國積極等這些問題，在投資前都應考慮。

問：金融風暴的挑戰為何？

答：對母企業而言，2008年為一個波動劇烈的一年。2008年上半年全球新興國家經濟持續成長，全球能源、貴金屬及大宗原物料價格創新高，經濟情勢一片榮景。但到了2008年下半年，因為美國次級房貸所引發的信用緊縮危機，使世界各主要國家的經濟陷入衰退。以出口為導向

的台灣因而受到嚴重衝擊，出現少有的經濟負成長，出口大幅下降，失業率攀升，百業蕭條，景氣低迷。與此同時，國際油價大幅下跌，石化產品售價亦隨之滑落，石化業者之獲利遭受嚴重侵蝕，致使石化業獲利普遍較2007年大幅衰退。處在此一嚴峻情勢之下，母企業的經營績效自亦不免受到相當程度的負面影響，難於達到理想水準。

就甲公司來說，聚酯產品因原料成本上漲、價格轉嫁困難、客戶需求銳減，造成成品庫存偏高，業者紛紛以減產因應。所幸甲公司生產的聚酯產品品質穩定，因此獲得知名品牌長期合作開發，可維持獲利。但甲公司轉投資的電路板公司在2008年就沒那麼幸運了，該公司長期專注於開發及生產IC封裝載板等高階及多元化產品。但下半年因受金融風暴衝擊，全球消費力急速降溫，客戶進行大幅度庫存與訂單調整，使得電路公司第四季營業額逐月減少。目前除了持續配合IC大廠開發下一世代處理器及晶片用高階載板外，並積極尋找新客源以分散市場風險。

至於大陸廠，由於政府擴大內需的政策，推動的家電下鄉（註2）、汽車家電進城（註3），使得二、三級廠商訂單增加，銅箔基板的使用亦隨之增加。對於因金融風暴受傷不輕的甲公司而言，確實有很大的幫助。百姓購買產品後，再跟政府要約13%的補助（產品補助方式有所區分），或是以汽車舊換新。今年許多產業受金融風暴的影響，大陸以擴大內需的政策，對台灣的大陸廠幫忙很大。

問：前瞻與省思之處有哪些？

答：(1)　在主產品之下，逐步進行多角化生產，是公司能穩定地朝多方面發展的原因。

(2)　至國外投資除了當地人力、氣候、法規、環保、競爭廠商和需求者等資料的研究搜集外，到當地數次的深入實際考察和充分瞭解

合作夥伴之財務狀況，亦是必要的準備工作。

(3) 若公司能力許可，垂直整合是控制產品品質和降低成本的好方法。

(4) 在大陸廠商低價策略之下，台商應轉型升級，不斷創新研發，生產差別化且具高附加價值的產品，以區隔市場方式，避免與大陸廠商價格競爭。

(5) 在培養大陸幹部的同時，應注意他們的忠誠度，關鍵技術的掌握是很重要的。

(6) 台商對大陸而言仍是外資，並無法得到真正的國民待遇。在台商和當地廠商的基準不相同之下，台商應遵守法令規定，合法避稅，但不能逃稅。

(7) 大陸投資成本已逐漸提高，尋找新的投資地點是值得思考的一件事，目前看來越南是可以考慮的地點之一。

台灣到大陸投資主要是為了要降低成本，並開展大陸內銷市場，這樣才能有競爭力。其他亞洲國家，如南韓和日本，成本也高，因此也都到大陸設廠，但因為有語言隔閡，所以台商在大陸設廠確實較吃香。以他們接觸的下游廠商看來，台商至少有五成的是有利潤的，但不意外的是2008年專做外銷的台商，在歐美市場沒有訂單之下，表現應該不會太好。

另外，有件影響台商較大的租稅政策，財政部、國家稅務總局宣布，自2008年11月1日起，適當調高部分勞動密集型和高技術含量、高附加值商品的出口退稅率。此次出口退稅調整的目的是刺激中國出口業務的恢復，政府希望通過加大對出口企業的扶持，來拉動已經明顯下滑的經濟形勢。此次出口退稅率調整涉及內容廣泛，共涉及3,486項商品，大約佔海關稅則中全部商品總數的25.8%。在調整項目中，部分塑膠製品的出口退稅率將從5%提高到9%。之前為了防止經

濟增長過快帶來的通脹泡沫，和降低在海外遭受反傾銷訴訟的風險，中國於2006年9月和2007年7月，兩次調整了部分產品的出口退稅率。其中，塑膠製品退稅率從13%降到了5%。在這波全球經濟下滑的情況之下，這個消息對台商而言，無疑是一項振奮人心的政策。

　　大陸政策具有多變性，而且很短暫，主要是配合本身的經濟發展和需求來制定政策，並非因應外商需要。如家電下鄉等政策即為短暫性的政策，因若工廠倒了，對中國就業影響很大，以前有二免三減半（所得稅二年免稅，三年減半）、外銷達70%以上者所得稅減半可再延長3年、投資DRAM和半導體免稅政策可達五年等。由於現在中國希望發展中西部，因此二免三減半在中西部仍有，但去了能不能生存，是台商投資前要好好考慮的。

　　現在中國經濟不斷發展之下，人民所得提升了，因此內需市場的考量很需要。目前看來民生工業，如康師傅等食品業最賺錢，因為大陸人口眾多；至於服飾業可能就不適合，因為大陸紡織業本來就發展得不錯。現在的汽車業，如裕隆至福州閩候縣投資，也是最近看好的產業之一，值得預備至大陸投資的台商參考。

【註解】

1.　PPM本指百萬分之幾（每百萬分空氣中所含氣體或蒸氣有幾分，以體積比率而言），在品質管理學中PPM則是指「百萬分之一缺點數」。

2.　「家電下鄉」補貼政策，為2009年2月起全大陸農民購買彩色電視、冰箱、行動電話與洗衣機四類產品，按產品售價13%給予財政資金補貼。

3.　繼汽車、家電下鄉後，大陸九個省市將試行家電及汽車進城政策，鼓勵民眾「以舊換新」，換購汽車及家電、個人電腦。大陸汽車購置稅，為按不含17%增值稅前車價的10%徵收，為鼓勵城市民眾購買低排氣量汽車，年底前1.6公升以下汽車購置稅調降至5%。在家電「以新換舊」部分，將在北京、上海、天津、江蘇、浙江、山東、廣東和福州、長沙，對電視機、電冰箱、洗衣機、空調、個人電腦等五類舊家電交付回收，並購置新家電，就可獲得新家電銷售價格10%的政府補貼。

台商投資「搭橋」與產業合作

陳子昂

（經濟部搭橋專案辦公室、嘉德投資管理有限公司總經理）

◎訪談重點

- 東莞印象與轉型思考
- 「騰籠換鳥」恐成籠空鳥飛
- 兩岸關係改善，台商成為品牌
- 開放人才交流，存在認知差距
- 「搭橋」計畫具績效與挑戰
- 大陸內需市場開拓

問：談談您對東莞、昆山發展印象？

答：東莞的行政效率沒有蘇州好，而且治安也很差。所以在升官的時候，蘇州的領導、昆山的領導，都是連升好幾級；可是你幾乎沒聽過說，東莞的領導，或是深圳的領導，連升好幾級。當然，東莞主要是台商啦，深圳就不一定囉，因為港商貢獻也很大。所以深圳領導的升官不能說是台商的功勞，但東莞，台商佔很大的一塊。東莞台商有六千多家。

問：轉型升級在廣東的經驗來講的話，在地方上好像有一些不同的意見。台商在這個過程中，看到很多問題，是要救哪些台商呢？包括傳統產業的台商？

答：其實台商對這件事情的看法，都已經早有心理準備。過去台商本來就是台灣這邊，能幫的大概就像海基會這些，偶爾關懷一下。可是你說其他實質上的關懷，那就要看台商最關心什麼？台商最在乎資金調度，台灣的銀行根本幫不上忙。

　　他們做，就是我貸給你台灣的公司，你台灣公司自己想辦法拿錢到大陸去，我不能直接在大陸放給你，這不行。可是無根台商在台灣是沒有營運主體的，怎麼貸？

問：你認為轉型升級對廣東而言的話，是不是應該階段性的，不要讓中小企業倒得太多？然後轉型升級應該要做一個中長期的評估，短期的問題是先穩定？

答：先穩定失業率，不要讓GDP下滑太快，導致社會不安。所以我們還是希望能夠把轉型升級的法規，特別是針對台商，如果比照大陸中資企業，條條塊塊那些法規，台商根本都懶得申請。中央是轉型升級，是

執行面，為了要防弊，所以比較嚴格。

問：昆山市政府對轉型升級這件事情，他一方面警覺得比較早；二方面，政府可以支援來做這件事情。

答：其實轉型升級是東莞警覺得早，因為東莞是代工出口；蘇州的企業比較大，不像東莞是中小企業為主。只是因為蘇州它的規模企業比較大，所以蘇州政府要做起來，可能也比較使得上力。東莞那邊，相對而言，中小企業就比較不規範。

　　大陸經營事業要看他們經營的心態啦，有沒有兢兢業業地在經營。有兢兢業業地在經營，理論上，不應該會倒，不應該沒做起來！它的GDP每年10％，你表現得都比GDP要差，那實在是說不過去！

問：不要把中國大陸看作是一個「工廠」，而是一個「市場」，你怎麼解讀？

答：目前這塊最積極的是東莞台商協會。他就說，你有代工廠，我也有代工廠，你們自己要打品牌，就可以有三個品牌。大家都做得很辛苦，那有沒有可能我們東莞台商共同打一個品牌，假設就叫做東台－東莞台商，這個品牌以下，什麼東西都有！當然還要解決空運的問題，所以他們也持續在跟大潤發、好市多大商場談，當我們有東台品牌的時候，能不能在大賣場上架！東莞台商目前是這一塊最積極的！

　　他就是說到底，我要物競天擇，存活下來的我再好好地協助他壯大，還是快倒的企業要政府協助他，不要讓他倒，至少初步局面先穩住，中長期再協助他轉型升級。過去溫家寶就希望他先穩住局面，不要讓太多中小企業倒閉，避免造成失業率高漲和社會問題。不過，我認為，該倒就讓它倒，因為廣東要轉型升級，沒有競爭力的企業，就這一波金融海嘯來說，該倒就讓它倒。

問：是不是代表中央跟地方的政策看法不一樣？我看廣東省一直在談「雙轉移」，山區啊、中西部、或是一些偏遠地帶。

答：可是把籠子給騰空了，你要引進高附加價值的產業進來，總不能說我轉型升級還沒成，我就先跳躍式地跳一步，直接去轉型升級。

問：我覺得這涉及到產業，譬如說把污染的PCB這一塊遷走，但是不是有相同的PCB技術能夠跟這個產業鏈結合，這是一個問號。但是如果說它成為一個長期缺口的話，你這個整個產業營運的成本，就可能上升。甚至說，因為撤離具污染之關鍵產業鏈組合，你的產業鏈可能會崩解掉。

答：所以計畫經濟是訂一個目標在那邊，都會達到那個目標，就是用的方法不對，目前我們看到的結果是這樣子。

問：所以說，過去我們是把工廠放在那裡，現在我們要進一步思考說，一方面過去以外銷為導向的時候，是不是能轉型成一種以內需為導向的思維。這種思維，坦白講，對一個長期經營外銷角度的企業來講，他不是能馬上適應，甚至能進到市場的，他主要的問題在哪些層面上？

答：品牌的建立，還有存貨的管理。這兩個是很細的，因為品牌的建立就代表你品質要夠好，然後你的行銷費用也要夠高，通路也要建立。所以這三件事情如果沒解決的話，都是空談，就通路來說，你通路越多，你要聘請的人才就越多，子彈是不是就要越多，為什麼？你的通路越多，你的存貨就要越多，所以子彈就要越多，資金的壓力是很大的！這都還是通路。第二個，你要打品牌，是不是要去做行銷，去做廣告，這費用是很可觀的。

問：甚至說你如果打下去，費用不一定會收得回來！

答：對！最後一個，存貨，今天我設計了十款，十款因為是我直接面對消費者，萬一十款裡面，只有兩款消費者喜歡，另外八款是會變存貨的，根本賣不出去，它全是資金積壓在那裡！

問：**就像賣海鮮一樣，消費電子，過了半年，沒人要，是不是這樣子。海鮮過了三天有人要嗎？就很難賣了！**

答：所以台商為什麼一直堅持以來都是走代工，因為他就不用考慮到那些，先考慮到品質，品質做好，價格做定，就行了。

問：**但是代工這一塊，OEM這一塊，事實上毛利是非常低的，如果不能從研發這一塊、從品牌、創意這些角度去找你的價值鏈的話，中長期來說，你恐怕很難有生存空間！**

答：打品牌的話，通常利潤、毛利，大概都有60％到80％之間。但是要扣掉行銷費用、扣掉通路的費用、扣掉庫存。所以就我側面瞭解，利潤呢，大概淨利都是5％到10％，因為行銷費用很可怕！

問：**與其這樣說，量大的話，有5％毛利，還是很可觀的。**

答：所以走代工啊。

問：**可是又有人批評，像鴻海，你就是做3％、5％。**

答：那是靠衝量啊！

問：**沒有自有品牌，未來容易生存？**

答：所以這一波金融海嘯，正好也讓台商來好好反省，過去看中的是歐美的客戶。如果回頭，畢竟大家缺乏國際行銷人才，可是今天在中國大陸，在那邊經營久了，有沒有可能建立中國自有的品牌？所以很多台

商為什麼想要轉型，想要打自有品牌。你說今天，台商想要轉型，想要在歐洲、美國、日本建立品牌。但不敢想，因為缺乏這樣的國際行銷人才，可是今天同文化、同語言、同種，我說要在中國大陸建立台商自有品牌，畢竟比較好做！

問：中國大陸的人口是世界的五分之一，如果我能在五分之一的市場打響我的品牌，再進到其他的市場的話，會比較容易！

答：可是大部分的台商他不敢想這些，因為如果他在中國大陸打品牌，他就面臨了資金不足的窘境！

問：BenQ呢？

答：BenQ當然沒話說啊，問題是在大陸要打品牌，真的不容易，品牌的建立壓力超大！Acer這品牌在大陸打了這麼多年，都沒有打下江山下來，大陸整個品牌的建立是循序漸進的。早期農業社會，所以他要做的是衣食住行，滿足基本的生活；現在是工業化社會，所以他們要走精緻，可是還是以食衣住行為主；我覺得到了資訊化社會，他們才會要去買3C、電腦產品，所以我覺得宏碁、BenQ是因為在中國大陸走得太早，就好像台灣在工業化社會，三十年前，誰會想說要去買電腦？現在台灣家裡都有電腦，也不過就是這十年的事情，可是同樣道理喔，我們把它放到大陸去，大陸還在工業化社會，還沒邁到資訊化社會，他要追求的是食衣住行的溫飽、精緻，他對電子產品的需求，畢竟還沒有到資訊化社會。

問：城市有啊！

答：是啊，可是那個量，那個競爭就很激烈，最大的消費人口還是在農村。

問：我們台商到大陸都是出口導向，以前都是用歐美市場來支撐，現在大陸這個市場足不足以來支撐台灣這塊市場？因為我們台灣**GDP**它的比重，事實上出口還是最大的。現在歐美下來了，我們為什麼**GDP**下來這麼快呢？因為對歐美的出口下來了？我們出口到大陸比重也高，大陸也是出口到歐美去，這兩個一下來，我們當然也是很快的下來，所以我說大陸市場足不足以來替代內需市場？

答：不容易。我們看三件事，純粹從人口的角度來看，大陸佔了全世界五分之一的人口，所以理論上它應該是一個很大的市場。若你是站在很傳統的食衣住行，則前述的理論是正確的。可是如果你看的是GDP，或者是我們所講的人均GDP的話，那大陸還早得很，他的消費力還沒有辦法跟歐美日媲美；第三，我們來觀察自己，台灣出口的主要是什麼？如果台灣出口的還是圍繞在ICT資訊電子業的話，那大陸那邊還沒到那個人均GDP，到那個資訊化社會。所以我覺得，台灣要大幅度地成長，最終還是要靠歐美日。可是今天歐美又在衰退，如果不讓台灣衰退得那麼嚴重，只是抓住大陸這個機會，不讓我衰退得那麼嚴重而已。但我未來的成長預期，我認為短期內，沒辦法說讓大陸成為台灣成長的引擎。

問：這是市場所使然，而不是我們依不依賴它的問題。那就是說歐美市場整個衰退，才是我們出口的重點。

答：對。因為我們出口的項目裡面，絕大部分是跟資訊電子有關的。

問：現在沒有聽說哪一家要倒閉喔！

答：有。倒閉了好幾家，跳票的也有好幾家了！

問：最近更嚴重嗎？

答：最近沒有。因為訂單都陸陸續續回籠，該倒的都倒了，也就是說這個海嘯浪頭過去了啦！

問：**大家都強調一句話，最壞的情況已經過去，對嗎？**

答：對。只是什麼時候復甦而已！我覺得喔，如果真的要讓台灣的GDP再有這種高速的增長，將來台灣本身的產業結構要調整。因為台灣畢竟還是以出口為主，因為我自己本身內需還不夠大，我們如果希望說在台灣先練功練好以後，畢竟我自己肚子先餵飽，這是台灣人的需求市場，我也練功練好了，我再進軍那個歐美日跟中國大陸。可是我覺得啦，在整個轉型升級裡面，如果我們轉的方向正好是歐美日的強項，那這樣我們台灣其實沒有佔到好處，但是如果我們轉型的方向正好是我們的強項，大陸是弱項，那我本身已經吃飽了，那我進軍中國大陸，那才是台灣所謂的成長引擎！

問：**那就是餐飲業、服務業！**

答：對！我講的就是現代化服務業！

問：**現代化服務業是大陸比較弱。**

答：大陸比較需要，台灣慢慢往這塊發展。

問：**最有利基點的，就我所瞭解的，很多跨國事業要進軍大陸市場，他們可能都會先來台灣測試一下，看台灣的市場反應怎樣，然後評估也差不多的時候，再進軍大陸市場！這應該也是台灣有利的區位平台，結合台灣的一些服務、管理人才，它可以降低你的學習成本，我想這個東西台灣應該是有機會的！**

答：就像我們觀察北歐，北歐那些國家，它的情形跟台灣非常類似，地方

小，同樣面對著北極熊－俄羅斯。台灣一樣地方小。它面對的則是中國大陸。只是兩邊比較不一樣的地方是：北歐是靠品牌，是靠服務業、製造型的服務業，就是馬總統所講的第2.5產業。因為大陸的第二產業，指的是製造業，第三產業指的是服務業，所以馬英九弄了一個叫做第2.5產業，製造服務業，就是製造型的服務業，就像IBM或是HP。

問：為生產服務的產業？

答：像北歐國家就是，然後再行銷到全世界，可是我覺得台灣相較於北歐的優勢在於：北歐國家不看中它北方的北極熊市場。可是我們台灣不會啊，大陸本身就是一個很好的市場，語言又能通，我覺得這是我們比北歐國家要多一點優勢的地方！所以我覺得看北歐國家的發展，也是這樣！走到第2.5產業！所以GDP才會那麼可觀！

問：所以，我們是不是可以思考一下，讓台灣成為跨國事業進軍大陸的平台？這個平台不僅在資金、人才、技術、品味、偏好上，我們是不是真的領先於其他國家，而能夠跟跨國企業接軌？

答：這就回歸到搭橋磚的精神，搭橋計畫的最高原則是攜手大陸、進軍全球，所以搭橋短期的目的當然是要去拓展大陸市場。可是長期而言，是要跟中國大陸攜手進軍全球市場，我們叫全球聯結，雖然台灣本來就有這樣的一個想法。全球聯結有兩個含意，一個是攜手大陸，進軍全球，最典型的就聯結跨國企業，進軍大陸市場是面板；第二個就是聯結跨國企業，進軍大陸市場，這個也叫全球聯結。最典型的案例，我們以日本企業佔的比例比較高，日本企業現在進軍中國大陸，大陸都要跟台商合作。

問： 搭橋精神是全球聯結？大陸為何買台灣面板？

答： 對！所以我覺得兩岸在談交流合作，就是搭橋的時候，他的精神最終都還是全球聯結。

當然，如果你看的是整個工研院，最終是電視機這個品牌的話，他是雙方共同攜手；如果你只是看面板跟電視機的話，那大陸可是面板業的客戶喔！所以大陸是故意要誤導台灣老百姓：你看，我們台灣採購團，拉了你友達、奇美一把喔！你友達、奇美很辛苦喔！可是瞭解工研院的人都知道：如果你大陸不靠我台灣，好啊！你去找日本、韓國啊！日本、韓國的面板就是要故意賣你貴啊！大陸很清楚的啦！你站在大陸的角度你去看，他電視品牌的業者，他敢大量去用日本、韓國的面板嗎？

問： 最主要是他們三個面板廠都沒有成功，他搞不起來！他現在是不是想辦法把我們的友達吃過去？

答： 中國企業這麼有錢，外匯存底又多，中國公司就買得起來。像那個全球聯結，聯結跨國企業，進軍大陸市場，這個日本的案例就很多了，像日本投資康師傅進軍大陸，這個例子就很多了。

問： 台商、日商這方面的話，可以整合一些經驗。從策略聯盟到進軍全球，全球聯結，日商和台商的聯結，其實在歷史上早就有很大的聯結，並不是現在才有的。直接去大陸，像台灣的三陽，就是這種的！

答： 日本不是不景氣嗎？日本是全世界握有資產最高的，所以日本要進軍中國大陸，他有錢，他會怎麼做？乾脆收購台商，他已經在收購幾家台商了，就是有通路有品牌的台商。收購是整個股權收購喔，經營還是給你經營，只是老闆換他，然後就可以把日本的產品給打入大陸市場，不然用它日本的品牌的話，搶不進去。

問：所以兩岸關係改善之後，台商就會變成另外一個品牌，這是兩岸和平才有的機會。

答：投資銀行已經在到處找機會，而且是日本主動的喔！日本主要要去購併這樣的台資企業，現在是看台商賣不賣而已。是有品牌、有通路的才好賣。

問：韓商在這一波就變得比較辛苦，所以聽他說，友達、奇美優先買，韓商就來抗議。然後，大陸說，好好，讓你買，但是骨子裡還是自有盤算。

答：當然，因為講實在話，他很清楚啦！他怎麼敢大量用日本、韓國的。

問：你對大陸市場興趣大？現在仍常跑大陸？

答：我不曉得我為什麼對兩岸研究就是很有興趣，很奇怪。其實我這一、兩年來，跟以前是不能比的，我已經膩了、懶了。

問：像台商回台投資、上市，目前情況怎樣？

答：其實這個利益對大家都不錯！因為你回來台灣上市，你的利潤就在台灣，至少你有一部分的資金，就得擺在台灣。可是現在就是本身證券法要修改，大家都覺得這是一件好事，但執行起，還需要時間。

問：那時候不是有一個說法，就是說東莞政府鼓勵台商回台上市，一個人補助兩千萬人民幣，就是一億台幣。可是報上說法就是說，你回來投資就是吸台灣資金再進到大陸市場去，這個說法公平嗎？

答：當然不公平！因為如果照這樣講，那麼多的企業在香港上市、在新加坡上市、那麼多的企業在美國NASDAQ上市，那還得了，那香港、新加坡、美國，早就被全世界給掏空了！

問：但我的問題是，東莞市政府為什麼要提供兩千萬的人民幣？

答：他是有點退稅的味道！因為你過去是繳稅大戶，今天你做得很成功，所以我只是鼓勵你做得更大。當然，我也有要求，你在這邊也要擴大規模、基地等等的通路，我只是把你過去繳的稅，分期間還給你而已，就是上繳一部分，一部分留在地方。

問：現在回台投資的比例大不大？有沒有比較突出、成功的案例？

答：我覺得今天如果轉型升級，加上金融海嘯，讓台商看中的是大陸的內需市場。那我剛講過的，通路，都需要資金、需要人才，在這種假設前提下，可能台商會更需要從台灣挖一些資源到大陸去。

問：可是現在投審會統計，新增的台商投資在下降，但是同時已投資之台廠資金挹注又在上升。這代表說增資的部分還是在原已投資的廠商。

答：我是認為啦，應該是有慢慢轉型到內需市場的味道，那你說有沒有鼓勵他回台投資？回台投資是兩個方向：第一，就是我對一些新興產業異業投資，這個台灣很強，因為台灣畢竟在新興產業，在技術上，在人才上，就是比大陸充沛，可是最終，他還是要把製造基地擺在大陸。第二個就是，它本身在技術發展上，面臨一些瓶頸，而這瓶頸是大陸協助不了他的，大家回來台灣投資，還是希望台灣的研發單位，可以解決技術上的瓶頸，可以技術升級，不然他回台投資的意義不大。

問：這塊目前的績效明不明顯？

答：蠻明顯的。不管異業投資、技術升級這一塊，績效很明顯。

問：我是說他可以秀出來！有時候政府做出一些成績，大家都好像不知

道。

答：有啊，經濟部投資業務處都有安排那些投資企業的參訪，也有登報，也有上電視、新聞，都有耶！

問：有時候政府做出成績來，不會宣傳；另外一方面，政府不會做事情，變成反宣傳。

答：有一個問題，是我前幾天去高雄，跟幾個朋友討論，我覺得他們想法有點悲觀跟偏頗。他們說，如果我開放陸生來台就業，或者我開放陸生來台就學，承認大陸學歷，會讓我們台灣的失業率高漲；然後他們的素質不好，會讓我們整個台灣大學的素質往下拉！

問：偏見嗎？而且我們不是不讓他就業嗎？

答：我覺得這個大家可以來探討，香港早就回歸大陸了，所以香港是對大陸開了大門。如果照大家這樣的思路，香港的小孩子早就是競爭力完全喪失，香港的排名就是急邊往下掉，可是前兩名都是香港的大學。所以這當中，香港自己本身，也因為看到大陸這一塊的競爭，所以他的教育有在改革，整個學校也有在改，所以他並沒有往後退。所以我覺得這件事可以特別去探討，我們對大陸開放是一個競爭，讓小朋友因為外在的刺激而增強競爭力，還是我們台灣的小孩子真的沒有競爭力！因為不對大陸開放，台灣就會往後退……

問：事實上，我們封閉、排外、防衛心態很糟糕，不要放那麼多是真的啦！我認為是漸進開放比較好，總結經驗嘛！

答：可是南部人都很擔心！當然你可以說他們是支持政黨，可是我感覺上他們是很支持藍營的人。感覺上，只是不喜歡政府有這樣開放陸生的政策。

問：可否描述「搭橋專案」的重點內容、目的與執行現況？對台灣相關產業能帶來的助益為何？

答：搭橋專案之目的是期望藉由舉辦兩岸產業合作與交流會議，建立兩岸產業合作模式，營造更開放、友善產業發展環境，進而創造兩岸合作商機、聯結跨國企業，並攜手進軍國際市場，進行全球布局，創造兩岸產業雙贏。

　　搭橋專案的作法及重點內容：作法採「政府搭橋，民間上橋」；即藉由舉辦兩岸產業合作與交流會議，建立一產業一平台，讓民間可以在這個平台上進行兩岸各個產業互補之間的合作，包括產業共同研發、共同生產、產銷合作、共同投資，甚至還包括兩岸跨國企業營運管理、產業集資、金融服務、倉儲轉運等方面的合作。在進程規畫上採「一年交流，二年洽商，三年合作」；即第一年先進行兩岸產業交流，第二年進行洽談，第三年進入實質合作，並且可以開花結果。但如果雙方已達成共識，時程當然可以提前。

問：搭橋重點產業有哪些？

答：目前已初步選定十五項產業優先交流，包含中草藥、太陽光電、車載資通訊、通訊、LED照明、光儲存、資訊服務、數位內容、風力發電、航空、車輛、流通服務、食品、精密機械等產業。主要是考量兩岸產業價值鏈分工、相對競爭優勢、經貿互利等因素。

問：效益好嗎？

答：對產業界及研究機構帶來的效益：截至八月底，兩岸產業合作與交流會議已舉辦七場次，諸如車載資通訊、通訊、LED照明、資訊服務等產業，每場出席的人數均達五百人以上，其中大陸重要產官學研代表有八十人以上。雙方已簽訂之合作意向書包括無線城市、城市資訊

化、軟體服務外包與採購合作、胎壓偵測、TD-SCDMA及後續LTE技術合作、共同制定產業標準/規範、共同推動試點／示範計畫等。

問：短期與長期效益為何？

答：搭橋專案為產業界帶來的效益，短期內希望藉由雙方產業交流與互動，推動兩岸材料、元件、組件、生產設備與系統等技術交流，展開應用推廣及設置合作，並尋求兩岸在品牌通路、法規、技術、標準規範與驗證進行合作的可能模式，達到優勢互補，促進市場商機。長期而言，則希望達到兩岸產業互補與共同發展，並藉由兩岸合作成功模式，推廣到大陸市場，進而兩岸攜手進軍國際市場，進行全球布局，創造兩岸產業雙贏。

問：您對開拓大陸內需市場看法？

答：金融海嘯後，大陸出口受阻，為振興經濟，其政策轉為擴大內需，如推動家電/汽車下鄉、農機用品補貼等多項補助措施。台商要利用這個機會，調整發展策略，改成把大陸視為市場，即把「以大陸為工廠」的模式調整為「以大陸為市場」。而在作法上有以下三種策略：(1)台商提供高品質與低成本的製造優勢，與大陸進行品牌與通路的合作。(2)自創品牌，拓展通路。但需先克服產品設計、人才、財務上的瓶頸。(3)台商與跨國企業攜手共同開拓大陸市場，即吸引歐美日跨國企業透過台灣的整合，再轉進大陸投資、開發市場，以降低相對風險。

物流、併購與人脈網絡

陳美華
（中歐國際商業顧問公司執行長）

◎訪談重點

- 大陸短、中期市場前景
- 台資企業的機會與通路建立
- 併購經驗、過程與陷阱
- 專業學習與人脈網絡經營
- 兩岸優勢主客易位值得省思

問：您對大陸短、中期市場前景看法與風險評估？

答：自金融風暴後，到今年上半年中國的經濟成長在「保八」大前提下，中國政府投入四兆人民幣，以刺激經濟成長的十條擴大內需措施。檢視今年（2009年）要達成保八，以現在數據來看，是可以達成的；但據其自己官方統計和分析，雖然房價已連漲五個月，股市也持續攀升，但企業的利潤是下降的。所以中國經濟目前實質上還未徹底走出「低增長」狀況，且4兆人民幣以公共建設之名陸續放出後，當錢不是去買商品，而是去買房子和股票時，股市和房市掀起熱潮，這就是中國經濟現在的狀況，也是它們要面對通膨威脅的隱憂。很多企業包括台商已積極布局對原物料的投資，等待下一波通膨大行情；不過從各種數字來看，畢竟中國仍是全球第一個走出衰退的經濟體。

　　參考全球各財經預測的分析，從現在到2012年，中國經濟成長率仍有可能有二位數，但仍要看它對可能的通膨是否能控制得宜。此時加速布局或擴大中國市場投資，現在是好的時機，包括年輕人到大陸發展亦是一個很好的選擇，尤其在餐飲管理、設計、教育訓練、通路管理及品質控管等方面，台灣人在大陸是很受肯定的。

　　雖然台商或台灣人到中國發展較之其他國家，具有同文同種的優勢以及目前兩岸政治緩和的好時機。但我們要有心裡準備，面對的是一個競爭很激烈的市場，好幾位前輩都說過嘛！要人到、錢到、本事到、另外還要再加個關係到，因為在中國市場除了與老外競爭外，還要面對大陸當地人積極，甚至有時不擇手段的競爭，所以想要在中國發展，一定要有下手拼搏的準備和決心。就是要將「吃苦」當樂趣的阿Q精神和「一定要成功」的企圖心。

　　中國市場不管是房地產、股市、公共建設、天然資源……幾乎所有經濟活動，中央政府才是真正大莊家，這些經濟活動及遊戲規則是政府有計畫的規畫下，透過政策的安排和強勢執行力在運作。所以要

在中國經商，一切順著政策走就是了，包括它說變就變的政策。因此「經營人脈」很重要，除了容易取得較好資源外，包括快速取得政策方向信息，好讓自己能夠「趨吉避凶」，這也是台商在中國市場較外商優勢的地方。

　　然而，機會多的地方也是風險多之所在，在中國亦然。前面提到中國政府投入四兆人民幣，到國務院所說的十條擴大內需措施，伴隨這四兆人民幣固定資產投資的啟動，加上寬鬆的貨幣政策，今年1-7個月，據中國中央統計新增人民幣貸款已達7.4億元。這些透過銀行放貸出來的錢，是在一個為「保八」的政策氛圍下而被擴張推動的。可以想見，如果實體經濟再不快回復其增長，則跑到房市與股市的錢，將得不到實質支撐，則這將不只是通膨的問題，而是更不願見的泡沫破滅的問題。參考中國政府過去作法，屆時又會出台一些大轉彎救急政策，這些問題可能會在不久將來發生；想清楚如何應對，考驗著大家的智慧。

　　從統計數據來看，中國可能很快（或許在今年或2010年），成為僅次於美國的全球經濟體排名第二大國，但這又代表了甚麼？是除了量大外，實質民生的發展和產業發展的分配又是甚麼？何況隨著經濟持續增長，中國經濟成長率將會慢慢遲緩下來，搭配著和諧社會的政策和強兵富國的理念，中國勢必透過政策，對產業發展引導汰弱扶強，以利中國企業快速國際化以及對外競爭的能力。所以，是否可能在下一步結合台資企業的先進管理能力和技術及國際市場能力，成為強大企業體，共同對外競爭！這是否也是台資企業下一步的機會，值得我們留意。

問：台資企業未來機會在哪裡？物流市場機會有多大？

答：台資企業早期以製造出口為主，製造管理能力深受中國和外資企業佩

服，隨著中國人均所得提高及十三億人口的消費需求，提供龐大的內需市場胃納量，很多過去以外銷為主的台資企業，亦轉向搶攻內需市場。尤其台灣人相對於當地人在零售通路管理和服務業軟性經營，質量和經驗更顯突出，而外資企業又不若台商對中國社會文化較具同理心優勢，所以經營內需市場，包括：食（餐廳／方便麵／米果／罐頭⋯⋯等）、衣（紡織廠／鞋／婚紗／設計）、住（家居物料／房產開發／設計⋯⋯）、行（腳踏車／汽車零件／租賃）、育（企業教育訓練／才藝或外語補習）、樂（KTV／遊戲軟體），還有醫療服務、手機設計⋯⋯等等，都是我們的機會。

　　不過，在中國市場，台商主要競爭對手並不是外資企業，而是講同樣語言的中國內地企業。普遍中國內地企業擅長以「仿冒」和低價競爭。因應這方面的競爭，台商多採取雙品牌或多品牌策略，也就是「高低兩手策略」，例如康師傅的方便麵（料多好吃的麵或便宜低價的，康師傅都有），和旺旺的多口味米果；另方面，投入的時機點的選擇也是重點，尤其是需較大前置資金投入的行業，例如：大賣場、酒店、餐飲、不動產⋯⋯等，選在當地縣市GDP人均所得達到人民幣二千元以上時，才是台商進入投資卡位的時點。這個時候當地消費者對質量好但價位稍高（相對於當地的產品）的台商產品或服務，接受度高也喜歡用。此時台商打入當地市場，以較優質服務和產品，更凸顯與當地企業競爭差異優勢，台商較容易成功。

　　比如說，我今年三月去了一趟山東省聊城市參觀一位台商在該城市批了一塊三百畝地，已養地約四年了，現在正在蓋三座類似台北市五分埔服飾批發和零售市場。我覺得它的規模有點大，他就帶著我到周圍城市繞一圈，包括靠近濟南市的一個十字路口。十字路口四邊共有約七座都比他賣場大的大批發暨零售賣場，有的賣場規模足足八個北市五分埔商場的面積。在一個星期四（非假日）的下午，走到賣場

裡面去，就是人山人海來形容，但商品都是中低檔次，在這裡看不到景氣蕭條，更不會認為金融風暴的影響。這個台商還告訴我，他這個賣場有一半只準備經營四年，等這四年期間將這個地段炒熱後，這一半就要拆掉蓋房子出售，另一半仍繼續經營賣場。讓周邊繼續熱鬧，這房子才值錢才好賣，他算一算，這樣八年下來，他的利潤是他投資額的20倍以上。

他認為在中國經商，為何現在要往二、三級城市走呢？因一個城市，GDP人均所得二千元是台商跨越點。在這之前，向地方政府要好地段好條件容易談，成本也低。但先不急著砸錢下去，因當地人還不願意買較貴的台製產品，等到人均所得人民幣二千元門檻一過，就是台商的機會。將賣場／通路／房地產結合成一個獲利以10倍以上計的模式。讓我這個EMBA畢業的職場老鳥，都覺得他實在很厲害吧！但他說，類似這樣的故事，在全中國多的是，就看我們要怎樣去用心和用時間去經營而已。

中國大陸幅員廣大，經營零售通路（他們稱為「渠道」）需投入人力、物力、資金與時間非常龐大，但是當你砸下後，能撐得幾年過去，有了一定的通路渠道形成時，就如同一條黃金鏈般值錢。但如果台商是這個時候才準備要進入中國零售市場，或自身口袋不夠深的，最好是以搭便車走現成的通路是較好選擇。其實，在一個幅員廣大的中國零售市場，經營「網路零售通路」亦是另一個商機，而且未來會是主流之一，尤其台商在這方面的經驗和技術，是比較有優勢。但要注意的是，「網路銷售」前提條件要有一個可信賴的金流與物流中介，和一個成熟的商業環境。然而中國商業環境是否已開始具備成熟條件呢？還是已有進步，但並未達我們可以相信的程度。因此如果準備開始布局這一塊，可從建立「會員制」開始，在每個城鎮設一服務點（含倉儲），透過每一據點的業務員，以貨到收錢方式開始，但這

也是很大的資金與人力的投資。

　　現在台商零售業避開一級城市戰場，選擇從二至三級城巿進入。在這些城市銷售廣告手法，最常用的是「機動三輪車」貼廣告。一個月才10-30元人民幣廣告費實在便宜，當地老百姓整天看著到處跑動的三輪車掛著你的廣告或招牌，一定有眼熟和記憶的效果。另外就是派報，還有插撥地區電視廣告等，還有就是手機短信囉！但短信這部分和台灣一樣，效果差強人意。

　　早期台商在中國經商，帳款被倒怕了，所以都只願做現金生意。但隨著中國經濟的成長，社會經濟條件也越趨成熟，加上市場競爭和有些行業特性需要，近年來放帳經商越來越多。台商為了爭取業務，也要開始在適應和學習「做放款生意」的市場需要。如何避免被倒帳，在中國有個順口溜，是當地企業做放帳生意的一套「摸底細」功夫：見見面、通通氣、摸摸底、拍拍板。它的意思是，要放帳之前，先不急談生意，首先雙方常見見面並多聊聊（通通他的信息和來路與需求），然後透過各種管道，包括在同業間打聽或問問他的供應商或客戶，或地方官員……等等，這叫摸底細；等都弄清楚後，才來拍板決定是否可以放帳做這筆生意。經過幾次這樣的操作，過程中還是要隨時留意掌控狀況，面對越來越多的放帳生意，隨著業務成長，能夠學會他們這種摸底細的手法，也才能降低倒帳風險的存在。

問：處理併購經驗，成功條件有哪些？有哪些陷阱？

答：中國經濟快速成長加上13億人購買力，形成了全球最旺火的消費市場。面對這樣龐大的市場，國外企業急於快速進入卡位，而中國企業，則需快速整合，以便搶佔市場份額（佔有率）。而「併購」是企業發展策略中，最快速切入當地市場和利用及整合當地資源，最佳的方式。可以說，近十年來，中國大陸已成為全球企業主要的「併購市

場」，幾乎每天都有企業併購的事情在進行。包括早期因中國生產成本低廉（大量的人力和土地），以「世界工廠」自居，很多外資企業到中國，為快速取得投入生產設備與人才，以收購國企舊廠或台商工廠為主。但最近幾年，卻是為了貼近內需市場，以收購同業生產基地或通路渠道為主（例如零售大賣場的併購整合，或投資倉儲運輸業，或銀行金融業）；另方面部分台商和國內民企，本身實力越趨壯大，也有一部分卻抵擋不過激烈競爭，願放手不做或尋求同業聯盟與合作……等等。所以這幾年併購業務以「橫向併購」居多（同業整併），至於上下游整合的「縱向併購」，則因易造成企業戰線拉太長的的問題，則較不被考慮。以中國市場的龐大，還是以集中資源、消滅對手、減少同業競爭，以擴增市場佔有率為目前趨勢。尤其中國民企或國企，隨著中國經濟成長，對自己企業發展越來越有信心。為能爭取國際市場或為與國際企業競爭，喜以在國內以「強強併購」（兩大成為獨大或更大）方式，以求利用國內自己的內需市場和政策的鼓勵，快速爭得市場發聲權或定價權，以延伸到國際市場競爭的有利戰略位置。

在中國的企業，包括國企、民企和台商，普遍財報透明度及可信度都不足。在中國進行企業購併，相對於在歐美日或台灣，併購風險較高。更何況從過去到現在，全世界併購的成功機率本來並不高，其主要原因是併購的過程本質存在較大的風險。大體而言，這包含了「顯性風險」、「隱性風險」和「存續風險」等三大主要風險。其中「顯性風險」指的是：財報信息不對稱和評估時間有限性。當一個評估團隊（包括：會計師、律師、公司的業務、生產、技術、財經人員）到一家已成立多年企業（有時是二十幾年以上老公司）做為期3-6個月的實地審查，真的能將該公司所有的問題弄清楚嗎？更何況該企業很可能，並非將所有應告知的公司內外人事物都表達出來。當

承受該公司後，新的股東和經營團隊都須概括承受，從過去到現在所有的一切責任。除非在「收購契約書」裡能寫的清楚，但這些還只是從財報上看到資料的「顯性風險」而已。

另外，還有「隱性風顯」：則是無法從財報上取得信息，這裡包括有：資產隱藏風險、負債隱藏風險、資金成本流動風險和巨額離（退）職金的問題等等。最後即使併購執行作業完成後，還要面對更為重要的「存續風險」。很多企業完成收購作業，新的董事會和經營團隊進駐後，才發現要處理的問題很多，常超出預期所想見的，甚至有的問題會嚴重到動搖母公司的「根本」。這「存續風險」包括有：1.企業文化磨合的管理風險；2.組織（結構調整）；3.行政風險（當地官員刁難）；4.規模經營風險（組織一下子變大，各方面資源整合不上；5.法律風險（例：獨佔、寡佔）……等等。

問：可否談論企業購併過程？

答： 或許有人問到，既然併購風險這麼高，何以還會有這麼多的購併需求呢？在一個快速成長的經濟環境，企業要突破格局快速發展，要能最快速取得業務／人才／設備／技術等資源，甚至人脈網絡，用合併或購買企業，是最佳的方式。例如：鴻海和大聯大的快速擴展，就是透過一次次的收購／合併／重組而促成的。所以，不能因風險大就逃避它，如何防範或降低風險的存在，才是重點。而如何防範併購風險的存在，最重要的是，做好併購過程中的每一道程序，並預防可能錯誤的發生。

談到處理企業併購的過程，從「戰略目標」確立，開始尋找適合目標，有時是可遇不可求。所以「橫向併購」機會多的原因在於：同業間的信息日常是流通的，當有人釋出有意出售或擴張時，可以在很短時間被知道；而上下游整併的「縱向併購」則常發生因欠債而衍生

「承債型收購」的原因。由於「橫向併購」因來自同業間的對象，往往有風吹草動，就容易被放大流傳。為了避免無謂干擾，雙方先有個「保密協議」是必然的。隨後進行的「實地審查」，收購方派出的評估團隊成員，不能只是外圍顧問加公司財會人員而已。從業務、生產、總務設備、技術……等等都要備齊資深人員參與，才能洞察明毫。審查完進行「談判」過程，是很花時間的，常是雙方慢慢磨，唯恐太早出手會吃悶虧，每個問題每個環節都可以是談判的題目，當然最後價格協商，還得動用到計算模式、到政治操作……等。最終兩家併為一家後，卻往往又是面對真正實質難題的開始，建立雙方人事適應期、優化改善財務結構的資金調度、企業文化的磨合到有效的執行力，這是一條很長的路要走。這個問題不要說在中國，即使歐美國家的例子也比比皆是。在最近這幾年，較具知名案例，就是明基收購德國西門子手機部門。

　　中國從一個共產社會主義國家，在短短三十年，快速步入比資本主義社會還資本主義的競爭市場。老百姓以及部分官員普遍欠缺西方資本社會所遵守的商業規則、商業誠信與商業倫理的認知。現在是一切向「錢」看齊，所以勞動力與人才和錢財一切「見利思遷」。少有所謂人情味和自我道德規範，公司財務可信度很差，加上政府政策常常說變就變，企業文化無法紮實落根，以致在併購中國企業時，面臨的隱性風險更大。但要擴張企業版圖，路總要走下去，所以如何降低併購風險，並防範於未然，是執行併購的必要條件。

　　在中國當我們處理併購業務時，大多我們會建議收購方採取「資產收購」模式，也就是只買齊其報表左邊的實質資產，包括：廠房、土地、設備和業務（客戶和訂單）、技術、專利、人才（原公司結算全員年資，新企業主再回聘要用的人）……等等。其他的，如負債、應收帳款、預付款等流動資產，剔回交由原公司去處理。或許有

人會認為，被收購方不會接受，其實這是談判的問題，也是「價格」的問題而已。收購方要堅持一個原則，價格可以在剔除不要的項目後，雙方談妥彼此可接受價格。只要對方可以提出合理的說明或數據，寧可買從表面上看起來較高價格，切勿去承接無法預期風險的項目，至少讓看不到風險降到最低。至於匯率，不想節外生枝的話，就以當地貨幣為準，至於結算各自去解決，簡單、單純才能使風險降低。

問：**讀大陸中歐學院EMBA有何收獲？人脈幫助大嗎？**

答：自己去念EMBA，剛開始是個很單純的想法。工作二十幾年了，自己常有被掏空的感覺，碰到的問題越來越棘手，有「黔驢技窮」的危機感；還有就是想重溫年輕時在校園生活那段日子。剛好我在2006年的工作，每個月有一半時間在上海上班，因緣際會經一位建築師（也是中歐學長）推薦，就去試試讀中歐學院EMBA。從第一天起，六百多位新生同時在校園進行連續三天二夜「入學」課程和新生訓練。整個活動安排的有效性，從每位學生的食衣住行育樂安排，到分組演練企業發展模擬運作比賽，讓我深感震撼和佩服「中歐學院」整體教務及行政人員的行政運作能力。

　　我當時在想，我如果單從這一套組織運作能力和系統，將它學會的話，就值得這新台幣一百二十萬的學費。容我為學校做個短短短的介紹：「中歐學院」全稱是中歐國際工商學院，英文簡稱CEIBS，是由中國政府與歐盟共同創辦的，專門培養國際化高級人才。在中國名校裡，它雖是成立較晚（於1994年11月），但近六年來，連續在英國《金融時報》對全球商學院MBA排名在第八名，而亞洲排名則是第一，也是目前中國最難考進的學院。

　　在中國，念名校的EMBA，學費普遍都很貴。今年入學「中歐

EMBA」，單學費就是人民幣38.8萬（約新台幣近二百萬），這還不包括每次去上學來回機票、住宿和其他學雜費等。但為何還是有那麼多人想擠進去這個窄門，以「中歐學院」為例，除了其教學嚴謹、國際化、關照同學和校友與學校彼此互動外，吸引人之處在於能夠與中國高官和大型國企或民企董總或高官領導等成為同學。

　　中國政府和領頭國營企業，其組織系統對人才培養來看，我個人認為是種「學習型組織」。各層級官員領導在其各自領域升遷考核，除了績效評鑑和人事背景的考量外，還有升遷前參加培訓或學習的安排。所以各高管接受不同層級的回校再學習，也是升官踏階的一部分。在知名學府取得學位更具優勢。而我們這些不具身份的學生，就在這樣的氛圍與大家成為同學關係。尤其中國人從過去就很講究師生和同學的關係。在中國做生意，人脈關係是門顯學，一定要有，而且越廣越近核心越重要，否則會常碰釘子，要跟公家機關或大型企業談生意、要條件或排解問題，有「同學」這層關係（尤其足足兩年多的共同學習生活），很多事可以很自然解決。

　　另外，我們還有個額外的收獲。我是在2006年3月入學，也正巧碰上大陸股市和房市大多頭起飛期。班上同學有外資銀行的高級主管，有政府財經機構的官員，也有懂生意操作的民企老板。加上課堂上，教授也常取國內外案例及財經分析模擬……等，以及學校每週課外財經論壇，談論現今財經……等，同學間就發起共識，每人出資成立了「私募基金」，由有操盤經驗的同學負責管理操作，又搭上大多頭行情，我們就這樣短短一年間，就將學費給賺回來。懂房地產的，硬是在房市大賺一筆；我不是鼓勵大家去做投機生意，而是說，當我們有更多對的人脈網絡時，就給自己更多的機會，較少的風險；何況在有實質利益平台過程中，所建立的革命情感和持續的群體關係，讓彼此既是同學也是朋友，讓自己的生活更具親和力；這也是中歐學院

學習過程中，額外的收獲。

　　除此之外，我個人覺得透過兩年與大陸同學交往的經驗，和目前仍維持的互動，對中國有更深刻的理解。面對一個快速起飛的經濟市場、法令制度、產業結構怎麼變化，政府在想什麼？民企在想什麼？創業家和員工又在想什麼？我想至少比沒去中國讀過EMBA的人瞭解。而瞭解這些對我的工作、對我的生活態度幫助非常大。最重要的，對我個人的人生存摺增加了豐富度。

　　另方面，透過兩年多與大陸同學的交往，對於台商和台灣人在中國的種種，可以從他們角度，看到另一個層面的看法。我在1995年中，第一次踏入中國，那時我們公司是拿著一筆錢去與上海一家國營鋼鐵公司合資。那時他們看到台灣人是種羨慕的眼神，呈現一種向我們學習經營現代化企業和學習技術的態度，希望我們提供資金、人才、技術和經驗。但隨著兩岸經濟發展的不同調，中國各方面的快速成長，更凸顯台灣這幾年的停滯不前，我相信很多台灣人或台商對此會有同感。但當我們在經濟能力上無法再加快成長時，台灣要用甚麼來凸顯我們的價值和優勢，來讓對岸同胞繼續羨慕我們，繼續學習我們？而不是只是反過來要他們的資金、他們的消費而已。

台商投資趨勢與內需市場開拓

呂鴻德

（中原大學企業管理研究所教授）

◎訪談重點

- 大陸投資風險調查與評估具影響力
- 昆山與東莞差異性與回應能力
- 台商跨域治理與影響力
- 昆山精神：敢為天下先、「三學」政策
- 昆山與東莞台協功能與角色不同
- 比較東莞與昆山政府因應產業轉型與升級作法、態度
- 歷經金融風暴，台商「大者恆大」、「強者恆強」
- 轉型台商如何轉向內需市場導向

問：您長期做調查報告，請問您覺得這對中國大陸的投資環境或是台商，
　　最具體直接的貢獻和幫助有哪些？

答：TEEMA調查報告從2000到2009剛好滿十年。那時TEEMA調查報告在
　　設定時，其實他就有幾個目標，第一個就是台商到中國大陸投資的一
　　個指引；第二個就是督促當地的政府去改善當地的投資環境；第三個
　　就是提供台灣政府在擬訂大陸政策時的一個重要的參考指標。這幾年
　　來，其實TEEMA調查報告在中國大陸內部他們自己官方上面的一個
　　說明是，政府升遷的三大參考報告之一，所以政府官員要升遷時，這
　　個排名也是一個非常重要的參考依據。他們私下是這樣講的！包括他
　　們中國大陸的競爭力排行榜，也是他們很重要的參考資料！

　　　　這十年執行下來，發現這個報告在中國大陸有明顯的效果，這個
　　效果就是每做完一個就會送給國台辦。大部分過去都是陳雲林，現在
　　是王毅。國台辦就會用這個資料，去瞭解當地的台商的一些輿情，也
　　責成當地的政府來改善、輔導，或是協助台商企業去完成我們報告上
　　面比較弱項的項目，這是這個報告所引發的衝擊力！

問：台商最具有投資代表性的地方，昆山跟東莞，您對這兩個地方，看起
　　來這十年的報告有一些非常鮮明的差異評價，為什麼昆山真的這麼
　　好？東莞問題到底出在哪裡？

答：從這十年來的比較裡面，昆山，有八次進入到A級的推薦城市，這個
　　比例非常高。所以在整個十年的評估裡面，如果我們用總體的十年，
　　昆山是第三名，就是整個城市的排行的話，總體喔！十年來是第三
　　名。但是，東莞，因為它的城市比較多，我們分為東莞的城區、石
　　碣、長安，還有東莞的市區、東莞厚街，這幾個城市，但過去這幾年
　　來，東莞大概都是排在我們叫做暫不推薦的城市，就是B級。主要的
　　差異我可以把它歸納為五點：第一點，很重要的概念，區位上的區域

主觀意識，長三角的人比較國際化，長三角的整個定位的時候，尤其江蘇，它本來就是吸收外資來投資的據點；珠三角的東莞，其實它是一個僑鄉城市，如果你到香港去問，有一句名言是：「十個香港人，一個東莞人」。隨著中國大陸改革開放，這些香港人就回到了東莞做投資，所以我們過去一直認為東莞的大本營是台商。錯！東莞60%是港資，40%才是台資、韓資跟日資，還有外資這些加起來而已。但是從輸入的角度來說，外資在東莞很多，所以外資的企業在那邊一開以後，台商也是相對有六千七百多家企業。所以從這個比喻的關係來看的時候，東莞就比較是僑鄉的概念去投資，僑鄉的概念就是自己會保護自己的比較多，地域關係就存在。所以我稱這兩個，一個叫作open-minded，一個叫作close-system。這是一個地域性的血緣結構，蠻防衛的。

問：比如說東莞的房地產，台商根本進不去！港資吃掉了！

答：對，進不去！回到那句話：十個香港人，一個東莞人。他的祖籍就是東莞。你就是沒辦法！

第二個是領導者的差距，瓶頸永遠發生在瓶子的上端，昆山的書記從過去的季建業，就建立起一個非常好的系統，

問：季建業，新任南京市長！

答：已經調了！他曾擔任揚州市委書記！就是因為他這個人的特質！幾年前我們認識他的時候還是在擔任昆山市委書記！

昆山一直跟台商之間保持很高度的互動。第二點就是領導者的概念，從季建業、陳雷、到曹新平，到現在的張國華，一脈相傳，他們有很特別的一個傳承，書記做完，市長升上來。你真的可以看到，我個人認為，未來，昆山幫會起來！不應該成幫啦。昆山是江蘇領導班

子的訓練班，這是一個很重要的意義。東莞就不一樣了，東莞跑去一個之後，就不知道去哪裡了。因為他們就是傳承，他們自己本身小團體的那個利益，這是第二個差距！

第三個，就是當地的官員善用台商會的整合力量，昆山比較強。那是表面上的，東莞都是表面上的。但是，昆山是比較出自於內心的，他們對台商企業，出自於真正的溝通還是有的，這是整合的力量，他知道魚幫水，水幫魚的道理，他比較真誠。

第四個差異，這兩個城市的產業屬性有很大的差別，一個是屬於比較高階的製造業，一個是屬於比較low-level的製造業。蘇錫常寧鎮是一個產業集群（cluster），江蘇、無錫、常州、鎮江和南京。但是東莞就不是了，東莞比較小，所以形成中國大陸的產業集群。昆山比較強，東莞比較弱，所以台資企業在那個地方的時候，去的人的格調就比較高一點點，大企業會比較多一點。早期的中小企業就多埋伏在東莞，所以這也是比較大的差別。

第五個差別，兩個城市的位階不一樣。昆山是縣級市，一個縣級市可以受到台資企業這麼的關注，我非常高興，這就像在大池塘要做小金魚，還是在小池塘做大鯨魚的概念，這就不一樣。但東莞是一個地級市，而且是兩級政府而已，他中間沒有縣級市，直接就到政區，它有行政效率上的好處，資源會有上面統籌，這部分也造成兩個投資成本很大的差異。

問：請問像金融風暴對這兩個城市的影響？

答： 當然，最嚴重的是東莞。東莞的會長做了一個調查報告，報告雖然顯示東莞的台資企業不再轉型升級，2-3年之間37.6%倒閉，4-5年之內27.8倒閉，這個數字上都可以知道。

問：東莞台商的數目有相關的統計資料嗎？台商投資的廠商數？

答： 大概他們都私下講，六千七百多家，真正的數字沒有辦法查，因為很多台商1-2個人就成立一家公司，這就沒有意義！市政府那裡也沒有資料，因為台資企業不像一般外資企業，去的時候規模都比較大，我們有很多人是跑單幫的，1-2個人就是一家企業。

問：所以這次金融風暴，等於是東莞受到的影響比較大？

答： 因為它整個產業結構的問題，產業屬性的問題。所以它影響比較大，昆山那就小一點。前些時候我們訪問他的張國華書記的時候，他就說，我們去年到現在，沒有一家台資企業倒。當然我們同意啦！訪問了台資企業，台商會會長說，22家啦！

問：他們如果倒掉，會想辦法找人來承接？

答： 在市政府的角度來說，不認為這叫作倒！定義的「倒」不一樣，在市政府認為說，我們沒有一家倒，但台資企業認為有22家，那算少的，比東莞少太多了！

問：他也做了一些應急措施，像富士康要裁員，他說你不要裁，我給你多少補償！然後我就降費，不能降稅，費可以降，現在廠商也算帳。因為富士康是指標性的廠商，如果一下子下崗一萬人，就馬上變成社會問題！這要配合相關政策。坦白講，地方政府有資源，這件事情就好做。

答： 分兩個層次。最特別的是，如果電電公會的報告而言，昆山叫做電電公會狂熱，東莞叫做電電公會報告麻痺症。一個是狂熱症，一個是麻痺症，不管怎樣都無所謂，你要吸引的是投資不是投機，這是兩個很大的差別。他們聽不進去，就看數字，不管好不好，先把數字做出來

再說，這是很大的危險。

問：我剛講那個科技園區，昆山不是也有一個科技園區嗎？這個科技園區，基本上都是新竹科技園區的翻版，我覺得一個是比較有成績的，一個是比較沒有成果的！當初在成立時，當地的台商和兩個地方的台協到底有什麼作用？

答：從三點來說。第一個，台協的參與度，昆山比較差。比如說，昆山找了工研院院長，那東莞就沒有。東莞就靠香港人給他一些規畫，因為東莞本來就跟香港一樣，是很close的地方，所以這是參與度上的差異。第二個就是兩個之間，設定的導向不一樣。昆山的工業區，高新開發區，它的導向就是要去真正脫胎換骨產業結構，目的是這樣。但松山湖的計畫，其實是一個形象工程，加房地產開發，我不敢推論，但我個人是這樣認為的！所以為什麼會有一億的豪宅在那裡？你開什麼玩笑？這個是工業區耶！這邊蓋豪宅是什麼意思？不協調，馬上就可以洞悉這個問題。兩個主軸出現的問題點是不一樣的。導向是不一樣的，這決定了你的成敗！

問：其實科技園區應該是伸展網絡的地區，因為跨國企業對你需求高速。

答：快速回應。應該要建立全球Quickly Response System（QRS），他沒有，他只是形象，幹嘛在那裡蓋一個凱悅酒店？

問：蓋得好漂亮

答：說穿了就是房地產！中國很可怕，有時候想到你頭也會痛。

問：他為什麼不宏觀調控？壓不住，就完蛋！

答：因此，第二個是形象上的差異。第三個是依托的差異。昆山有很多依

托，它不只是蘇州大學，直接也找到清華大學依托，清華大學的產業園區，一下子就靠到另外一個高層，不是只有昆山理工學院。科學園區要依托大學。

問：它是一個學習型社區。跟交大、清大的關係，因為研發這個東西要馬上有人回應，有人才。

答：依托人才、依托學術機構、依托他的區位，蘇州是最大的電子業集群，有大專院校結合；東莞沒有，東莞是跟惠州依托，惠州有什麼發展？

問：所以昆山科學園區，台商在參與度上，是我們的科學園區翻版，在這一塊確實有影響。台商協會在他制度創新影響哪一塊？比如說海關，以前那套海關沒辦法玩，他們是不是不斷給他建議，他就不斷轉變？

答：對！昆山海關的轉變，其實也是在台商不斷push之下；但是，東莞的海關也改變，但那是靠個人關係，這個不是制度化，這個還是人，還是關係。他們就是說：不是老謝我不認！但現在已經十幾年過去了，你還是綁在人的關係上，這個中國大陸的變革，還是需要寫出來，可以給他建議。

問：我們做一個假設，大型且是科技廠商，他說話，會不會從現實觀點來想，地方政府比較會聽？

答：如果是在上海，就比較不會聽你的，因為我有既定的。昆山的層級跟上海是差很大的，因為大，人很現實，仁寶就是這樣！但在東莞，我管你什麼，我來的企業都不如你小，香港來的。

問：但到昆山去又不一樣了！

答：所以這就是從小的地方思維，一個保守主義思維。珠三角很可怕，那個close system你打不進去的。所以在東北，很多人被抓以後，他們很多的人到東莞、廣東去以後，他們都笑，你們這些什麼木馬大案，小case啦。你們東北人真笨哪，哪有人會把錢直接打到你的帳，再轉三個彎就不見了。你們這個東北人一根腸子通到底，我們廣東轉三個彎就不見了，你還查什麼查？所以這個觀念就很大的差別。所以我為什麼一直說不要鼓勵台商到廣東去投資，就是這個道理。太精明，廣東人是做生意起家的，你看華人，廣東人是精明起家的，這個精明不是正派的精明。

問：除了海關的效益之外，有沒有什麼其他的面向，你認為在東莞昆山這兩個地方，台商和台協對它的制度創新產生實質影響的？是靠台商來創造的嗎？

答：我問昆山的台辦主任王建芬，他講了一句，我很感動。他說，台商的做事精神跟細緻度，是對台辦有啟發跟啟示。所以他們台辦現在做事為什麼越細緻，其實這都是一個好的交流跟互相影響。但是我從來沒有在東莞的台辦主任身上看到，他會跟你講一句話。他說，喔，這個，我們都很照顧台協啊！台商協會如果有什麼問題，我們只要給他兩個東西就可以了，就是錢和政策，就可以了！昆山是雙向學習，東莞是單向協助、補助，如果你們來投資，我還是高高在上，這個觀念還沒改！

問：如果我們用現代學術名詞來講的話，是不是可以說，東莞還是存在著一個上對下的管理概念，昆山就變成是治理，共治結構。

答：用治理比較對！

問：治理是說，我來跟你討論的，來跟你協商的。

答：所以我們應該去推廣在中國的昆山模式。我個人對昆山並未有特別偏好，但我覺得我們可以去推廣，如果整個中國都是昆山模式，對台商是好事！絕對是好事！

問：他決策比較分散！

答：但是因為他位階比較低，台商來給我了，重視我了，所以自己覺得增加了。因為我的位階比較低，我是縣級市，所以我得到你的肯定的時候，我高興的倍數會增加，我努力的倍數會增加。但我如果是上海、是北京，你台商來幹嘛？不要你來還天天來，他不會高興，也不會增加他的credit。

問：這裡面有現實的因素，也有規模的因素。剛好昆山的規模，碰到那些官員，剛好發揮到極致。

答：這就是一個高度的size 的match！

問：時機啊，空間啊，timimg都是成就的關鍵！

答：所以昆山最讓我印象深刻的，叫作他有一個「敢為天下先」的精神，只要是對的我就去做，比別人快一步的精神。所以為什麼原來在它的產業定位是一個加工出口、代工生產，現在開始有花橋商務區開發，我覺得國家也把它當作是重點！因為它承接上海的高地價，高的商務成本，所以它可以在江蘇的接壤的地方，發展出來一個比較屬於投資條件成本相對比較低，但是又有商務環境的花橋商務區。

問：他搞這個東西，台商是不是也起了一些作用？

答：早期台商還是觀望。但現在已經有好幾個台商都進去了，因為現在規

模慢慢起來了，外資都去了，現在就是做物流，logistics，因為它是華東的要塞。

問：它是政府主導？這些觀念是不是台商都有呢？

答：這應該不是台商的，因為台商的思維還停留在過去製造的思維。但厲害的就是，現在的昆山有一點在慢慢的，它的「三學化」讓我們印象太深刻了，就是「政府的治理學新加坡，產業發展學韓國，管理的效率學台灣」！這是他們政府政策定的三個目標！這是三學，但為什麼會三學呢？因為這過去叫做亞洲四小龍，新加波、台灣、韓國，那我們再幫它加一個，叫做金融服務業的運作學香港。這沒有辦法，香港你就要佩服他，服務業的精神、服務業的發展。

問：它的金融服務業落後太嚴重！

答：所以他就學香港啊，第四項是我加的啦，因為他本來說三學，因為它不會認為香港是學習對象！

問：昆山也腐敗，但是它的技巧比較高明。

答：但至少比很多地方好太多，我們所謂的都是比較級之下的產物啦！

問：說說東莞與昆山的台商協會。

答：台協的力量那不用說，第一，全中國第一台協，那絕對是東莞，那個力量太可怕了！因為這是從第一任會長就制定的系統！他們有那個年度手冊，一開始就今天誰值班，輪值的哪駐會代表。所以他們講，你在東莞只要碰到問題，一定可以找到我們的人來幫你解決！所以他那個系統，我稱之為家戶聯防系統。所有的台協都應該要學東莞的台協這套，網狀式的灑網系統，每一個分會，分會下來又還有子委會。昆

山的台商協會也是有組織，但是就比較沒有像它這麼嚴密，他們也很團結，但是他們的組織就沒有這麼可怕的一個系統，這個可能是說，因為他跟台辦之間，政府之間的信任。當我在一個好的投資環境裡面時，我不需要太大的力量去跟對方抗衡，當我是在比較弱勢的地方，就要強大我的組織力量去跟對方抗衡，這是必然的。東莞的台協我們都叫它第一台協！

問：現在問題出在哪裡呢？就是說台協既然力量這麼大，而且就是說有影響力，當然希望當地的政府改善投資環境，讓他比較安全一點，但是好像政府的回應這一塊，並沒有積極的回應！

答：東莞的台商協會，水清則無魚，混水則瞍。當我跟政府的關係越模糊的時候，對我個人的企業會比較有力量；誰掌握的東西越多，誰就是贏家！換言之，每一個東莞的台商，都是在各顯他關係的神通、網絡的神通。在一些利益上，他會形成一些集體利益，比如說台新醫院，東莞的最高的大樓的台商會，現在要做的是台商的超市、台商的物流，都是這樣的嘛！他就是利用這之間的矛盾，我如果是台商會長，我就整合一些台商。然後來跟你談，這不是匯集所有台商的會員，而是其中片面的。因為我有資金，我們幾個整合起來，我一開始以為台新醫院是所有台商的，不是的。是幾個台商的，名字就是掛名的！昆山則採比較普惠策略，它比較制度化一點，制度化就是普惠。東莞就是少數受惠，或叫做key man受惠，這是我多年來的觀察！

問：台協的角色，我覺得他們對當地的一些社會參與看起來是蠻深的，譬如說他們做一些公益活動，尤其東莞。

答：東莞做得比昆山還好，他們有什麼愛心基金。越在不規範的地方，這個是很好的糖衣，也是形象的問題；越是制度的東西，因為大家平常

就在做了，就不會覺得很特別。因為你不做，我做了，增加了就覺得很特別，就變成了一個保護傘，既是糖衣也是保護傘。

問：東莞台協人多、團結這也是實力原則！你量大，影響就大！

答：我用這樣解釋可能比較通啦，東莞的台商會會長是以中小企業的台商作為領導人物。這些人知道我中小企業有一個官位的角色，這時候我成長的速度會比較快；昆山都是大台商比較多，早期去的，但他們對參與台商協會並不熱衷，南亞的專業經理人就不會參與這個台商會。

大陸投資思考與區域評價

蔡練生
（中華民國全國工業總會秘書長）

◎訪談重點

- ‧不同角色與觀點，台商大陸投資評價
- ‧大陸投資布局與開放思路正確
- ‧大陸投資成就台商新格局
- ‧科學園區在中國大陸複製
- ‧地方領導升遷與引資現實取向

問：您過去擔任「投審會」負責人，現任「工總」秘書長，不同角色與觀點下，您對台商過去二十年大陸投資的綜合評價為何？

答：兩岸投資早期我們是採取一個比較開放的政策，不但沒有特別的金額限制，投資項目只要不涉及國家安全，大概都會核准。到了李登輝總統宣布戒急用忍政策後，政府對台商大陸投資開始採取緊縮的作法。我想台商會到大陸投資，主要是碰到兩岸經濟在此時產生了一些轉變，台灣面臨的問題，包括貨幣的升值、勞工短缺，以及環保意識抬頭、產業升級等種種壓力，剛好大陸開始改革開放，對台商提供許多優惠，吸引台商投入大陸，使大陸投資金額與項目不斷的擴大，引起政府的關切。像海滄計畫、華陽電廠等計畫的提出，金額都很大，所以部分的學者建議李總統對大陸應該採取限制，避免台灣的經濟被掏空！這項政策到底對不對，當然是見仁見智，需要事後的驗證！

　　依我事後去大陸，看到很多我核准的項目，我覺得當初在投審會的決定應該是對的。我想當時政府高層可能都比較偏向政治面去考慮，我個人因為長期服務在經貿部門，所以比較能從經濟及廠商的需求去考慮這些問題，這時候我們就發現，從經濟的角度，我們過去許多的限制未必有它的必要性。比如說，過去我主張，水泥要開放，現在亞泥也好、台泥也好，這些大陸水泥廠都大賺其錢，將來它會變成大陸的龍頭企業。你不開放，它就沒有機會！因為商機稍縱即逝！尤其在那個階段，我們不管是在技術、經營理念及對國際市場的瞭解，均比大陸領先，所以那時大陸很需要台灣，尤其六四以後，其他國家都不敢去，台灣適時投入大陸市場，較可能取得比較優惠的條件。你現在去，條件就不比以前，甚至很多商機已經喪失了。

　　過去很多投資對台灣負面影響被部分人誇大，擔心台商去大陸投資，台灣就空掉了，但是從經濟面來說，水往低處流，企業是哪裡有錢賺，就往哪裡去，只要台灣仍有競爭力，不代表他去大陸投資，就

會放棄台灣的事業。但是過去就認為，好像去大陸就會放棄台灣，但這是兩回事，企業本身會去做一些調整，把一些該留在台灣的留在台灣，把一些該去大陸的去大陸，政府強制介入的結果，反而影響到企業的經營。

現在到大陸去看，包括到寧波，看到台塑石化廠，因為很多廠當初都是我核准的，我也覺得還好那時候能儘量從寬考量，否則現在可能就沒有機會了。因為他那時候要在寧波投資石化廠，石化在當初整個評估過程當中，幾乎沒有不准他去的理由，因為就石化業來說，他投資金額不是挺大的，他技術是很成熟的，全世界都可以拿到。

如果你能同意他去大陸設廠，他的下游企業還是在你的掌控之下，你不讓它去，他的下游客戶就慢慢直接去找大陸中石化，我們下游就被別人搶走了，對台灣還是衝擊。但是輕油裂解到現在還是不開放，是很不合理的。今天政府一碰到大陸往往腦筋就鈍化了，你說開放石化對大陸投資會造成資金外移，那請問你，石化廠到美國、到新加坡、到越南投資，為何都不視為資金外移，而說為是企業的全球布局？到大陸就被視為資金外移？如果能以一個比較平常心來看兩岸的關係，我想比較有助於台商真正的全球布局。

去年我到了台積電松江廠，那個廠是我離開投審會之前核准的，那時候國內也是一番論戰，IC產業怎麼可以放啊！什麼兩隻老虎，那時候不是也有論證。他也是同樣的問題，怕我們技術外移。事實上台積電對技術的控管比政府更嚴格，他才知道哪些該保留，哪些不該，這是他生命之所在嘛！企業內部連網路都不能上，不能互相mail來mail去的，他就怕互相不小心露出去。政府管的結果，他們跟我抱怨，現在他廠在那邊，僅能生產8吋的晶片，未來怎麼樣必須配合政府政策，而政府政策一直不明，令他們無法作長期規畫，對一個企業而言是相當不利的。

　　他講了很多必須開放的理由，因為大陸有很多他的下游，包括Notebook的工廠都在那裡，只要他能早點到大陸去，大陸IC製造就絕對沒有發展空間，因為兩岸技術差異很大，大陸廠商很難與台積電競爭。但是政府的政策永遠是等他的競爭對手長大了再放，以我這個學經濟的人來看是非常失策的。應該是你還沒有長大，我先一鎚把你打下去，讓你長不大。但是我們永遠是自縛手腳，等別人長大，他大了多少，我們放到多少。

　　所以我常感慨地說，我們如果早點開放筆記型電腦去投資，就沒有今天的聯想。但因為我們限制的結果，等聯想大了以後，我們才去，就讓我們的企業面對更大的競爭，要付出更多的代價！就是江丙坤講的，非法容易，合法難！那幾個偷跑的吃香喝辣，像統一去得晚了，就打不過頂新。離開公職以後，我對此有更深的感受。

問：當時在投審會有限制性的政策，在實際操作上，蔡秘書長是採取比較寬鬆的作法，看起來現在的布局是有遠見的，現在看起來是有幫助的。

答：對！現在這些產業在那邊發展得那麼好，回過來看，當初許多人擔心會對台灣造成衝擊，究竟有沒有發生？以目前來看，似乎感覺不出來，因為台灣產業本來就一直在進步，不去的話，那個機會就喪失掉了嘛！今天我們面對的是一個全球的競爭，不只是兩岸，大陸在這個時機提供你市場，提供你資源，你不去，韓國去了，美國去了，日本去了，那台灣不是更慘嗎？以現在來看，早去，應該是比晚去更好，因為這是一個機會。

　　比如目前IC製造還有一些限制，限制的結果使在大陸投資的台商無法做長遠的規畫，以致不曉得下一步要做什麼？經營權變成掌握在政府手裡，整個企業本身的應變能力就變差了，企業不能主動去做比

較長遠的規畫，根本不知道政府哪年要開放，等你開放我再來做，好的時機就過了！政府應該教育企業，而不是去管制企業！對企業來說，我拿自己的錢去投資，在投資的過程中，我一定比你更謹慎，包括對技術的控管。事實上，許多是政府管不住的，從過去到現在，大陸投資從來沒有減少過，表示政府的管制沒有產生效果。今天我們政府對大陸投資，應該儘量讓它透明化，政府才知道台商跑到哪裡去，你賺不賺錢，賺錢拿回來。而今天管制的結果，通通轉入地下。反而使政府根本不曉得他們跑哪裡去，兩岸的投資永遠對不攏。經過投審會核准的，預估大概額是七、八百億，但外面有人推估高達2、3千億。本來你可以清楚掌控的，但結果你反而掌控不了它，甚至許多人即以個人名義投資，影響投資大眾的權益。

問：所以總體上過去二十年來，秘書長對台商大陸投資的評價是積極而正面的。

答：我是正面的，因為我們現在回過頭來看，如果台商都不去大陸投資，台灣經濟會怎麼樣？今天台灣的經濟有太多需要仰賴大陸市場了！幾乎沒有其他可以替代。像是越南，因為越南屬於淺碟式經濟，又有罷工，幾家廠過去，馬上工資就漲，基礎建設還不如大陸。我們過去鼓勵到中南美洲去，也多數不成功！戴勝通就是一個例子，他跑到中南美洲，就陣亡在那裡！我覺得你還是要尊重企業，尊重市場法則。政府除了一些很特殊的項目，管制的範圍應該愈小愈好。

問：換言之，郭台銘如果沒有去大陸的話，也沒有現在這樣的規模！

答：是的。包括頂新也一樣，因為大陸經濟成長的過程中，提供我們許多機會，政府限制結果，就像把大家的手腳都綁了起來，叫他去跟人家賽跑一樣！當時我雖然在投審會，但是也很不贊成，不過蠻無奈的。

可是那個階段影響還小，因為那時候雖然限制對大陸投資金額不得超過資本額40%，但多數都還沒有達到那個限額，許多台灣中小企業去大陸投資，如今都已成大企業。郭台銘當初如果沒有選擇去大陸，相信就沒有今天的規模和成就。

問：有時候我覺得大環境反過來給我們很大的教育，看起來是比較保守的，但當形勢是這樣的時候，我們還是被形勢拖著走！

答：當然是被形勢拖著走，所以你必須把握形勢，才能取得先機。

問：像最後一條是大眾電腦那條，他也不得不去，後來我聽許勝雄講，他說你不要看筆記型電腦，三、四百家競爭，非常殘酷的，血流成河啊！最後只剩下一、兩家大廠還有生存空間。

答：因為企業的競爭是非常殘酷的，所以企業必須不斷的擴大產能、降低成本、提升品質，才能在國際市場競爭，否則就面臨淘汰的命運。

問：台商在大陸投資看起來有很多成功的例子，也有失敗的因素，可以談一下是那些因素，台商容易成功，而又有哪些因素讓台商容易失敗？

答：主要還是人要到、錢要到，很多報導分析大概都有談到這些。因為如果只是把錢投下去，人不能專心去經營都很容易造成失敗。早期大陸非常混亂，這幾年感覺慢慢上軌道了。彼此觀念也有很大差距，如果全部通通丟給大陸人去管理，很可能就給他們吃掉。包括當時沒開放時，許多台商找大陸人當人頭，回去之後發現，已被掃地出門了。此外，資金一定要足夠，因台商在大陸很難借到錢。還有，許多赴大陸投資的台商都是中小企業，很多管理經驗未必能運用到大陸。在台灣一、兩百人的廠商，一下子變成一、兩萬人，管理經驗上，面臨許多挑戰，也遭遇到許多挫折。

最近大家開始關注大陸內需市場，我也建議大家要很小心，因為產業升級比較容易，產業轉型比較不容易。因為升級只是把技術做提升，比較容易。但是企業轉型是從這一行轉到那一行，從外銷變成內銷，馬上要面對怎麼去鋪貨？怎麼去收款？這些都不同於做外銷，所以政府一定要加強輔導台商，以避免失敗。

問：換言之，就是專業、敬業還有資源的掌握，恐怕都是非常重要。

答：因為大陸是人治的社會，過去我一直提醒台商，去大陸投資一定要遵守大陸法律，在這樣原則下，有錢賺你才去。當然專業與敬業都是很重要的，千萬不要隨意見獵心喜而盲目投資，造成損失。

問：可是如果有時候太照法律走的話，會不會沒有超額利潤？

答：你必須一切依照規定，才能去談超額的部分，不要把那些先估到你的利潤。大陸是個人治社會，今天這個人承諾你的，明天換一個人，可以什麼都不認帳的，那你怎麼辦？過去在東莞一帶比較亂，許多人逃稅或假退稅，大陸人都知道啊！只是什麼時候要辦你而已。所以我仍然強調要守法。

問：像開拓內需市場，當然現階段應該是一個很重要的思考方向，但現在跟外商，譬如說日商跟台商作一種策略聯盟的夥伴，共同合作進軍大陸市場，譬如說日商提供技術資金，台灣提供人脈網絡，如果能結合起來的話，是不是會有一個加乘的效果？

答：我們的合作對象可以找大陸合作，也可以找外商，這是視個案選擇。如以大陸內需市場而言，如果我們能和大陸企業合作，比較能夠利用大陸企業既有的通路與關係。惟同業的合作是比較難的，因為同業競爭，跨業合作反而是比較簡單。由於大陸至今仍有仇日情結，如果日

商能與台商合作，運用台商的人脈與市場網絡，應是可行的方向。

問：現在如果跟大陸的內資來合作的話，是不是也存在著利基或是風險？

答：如果是針對大陸市場，我認為還是要謹慎、小心一點！因為大陸企業一般規模比較大，你不小心就被他吞掉了。尤其大陸不像台灣這麼講究誠信原則。此外，我們必須思考跟大陸內資企業合作目的何在？台商要打入大陸市場十分不易，因為他早期的通路沒有開放，我們本身在那邊的通路是很難打開。

問：他們市場的信用一般是比較差的，還有法治規範都是比較差的，在這種策略聯盟的過程中，會不會容易比較吃虧？

答：因為大陸各地地方保護主義非常嚴重，一般都較缺乏法治觀念，很多官司雖然打贏了，但是仍然拿不到錢，這是台商最頭疼的地方，所以在大陸一定要慎選合作對象。

問：有時候這樣會不會很挫折？

答：是很挫折啊！事實上許多涉及大陸內部結構的問題，像我們的司法體系是一條鞭下來，但他們的司法人員是拿地方的薪水，所以比較聽地方的，因此江蘇法院的判決結果，未必能在廣東執行，所以大陸必須要做很大的改革才能進步！

問：我們比較關心東莞、昆山。台商到那裡投資，您有什麼評價？

答：一般來說，台商去東莞比較早，就產業的差異性來講，東莞比較偏傳統產業；昆山發展比較慢，大概是比較偏重高科技類，尤其是上海蘇州這一帶。另外投資的目的也不太一樣，東莞主要利用香港來做外銷；但是昆山多數是內銷為主，像玻璃、輪胎、磁磚等，皆以內需市

場為主。

問：昆山是內銷嗎？因為我們做那個筆記型電腦的研究，發現它是一個全球生產網絡？

答：台商到那邊大概有一半以上的在做內銷，因為它接近上海。就規模來說，當然昆山的規模比東莞大，因為早期是中小企業，都是比較傳統產業。

問：如果昆山有一半都是內需為導向，那他這一波受傷的程度是不是比較低？

答：比較低。昆山是高科技產業比較多，而且規模都比較大，像南亞、富士康都以供應當地市場為主。

問：昆山那邊有一個出口加工區，還有昆山技術開發區，這些是不是都是我們新竹科學園區，還有出口加工區的翻版？

答：對！包括蘇州很多都是我們的翻版，因為昆山的發展跟上海有關，因為當初本來是要去臨近上海的太倉，但太倉優惠條件不如昆山，結果就跑到昆山去，現在昆山有百分之七十都是台商，收入大概百分之七十都來自台商。

問：大概在哪些地方的台商協會，影響到當地政府的政策、措施？像昆山？

答：台商在大陸已有一百多個台商協會，主要扮演與大陸政府間的溝通橋樑，發揮很好的功效，港商及其他國家對此十分羨慕。而昆山我是認為它是一種良性循環，為什麼有這麼多台商去？就是他們歷任的所謂的領導對台商都是非常重視，幾乎手機是24小時不關機，因此吸引許

多台商到昆山投資。昆山的領導也因表現優異，績效卓越，而都有很好的出路。

問：我們研究了一下東莞跟昆山的仕途流動，結果發現昆山蘇州是很快，但東莞這一塊他們不願意，流動很慢，結果發現他們地方利益太大，只要把這個利益守住的話，官位就可以穩住。

答：東莞長期以來，是個龍蛇雜處的地方，企業規模比較小、問題比較多；而昆山在華東地區的企業，規模比較大，也都比較正派經營。像《勞動合同法》，蘇州、華東區影響不大，它早就落實了；但是深圳、東莞因過去沒有認真落實，相對就感到衝擊較大。這也是剛才談到電電公會多次調查，對東莞投資都較不推薦的原因。

問：台商去大陸分三期，一個是草創期，一個是發展期，一個是飽和期，我也請教過他們一些的說法。中共是一個非常典型的現實主義者，你在草創期，他需要招商引資的時候，他給你各種條件；發展期的時候他開始招商選資；現在飽和期的時候，他給你騰籠換鳥。你是大企業、科技產業，他就給你客客氣氣，像郭台銘聽說都是警車開道；上次說台積電到南京考察，是總理級的規格。我的意思說，是不是一個現實主義一直在導引？

答：我認為他是比資本主義還要資本主義，為什麼工總在那邊有影響力，因為我們代表資方，是最大的資方團體，所以到哪裡都絕對是你講的警車開道，都是你講的最高領導親自接待，讓台商覺得在兩岸之間，冷熱不同的這種感覺。大陸只要你來就好了，它在整個投資條件有很大的彈性空間，台灣講求法制，在這方面相對的彈性就比較小，所以招商困難。

轉型升級與共創品牌

羅懷家
（台灣區電電公會副總幹事）

◎**訪談重點**

- 東莞與昆山發展差異
- 大陸強調供給面與製造思維是隱憂
- 台商轉型升級需時間與專業
- 大陸對話建立單一平台具重要性
- 品牌、通路是開拓內需市場必要條件
- 海西區要成功要有相對強的城市群
- 兩岸共創品牌與優質、安心產品

問：我們比較關心的是公會對當地的施政措施，產生了哪些具體的影響？
像昆山出口加工區，在台商台協的建立下，等於是把台灣的經驗直接
搬過去，這個出口加工區在台商及台協的努力之下產生了制度創新。
在東莞、昆山，公會有什麼具體影響？

答：公會的介入是從2008年開始，積極協助台商密集區的台商升級轉型，
東莞過去與公會往來較少，但昆山與公會往來密切，而且積極協助台
商升級轉型。目前昆山與東莞都有進行，但程度與效果仍有不同。

問：他這聯絡處是不是作為一個轉型升級的平台？

答：是的。做聯絡，我們引進台灣資源、經驗協助大陸台商。

問：這是你們服務的平台，有沒有什麼是他們聽到你們建議，然後有什麼
樣的改變？

答：現在才開始做，我們希望讓會員廠商有充分的在地訊息，包括轉型升
級、取得融資、內銷，及相關市場與技術訊息。此一平台我們希望大
陸也提供資源，共同協助台商，目前已有初步成果，預期未來會擴
大。

問：因為我們現在關心一個跨域治理的問題，就是地方政府、當地台商和
台協形成的治理模式……

答：這幾個地方的政府在我們建議下，均有因應措施。昆山做得不錯！東
莞也在快速跟進，但昆山與東莞模式不同。昆山市政府態度積極且效
率極高。東莞則台商會扮演重要角色，速度快，而東莞市政府措施也
快，但感覺上除非涉及公權力，否則僅為輔助措施。

問：台協的影響力是昆山明顯大於東莞嗎？東莞的台協，應該是在全大陸

台協最強的！

答：比較有困難，我最近會搞清楚。東莞台協能力與範圍都很好，且有意
願全力協助廠商轉型升級，是很努力的台商協合，值得肯定。就協會
組織架構與成員向心力及所辦活動言，應該是全大陸最強的台協之
一。

問：那天碰到你們董事長，他說大連有一個市長，他一直想蓋面板廠，然
後你們董事長說，我只有兩個字：「錢坑」。景氣的時候你要投錢，
虧損的時候也要投錢，不然會垮掉，就是錢坑。

答：當時我在場，午餐還是我們付錢。他幾個人過來，他說要蓋一個面板
六代廠，他提供土地，問許董事長說好不好，許董事長說只有兩條
路，投錢繼續再蓋；另外一個就是把廠賣別人。跟你講的一樣。這個
面板廠，怎麼來形容它，面板的好壞，跟你的技術，即專業IC有關，
面板廠的有效切割率有關。你生產的浪費的越少，你就越賺錢。良率
以外，還有切割。韓國現代有一個五代廠，直接衝七代，所以他直接
衝40吋，但是生產42吋就非其效率，因為若42吋和40吋同樣價格，你
要買哪一個？當然是42吋，所以韓國就必須不斷的跟台灣面板廠買面
板，面板廠大家都不敢所有的生產線都有，因此規模就很重要！台灣
全部生產線都有，所以說我們的面板可以賣得很便宜。但這些人的思
維是從供給面，我去年年底的時候，有去佛山奇美廠，瞭解家電下鄉
對26吋電視需求。所以就大陸而言，家電下鄉是第一個刺激需求政
策，然後將來要有原來電視的汰舊更新，為什麼要汰舊更新？HDTV
就要做，數位電視出來了，然後各個鄉鎮未來要推他們的電腦教學、
衛星電視。

　　大陸遍地開花，盲目地搞硬體設備，供過於求，例如家電全死
了。另外IC廠沒有熟練的人才，做出來之後，大打價格戰，但良率也

拉不起來，人家也不敢收。武漢、浙江寧波等地方晶圓廠，不是養蚊子，就是等著被併購。

問：地方政府投資衝動仍嚴重？

答：當然有可能。各地要建設，每天都要建設，做各種的投入，跟你講的好大喜功有關。這些將來有可能會以泡沫結束？今年第一季就把去年的貸款全部貸掉。今年貸款規模超過去年全年的放款規模。因此，在大陸做生意也需注意宏觀調控。

問：當時不是要納入內需？

答：擴大內需的成效顯現出來，但是就個別意義來說，全世界在做的時候，大家是在補破洞，歐美這邊是呆帳多少，政府是在補破洞。大陸這邊在花錢，是在增加新的建設！這個兩年以後，兩邊的效益提升就不一樣，但是錢是不是花對地方？這是可以檢討的，但是大陸整體的發展方向是對的！

問：有一種說法是，他花錢花下去之後，成功避開了國際的金融危機，但是他製造了內生型的金融危機！

答：有部分可能，大部分都是在提昇經濟實力，無可避免地也有一些超前建設，例如大陸各地都在蓋大型的展覽館，未來不可避免地閒置，類似台灣蚊子館。

問：所以大陸整體的經濟情勢，並沒有想像中的那麼樂觀？

答：我沒有那麼悲觀。我認為大陸經濟規模夠大，又處在經濟發展起飛期。因此，雖有國際金融海嘯，但仍是全球經濟中可被看好的。

問：他們現在不是對地方官員的評價做一些調整，也沒有辦法改變這個現實嗎？追求**GDP**還是他的最優先值？

答：大部分都是形式。好看，政績嘛！但部分地區也做出特色，既重視環保也追求經濟成長，例如江西。

問：你看這負面的效應什麼時候才會顯現出來？

答：我看一、兩年就開始出來了，大陸在下半年對房地產貸款的措施也可看出端倪。

問：整個國際金融穩定之後，他是不是要進行新一波官僚整頓？

答：這是避免不了，所謂「野火燒不盡、春風吹又生」，整治官箴，隔一段時間就得進行一次。大陸現在很流行「告」，上訪啦、告狀啦，不停的！

問：市委書記是不是抓走就抓走了？

答：那是代表效率。誰支持政策不力，找人開刀。一般而言，大家都不願捅個馬蜂窩，但有一群退休老人特別會告，遇到這種傢伙也是很慘。大陸這些老頭非常難搞。反正他已退休，可以跟你磨。

問：他有的是時間。你是沒時間。

答：地方政府常被這種人搞死。各地這種非常嚴重。

問：社會抗爭很大。

答：和諧社會的問題一個一個都跑出來！不和諧的問題必須要想辦法解決。現在人民拿石頭、拿棍棒沒有用，因為政府手上有機關槍，抗議成不了氣候。大陸的司法制度對於現有大陸的官員，起不了作用。

問：最近大陸市場好像感覺有比較復甦的趨勢。

答：大陸的擴大內需政策，會增加不會減少！現在可以看出來，情況最糟的是沿海。我想擴大內需的政策是有效的。

問：你對台商轉型升級的看法是什麼？有些台商說轉型升級談何容易？他基本上認為短期內不是那麼樂觀。

答：轉型升級不是一天一夜可以做得出來的，它需要花點時間持續，且有方向、有方法，且努力去做，才會有成效。第二個就是說，要有技術來源，包括整套的生產方法及智財權。其次，新產品的需求是否會有，這也是值得考慮的。

問：大陸面板產業市場如何？

答：根據大陸主管部門他們的估計，連續十年，可能每年要五千萬台液晶電視。每年增加五千萬，十年才不過五億台。大陸現在年需求七十幾萬台，一個家庭，照台灣來講，快兩台，所以他們還有很大的空間。原來的電視，大部分為黑白的電視，要換彩色的，然後數位電視也會轉型。這是需求面。

問：轉型升級，難道不是適用於每個企業？

答：這一波倒閉風潮以後發現一個問題，一個產業鏈，它到底出貨是怎樣？等他出貨的時候發現做包裝的倒閉了，這產業就出問題了，我們現在就是要確保產業鏈的正常運作。面對目前這個情況，過去接訂單的時候，企業可以聯保，但現在誰敢聯保？所以為什麼說融資問題是現階段最難的問題。大陸提出一個想法，你如果要借錢，要別人聯保，但誰敢幫別人做保？他說你自己人都不幫，我怎麼幫你？給你錢？我覺得這還是要回到銀行體系，你可以審核制度照舊，但是利息

低一點，成本下降，風險還是銀行擔負。第二個，對於這種融資擔保公司，你如果自己不敢做，讓別人做，甚至政府出資協助，就可以做起來。

問：他們做一個調查就是說，這一波在東莞地區能夠生存比較好的公司，它有幾項特質。第一個就是說，他沒有把中國大陸當作是世界工廠，他一進來就把中國大陸當作是世界市場；第二個，他們在當世界市場的過程中，他們對品牌、通路是非常重視的，所以在這波金融風暴之下，他們反而有更大的生存空間；第三個，重視研發始終是他們企業的一項信念，所以在這一波金融風暴之下，反而會擴大他們的生存空間。

答：所以我一直在兩岸，特別是大陸主管部門，都談幾件事情。第一個，研發的部分，我希望兩岸共同研發，包括共同標準，列入「十二五規畫」，因為有計畫的話，就有錢。智慧財產權的保障方面，就是兩岸共同研發，可以來思考。像是第四代行動電話、無線通訊、颱風預測，或是地震預測，這個兩岸可以善用。

問：與大陸交涉議題很頭痛，效率差、分管單位太多，統一對口平台是否有？

答：最早這件事我做的，我們覺得發展數字電視是兩岸的一個機會。我就要求大陸要找一個單位負責數字電視的單位，因為科技部也管，信息產業部也管。然後內容方面，文化部也管，到底誰管？請給我一個單位來聯繫，我們花了半年時間做這件事。我常拿這個做例子，現在來講，我們現在上來的都是年輕人，年輕人不是指實際上年紀，是指初步接觸大陸政策。早期接觸大陸政策，都已經離開，真正對於大陸的事務，人脈的掌握，是空的！所以劉震濤所長出來他有什麼好處？各

個單位他有人脈，企業界、經濟部、陸委會過去，現在他也都認識。未來兩岸會談協商，我們需要一批非常瞭解大陸和我們的人。

問：台商在短期內生存挑戰？

答：環境逼得每個企業必須有生存之道。台灣的電子公司沒有一家是三年生產一樣的東西。以電線廠商言，他已經兩個方式：一個，今天做電線，就是塑膠把它塗上去，我會繼續往上面，怎麼拉電線，拉銅絲，我會去塑膠爐要怎麼攪拌，大家傳統上就是往上游去做。基本上他們是往這方面在走，這個是最常見的，整個做完之後，我的電話線能不能變成cable線？我能不能做網路線？我能不能做光纖？換句話說，它是在現有的基礎上面，兩條線的思維，想辦法做開關，這個是他看得到的，可以掌握，這是最穩定的成長。同時，如何透過連鎖店及網路進行行銷。但是我們現在很多要有跳躍性新的成長，下一階段，過去在家裡，我們電腦背面最不能看，線一大堆，而且如果是桌子後面真難看，你接印表機什麼的一堆，二、三十條，每一個電腦都是這樣子，未來可能就沒有，直接做無線的。用藍芽，現在無線滑鼠已經是用藍芽了！因此，當電腦、通訊不再用實體線相聯時，企業如何面對，接續而來的數位家庭，家庭網路商機如何掌握，這是企業必須面對的。

問：像台達電做不斷電系統，他就很擔心如果有一天變成一個IC怎麼辦？

答：所以他現在拼命轉，太陽能板、薄膜電池，他現在做得最好，他去哪裡找技術？這東西看你know-how怎麼來？所以下個世界是什麼？對於我們來講很重要，2015的世界是怎麼樣？然後產業就會有很大的變化，會講潮汐，而不會講波浪，波浪是今天的變化，潮汐是兩、三年

才會有的。我現在就花時間在這裡，所以我跟大陸建議的話，第一個，研發迎合市場的東西，包括產品標準；第二個，市場開放的問題；第三個，安心產品。台灣現在基本上做到上下東西都安心。我要建議這個，讓大陸賣到外面所有的產品都是安心，良心產品。

問：我剛講的幾個原則，把大陸當市場，重視品牌通路，這些台商在大陸存活得非常好！歐美的市場到目前為止還沒有起來喔！

答：可能美國市場是到年底反轉，一般講法。台商，特別是電子業，近期已將「立足台灣，兩岸分工」再加「全球布局」，許多資訊廠商已在歐洲及東南亞設立發貨倉庫及生產據點，可證。

問：那你認為台商搞這個品牌通路有什麼困難？是不是非走不可的一條路？

答：非走不可！施振榮先生所提微笑曲線的兩端，研發、專利及品牌行銷，是台商追求高利潤的重要方式。主要困難包括：方法、企圖心及資金與時間，必須持續性的投入，才有機會。

問：難度高不高？難在哪裡？

答：沒人知道，那需要政府出面來做應該是最快的！像Acer，BenQ的鱷魚機，它就是光碟機，所有的片子都讀得出來，所有片子都吃得下去，所以就把品牌拉起來。我現在強調的品牌，不是一般的銷售品牌，我希望推值得尊敬的品牌。第一個它會賺錢；第二個，它有社會的良心，我希望兩岸來推這個！五年內，每一個行業裡面找一個，這個是最好的。

問：所以是不是第一個就是買得安心，那價格呢？

答：第一個業績要好，要有競爭性嘛，品質夠好，甚至於說，我的東西賣出去，我的電腦一定回收，值得尊敬！比如說台塑為什麼在大陸，汶川大地震他第一個捐款一億，這幫台塑的形象在大陸一夜之間做上去！社會責任等包括在裡面，綜合性的！價格不一定是最重要的，以有機食品為例，其價格是一般非有機食品（用人工肥料及殺蟲劑處理過的）三至五倍，仍為大家所接受。因此，價差沒有問題，關鍵在於值不值得。

問：品牌的概念有品味，但更重要的就是消費者信任！

答：對東西要有信心，絕對貨真價實。當市場上一塌糊塗的時候，牛奶，我們會比較敢買統一的東西，或者是大公司的可信賴的，但是其實這個品牌已經是做最好，我認為這個品牌是最重要的！像在台灣大家比較信任光泉這個品牌。政府出面，我希望大陸多出一點錢，兩岸企業一起壯大。其實我的目的是請大陸企業拉抬台灣企業，因為我們要踏入大陸市場，這對我們才有利。我就把所有這幾家都打進去，當然可以打山寨。

問：最近海西區新聞很熱，你有何評價？

答：福建的評價，第一個，過去沒有條件。兩個因素，台灣跟它沒有直航，去那裡比廣東遠，然後又沒有長三角的腹地，所以內陸交通不可能，兩岸又沒有直航。現在條件成熟，兩岸可以直航，對內的交通網，現在又快要完成，有第一個條件。第二個，整個福建不可能只有福州跟廈門，城市對城市，福建和江西、浙江及廣東的聯繫，當然福建與台灣的聯繫能否更快速、更多頻率，也很重要。

問：福州跟廈門是否有瑜亮情節？

答：廈門的發展就一直優於福州，但整個福建省怎麼能夠只有廈門與福州？出了廈門與福州以後，整個建設一塌糊塗。所以如果這個地方要發展起來，要跟珠三角、長三角一樣，也要每個城市都強，起碼要五個城市強，才能構成這個城市強。現在只有三個城市看起來不錯，廈門、泉州、福州，不夠！然後現在江西抓一塊，廣州抓一塊，溫州、浙江那裡再抓一塊，不希望只給福建，而是一個區塊，那你就要有一套政策，我們看不出來。再過來說，它的產業群聚的情況，大概都是集中在廈門、福州。輕工業的話，衣服，是在泉州，泉州還有石頭的架構，地板供應是全世界最大的！木工的部分，莆田最強，全大陸最好的雕刻都是莆田雕的，配合佛像雕刻，那其他都不行，而且工藝是低附加價值的、勞力密集產業，當然進去廈門是不建議，它是工藝產業。友達在廈門，液晶顯示器、LED這兩個產業，太陽能產業，可以放在泉州的南灣；汽車電子，可以在大小金龍以外，還有福清這塊；傳統紡織業就各地都有，但是兩岸如果合作的話，有好幾個東西還是可以談。我現在要談的就是說，不能只給投資，台灣的好處在哪？不只是搭橋，我希望它還有一些特定的措施。

問：基本上有一個看法是，福建最能吸引人的就是一個金融特區。因為台灣的金融業要進到大陸市場，從它的規模和門檻來說，難度太高！

答：就是說我現在給他設母公司，然後一年之內就可以在各地設點出來，要這樣特權，光廈門准許兩個銀行，那就飽和了，我們希望不要只准我設，然後不給我優惠。那你給我優惠的話，你准我一個物流、一個百貨、一個銀行，我給你一個六代廠。我想要替對方想，另外，公協會扮演一個重要角色，他可以做兩邊政府及企業間的橋樑。

問：那你現在是不是認為大陸的對台政策還不夠開放？

答：我們不能照目前遊戲規則看兩岸經貿的發展，如果加入WTO的思維看兩岸在金融開放，大陸開放的條件我們怎麼跟得上？現在設定分行，然後資本額多少，然後三年之後才能設置，台灣廠商當然沒有意願，我們如果談金融MOU，那就要台商隨時可以進來。

問：大陸如果超過WTO原則，給你開放呢？

答：如果這樣，兩岸合作才有更大的想像空間，以海西開放言，福建有無足夠空間開放？福建對外宣稱，是八山一水一分田，都是丘陵地，要整地，是否能提供都是問題。第二個，概念也不是說，給你一百畝好了，給你五百畝好了，給你一千畝好了，如果友達那個八代廠，我們這邊是一千公頃，才夠整個上下游規劃。我想兩岸還需多瞭解，不能一廂情願。

問：在 ECAF早期收獲清單裡面要求開啟石化業，現在簽的話，會不會對它的產業競爭力有影響？

答：遲早。但是這可以談，差一年差很多！企業經營，倒了就沒有了。

問：長期影響很大？

答：當然長期影響很大！

問：早期收獲應該是石化、機械，紡織……

答：電機也有。家電，重電機等等！

問：兩岸產業界如果合作，會不會有助於我們跟其他國家的經濟？

答：這要先講，跟大陸講，這他要答應！要想辦法讓他答應、促成！一定要搞成！台灣經濟一定要與世界結合在一起，大陸也一樣，兩岸發展

經貿沒有大志成不了事。

問：我們跟其他國家談判的時候，他要可以幫這個忙！譬如我們跟新加坡談、跟馬來西亞談時，但FTA有五個意涵，對他們來說是敏感！

答：我沒要他幫忙，只要不阻擋就好了！這是最低標準，高標準是要去幫我們推動，像ECFA。兩岸的互信，你講不阻擋，他還要考慮！不用你協助，只要不阻擋！

問：像關稅減半啊，哪些開放？哪些不開放？這是你們國與國之間本身可以談的。

答：要叫他們來談，跟我們談，談什麼我們自己談。

問：鼓勵他們談！

答：對啊對啊，跟他要啊！而且我們戰略性的，要有幾個地方突破！就可全面突破，對產業、對經濟都有幫助。兩岸之間可以加快腳步，這是很重要的。在這裡面，我想我思考的不只是說單面的，就是希望台灣產業可以拉開腳步！A項如果看起來都沒有，我們要從B要東西。比如說你要我什麼東西可以，但是你要給我什麼東西！

ECFA與兩岸經貿互動前景

林祖嘉
（政治大學經濟系教授）

◎訪談重點

- ECFA的經貿與全球效應
- Chiwan的可能性與影響
- 兩岸產業合作機會與挑戰
- 台灣投資環境改善
- 金融合作機遇與風險
- 台商大陸投資重點與趨勢

問：近期歐商回流台灣，日本工商亦會對兩岸簽訂ECFA表達正面看法，對此如何看待？

答：對於外商如此反應並不感到意外。

　　不只日商、歐商。過去，美國商會從1996年開始發表年度白皮書，每一年報告都不斷重申讓兩岸人員、貨品及服務與投資正常流通的重要性；也特別強調兩岸經貿整合能提升本國及跨國企業效率。由此可見台灣的外商對於兩岸經貿自由化的殷切期盼。

　　當一個國家加入一個國際經貿組織，或與他國簽署自由貿易協議以後，由於國內企業增加了許多貿易機會，所以國內的投資會增加；另一方面，外資也會看到此種商機。因此，外資流入也會增加。故簽訂ECFA有增進外人投資的正面效果。兩岸簽訂經濟合作架構協議ECFA後，就吸引FDI流入為例，我們如果回顧歷史經驗，參酌過去歐盟（EU）、北美自由貿易協定（NAFTA）、東協—中國大陸全面經濟合作架構協定、中港澳更緊密經貿安排成立前／後三年，簽署國平均FDI流入變化資料可以發現：簽署RTA/FTA對於增進各簽署國FDI流入，以及整個RTA/FTA流入有相當大的正面效益。其中中東歐國家加入歐盟之後，三年FDI平均流入便成長133.76％；而NAFTA成立後三年，美、加、墨三國FDI平均流入迅速成長189.23％；東協—中國大陸全面經濟合作架構協定成立後三年，東協與中國大陸平均FDI流入則成長67.46％；中港澳門更緊密經貿安排簽署之後，中國大陸、香港、大陸三年平均FDI流入亦成長85.02％。若就平均數字而言，簽訂FTA後每個國家吸引外資的金額，比前三年要多出122.49％。

　　我很早就看出簽訂ECFA對於台灣吸引外資的正面影響。在2009年7月，由遠景基金會出版，其委託中華經濟研究院對ECFA所做研究的專書《ECFA：共創兩岸雙贏新局面》中，我寫了一篇專章討論估

計台灣與中國大陸簽訂ECFA，對台灣吸引外人直接投資的影響。研究結果指出，若兩岸2010年能夠順利完成簽署ECFA，參照東協—中國大陸全面經濟合作架構協定，或中港澳更緊密經貿安排內容進行模擬，台灣簽署後三年FDI流入幅度，將平均成長79.52%、120.04%。由此可見，簽署自由貿易協議對於台灣吸引外資投資而言，確實具有非常顯著的正面效果。而且，上述研究由於資料的限制，只估算台灣簽署ECFA對於吸引外資流入的淨效果，研究內容尚未將政治經濟影響，對內資增加投資與國人海外資金回流產生效果列入模型計算，否則簽訂ECFA對吸引投資效果將不止於此。

　　我們從中經院的ECFA影響評估報告，已經可以瞭解ECFA對台灣經濟有其正面效益，再加上參酌全球各國簽署RTA/FTA之後有助於FDI流入之經驗，可以預期再考量服務業自由化及對外投資之後，簽署ECFA對台灣經濟的效益將會更大。在未來兩岸間簽署ECFA之後，台灣就較可能與其他國家進行類似的自由貿易協定協商。也就是說，簽署ECFA之後比較能夠打開我們的國際經貿空間，因為如果台灣的產品可以免稅賣到中國大陸，而大陸的產品又可以免稅進入東協，東協就沒有太多理由不與台灣簽署自由貿易協議。台灣與中國大陸簽訂ECFA後，未來與歐盟、日本簽訂FTA機會將增加，與東協進一步協商亦然，這個長期策略方向是正確的。

問：是否跨國企業因此看到兩岸關係改善，所形成經濟利基。跨國企業將更加強利用台商作為西進平台，台灣角色更為凸顯？

答：過去因為不能直航，外商在台灣的營運基地也紛紛搬離台灣。UPS是當初第一個來台設立亞太營運總部的跨國公司，因政府遲遲無法開放兩岸直航，UPS在2002年4月在菲律賓另設轉運中心。自此之後，由於兩岸經貿遲遲無法正常化，台灣逐漸失去成為營運總部的先機。兩

岸經貿無法正常化，使得很多跨國企業與國內企業，因此無法在兩岸進行有效分工。物流與人流因未能直航而必須選擇遷往大陸，合作廠商也會被要求赴大陸駐點；而台商及台籍幹部因而必須常駐大陸，台商也逐漸失去在兩岸間進行產業整合及分工的機會。海外台商零組件與半成品從台灣進貨的比例開始逐年減少，而台灣在大陸進口比重亦逐年遞減。

依中華經濟研究院研究結果顯示，當中國與東協十國自由貿易區（東協加一）正式啟動，台灣如果沒有任何反應，則台灣的GDP年成長率會下降0.18％，同時出口會減少0.41％。而如果中國、日本與韓國同時與東協的自由貿易區（東協加三）正式啟動，而台灣沒有任何反應，則台灣的GDP年成長率會下降0.84％；而出口則減少1.89％。但是，如果台灣與中國大陸簽署自由貿易協議（即ECFA，而且排除開放大陸農產品進口），則台灣GDP 經濟成長率會增加1.65％到1.72％；而出口會增加 4.87％到 4.97％。同時，在經濟成長與出口增加的帶動下，台灣的就業會增到 25.7萬人到 26.3萬人，這就是兩岸經貿正常化與否的關鍵差異。

在新政府上台改善兩岸關係並推動直航之後，外商開始預期兩岸關係改善，並簽訂ECFA後，未來台灣融入東亞自由貿易區即將形成的情況下，台灣可以成為美國、日本、歐盟等外資進入中國大陸市場的平台。台灣企業可以與美日歐或其他多國籍企業合作進入大陸市場，台灣可以藉此成為許多多國籍企業的亞洲營運中心。台灣在利用引入美商、日商更多資金與技術之後，企業與產品在中國大陸的競爭力將會大幅提升，甚至奪回以往因無法西進，被日、韓商產品大陸搶走的市場。其實，我們很早之前就主張將台灣當成外商進入中國大陸的一個平台。台商對外商而言，由於具有獨特優勢，扮演著門戶與平台角色。香港過去的分工在在金融業與服務界；台灣優勢則在電子

業。其實，台灣也可以在金融業扮演吃重角色。我記得1998年台灣本土金融風暴期間，花旗銀行曾經入股台灣富邦集團，並希望進一步併購富邦。當時花旗希望能併購富邦，背後用意即在藉由富邦的資源：人員、客戶關係等優勢，加快進入中國大陸市場。由於台灣政治因素限制產業西進，金融服務業遲遲去不了大陸，花旗遂放棄藉著台灣進入中國盤算，並出脫富邦持股。對於台商而言，只要能夠進得了，中國市場機會一定存在。這結論對於台灣金融業是；對台灣科技業更是！近年，台灣政府一直在倡導科技業要服務化、服務業要科技化。國際客戶跟台灣買東西，只要跟台灣廠商講說：我要什麼！台商就幫他做。相關的設計、生產過程，台商將自己想辦法全面解決。台灣現在雖然設計能力較弱，但如果台灣有大陸市場，對於與美、日商合作或下單很有誘因。台灣可以提供這些服務，台灣作為科技技術服務業的平台，在大陸應該有很大的市場。

問：近來大家看到Chiwan的商機前景如何？是否具有可操作性？受益產業為何？如何塑造市場認同？

答：其實「Chiwan」講得更清楚，就是大陸與台灣之間的產業合作。依國際貿易理論來說，兩國之間自由貿易後，擴大彼此之間的雙邊貿易。而根據比較利益原則，當雙方的貿易規模增加時，雙方都可以因為比較利益的發揮，而使雙方的經濟更加發展，使得雙方都獲利。

　　目前常被提起，一個比較簡單的講法就是：大陸對台灣大量採購商品。回顧大陸與台灣在產業上的合作，2008年全球金融海嘯之後，當時的台灣面臨出口訂單大幅衰退，經濟非常不好。中國大陸當時籌組海外採購團，數次赴台灣大肆採購農產品、液晶面板等，大量訂單挹注，對於當時台灣彌補海外訂單流失有一定助益。但這種短期性、政策性採購訂單，屬於中國大陸對台灣單方面的給予；待金融海嘯穩

定後，中國長期的商業決策將回歸以市場利潤為主要考量。這種短期不對稱的訂單挹注，對台灣廠商而言其實並不保險。

　　未來兩岸產業搭橋合作後，台灣未來作為科技技術服務業平台；甚至與中國大陸攜手建立兩岸科技服務標準，延伸擴大應用至海外市場，成為產業標準，將是可行的。目前，兩岸合作已經在具有未來發展潛力的電信3G、LED照明等領域，開始展開策略合作、共同研發與上下游分工生產。

　　現在，我們台灣如果希望能夠克服此種結構的策略，即是主動參與推動兩岸產業間整合。以發光二極體LED產業而言，過去我們常常講兩兆雙星產業，現在中國大陸每個大城市都需要LED照明。強調節能的LED照明未來市場規模龐大；目前台灣科技業廠商生產技術與量產能力都不錯，台灣若能與大陸市場有效結合，兩岸共同在市場萌芽期開始建立LED照明標準：很多標準諸如在耐用年限、區域冷熱標準等方面都不太一樣，尚未統一規格。用台灣的生產技術與中國大陸的市場結合，兩岸共同建立一個屬於兩岸的共用標準。未來都是我們在玩，外國你需要什麼樣的產品，我們都能提供規格生產出貨。

　　兩岸制定自己產業標準，以中國市場作為標準出發基礎，將產業標準產品賣到全世界去，未來成功的機會很大。無論是台灣或中國大陸的廠商，兩邊對這種結合技術與市場的合作方式都很有興趣，兩邊都在談兩岸廠商對於合作籌組成立世界級的LED製造公司，專門建立規格、生產LED產品，進軍成長中的全球照明市場，可說是躍躍欲試。如果我們可以把生產技術與產品規格結合，對台灣廠商來說，方是較為長遠，可以將未來掌握在自己手中的方式。

問：關於兩岸產業合作，雙方利益分配是否合理？如何完善對於台灣智慧財產權保護？

答：沒錯！這個議題需要雙方坐下來詳細討論。

　　我們以液晶面板產業來說，由於南韓液晶面板產業鏈相當完整，整體從上游材料、生產設備、關鍵零組件等自製率相當高、屬於三星、樂金兩家大廠雙頭寡佔格局。中國本土電視、電腦廠商若都向南韓購買面板，對於未來產業發展來說，有被南韓廠商長期套住、失去議價能力的風險；而台灣面板產業相對而言，在生產設備、材料與零組件方面自主性並不高，廠商數相對也分散，中國家電、電腦大陸廠商對台灣廠商採購液晶面板，則較無失去自主性的風險，這種戰略考量，並無法單從對台利益角度。

　　若從產業分析角度而言，韓國液晶面板比較利益在於液晶電視用的大尺寸液晶面板，台灣液晶面板比較利益則在於手機、NB螢幕用的中小尺寸液晶面板。大陸目前液晶市場剛剛起步，他們不會一開始就換成50吋、60吋的大尺寸液晶電視，可能會從20吋、30吋的中型液晶電視入手，而這正是台灣液晶面板廠商目前主流的生產尺寸，故台灣與中國大陸廠商之間，大家互相有利益需求。

　　其實目前中國大陸市場開始起飛，鼓勵外商進入中國直接投資面板生產線。日前LG已經跟廣東政府簽約設廠、三星也正在洽談設廠事宜，很多地方政府也需要引進台資面板廠進去。我們現在還在討論要不要開放面板廠進去、要開放五代還六代線進去，人家8.5代廠早就已經登陸進去，到最後進會弄成跟DRAM一樣失去競爭力、遠遠落後人家。經濟部不放手，但是全世界廠商都要進去，大陸市場這麼大，你不去人家搶著要進去，這種趨勢我們很早已前就講過很多次：你的技術並不是全世界上最先進，如果是全世界最先進、你有人無的獨家技術，則設下保護限制還有意義，但既然你的技術並不是全世界上最先進，人家現在邀請你去投資設廠你不去，那未來人家就會跨過你去拿世界上最先進技術，到時候你競爭力就沒了。

　　一個最好的例子就是Notebook，現在全世界超過90%的Notebook訂單都是台灣廠商在做，都在中國大陸生產。台商西進後，全世界訂單都是台資壟斷，大陸沒有一家公司在生產Notebook，鬥不過我們，因為技術在我們手上。如果我們當時能把台積電、聯電等晶圓廠放過去，就沒有中芯半導體生存的空間。

問：因為台灣內部政治的制約、藍綠的矛盾，可能造成這種局面。

答： Notebook產業西進，是在民進黨任內放行。當時放行的時候，可能也迷迷糊糊搞不清楚可能的後果。Notebook西進之後，產業固然血流成河，但前五大都是台灣廠商，這是世界級競爭必然的結果，能夠活下來後市場都是你的。Notebook登陸後，規模較原來擴大了五到十倍，現在廣達、仁寶年產量可達四千到五千萬台。相比之下，台積電、聯電還不能過去情況下，中芯也還沒不成氣候，實在很可惜。

　　Notebook代工廠商品牌不在手上，靠著在中國大陸建立規模經濟，降低成本賺取利潤。中國本身市場未來對品牌廠商也充滿機會，Acer希望明年追過HP，成為筆記型電腦銷量世界第一，或許單就筆記型電腦可能較困難，但若加計小筆電Netbook，則有希望超越HP。Chiwan的合作、中國市場規模將讓你有機會大幅度成長、躍入世界級的競爭。

問：未來把中國當成世界工廠，以外銷導向為主產業的台商，比沒有生存空間；但把中國當世界市場，聚焦在產品研發、行銷與通路的台商較有發展機會？

答： 在一個規模足夠大的市場，你能自己將品牌與行銷通路掌握在手上，利潤則非常厚，知名案例如旺旺賣米果，幾乎無對手可與之競爭，營收也有五六百億水準，利潤比高科技廠商高過數倍。高科技廠商，淨

利率將逐漸下滑，除非將高科技產品輸回台灣，比如將山寨機掛上自己品牌，方有可能有更高利潤。

問：旺旺與康師傅，背後有日本技術支援？台日商適合策略聯盟經營大陸市場？

答： 此一模式常被應用。較為知名的例子是過去7-11西進大陸案例。7-11西進大陸當時是將中國市場依照地理區域切成三塊：華南市場劃歸香港7-11經營、華中市場交由台灣7-11（統一集團）經營、華北市場則由日本7-11經營。去年日本將北方那塊拿回交予統一經營。

華南市場、華中上海經營得不錯，華北北京市場相對很差。這也許跟區域環境因素有關，華南、上海地區跟台北類似，街道巷弄較小，轉角就有超商，網點密佈容易經營；而北京街道馬路較寬，加上小區隔離的限制，便利商店發在北京展先天機會比起華南華北小一點。

問：台商回上市情勢與挑戰如何？台灣投資環境重點改善空間？

答： 台商回台發行台灣存託憑證（TDR）第二上市叫得很大，但是不只TDR，也有台商回台第一上市。最近一家大陸最大汽車連鎖維修大廠新焦點就回台第一上市造成轟動。我認為對於吸引台商回台灣資本市場上市籌資方面，政府應該主動出擊。證交所董事長薛琦對此也可以更積極主動出擊，在大陸做得不錯的廠商，都可以鎖定招商將其吸引回來掛牌上市。

近年統一將兩岸業務分切，在海外市場上市、康師傅計劃將方便麵業務部門切割上市，可見得全球化時代中，廠商對於海外掛牌與資本規劃有自身的需要，政府可以對此更加積極主動去爭取。台灣計劃要成為台商營運中心，則創造良好籌資環境是必須的，具體做為可以在協助廠商上市規劃、降低掛牌上市費用等方面主動進行。

問：台灣在吸引投資方面誘因不夠？

答： 台灣投資環境對外資而言，在資金流動、法令規章、政府效率、官僚體系等方面需要加強改善。如資金流動便利性而言，掛牌上市所籌集的資金，不能全部用在大陸投資，對於本身業務都集中在大陸的廠商而言，可能會誘因大減；若加計還會被在野黨攻擊假掛牌集資之名，行淘空台灣之實，則廠商將更加卻步。此一困境，政府應設法解決。

另外，廠商對於選擇掛牌上市籌資市場，上市成本是很重要的考量；台商上市，重要考量是上市環境是否夠乾淨、廉潔。我曾經跟薛琦講過幾次，過去我去東莞，有二十幾家台商表達有回台上市意願，需要台灣協助，薛琦卻說那些都是作秀宣傳。我覺得證交所對於吸引這些規模夠大，且有意願回台上市的台商可以更加積極主動服務。因為東莞、深圳確實有很多台商有資金需求，希望回台上市，這是因為過去台資銀行無法登陸西進，台商無法獲得足夠、長期的信用貸款充實營業資金有關。若鴻海、統一這種大企業，兩岸都有據點，銀行徵信成本低，沒有這種缺資金的問題；但是有些在大陸長大、在台灣沒設廠的無根台商而言，這種困境就亟待解決。

問：台灣投資環境無法改善，是否因法令增修、調整，並無大陸地方政府彈性？是否太強調法律規章規範，注重防弊不是興利角度，對於吸引投資造成矛盾。

答： 我們在上一次總統的財經顧問小組會議上，做成決議：要求所有部會，都要成立一個產業發展局或產業發展小組，由部長擔任召集人。比如說金管會，不能只局限在金融監管，你還要擔負起發展台灣股市的任務。所有部會，不能只局限在監管職能，都要一起發展台灣事業：NCC要發展台灣的電信事業、教育部要發展台灣的教育事業。

我們建議產業發展小組要在部長辦公室成立，由部長擔任召集

人，督考管理集中。例如NCC要電信事業，產業發展不是全部都是管的。舉例而言，幾個月前，中國移動宣布入股遠傳一成二股權，大家搞得都很緊張，我說：這需要設立一個統一的標準嘛！就是市場佔有率而言，遠傳在台灣佔有率大約30%，中國移動入股遠傳12%，30%乘上12%，也不過3.6%而已。重點是，中國移動入股遠傳12%，兩者是策略聯盟，中國移動宣布遠傳用戶打到中國境內視同網內價或國內線，那麼所催發出來的通話量將多大，蘊含著很大的商機。兩岸業者合作後，商業上的利基是很大的。這樣一搞，中華電信馬上去與中國聯通談策略聯盟。

問：陸資來台投資機會與風險？如何降低風險、增加機會？

答：馬英九總統競選總統期間便直接主張開放陸資來台投資生產事業；另在金融政策上，則主張適度開放大陸資金投資台灣資本市場。新政府上台後，針對陸資來台從事事業投資部分，經濟部在2008年7月便已進行相關規畫，並於2009年4月26日於第三次江陳會談中，與中國大陸達成共同推動陸資來台投資的共識。爾後，行政院於2009年5月21日核定大陸地區人民來台投資許可辦法及大陸地區之營利事業在台設立分公司或辦事處許可辦法，並在2009年6月30日公布，正式受理陸資來台投資或設立辦事處申請案，鬆綁陸資來台從事事業投資之限制。

目前經濟部對於陸資之界定，只要是大陸地區人民、法人、團體或其他機構，直接或間接持有第三地區公司股份或出資額逾30%，或其對該第三地區公司具有控制能力者，便視為陸資，其相關投資便需依照相關規定辦理。台灣第一階段開放陸資投資項目採取正面表列的方式，共計開放100項。製造業開放64項，佔製造業項目（212項）的30%，包括資訊家電、電腦、手機通訊、醫療器材、中草藥、汽車、

自行車等車輛及其零組件、紡織、成衣、織布、橡膠及其製品、塑膠及其製品、特殊用途機械及發電設備等，目前仍禁止及限制僑外人投資業別項目、以及禁止赴大陸地區投資或技術合作的製造業產品項目如晶圓、TFT-LCD等，第一階段均不開放；服務業項目開放25項，佔服務業項目（113項）的22%，包括海空運、觀光飯店、第二類電信、百貨、超商、餐飲、連鎖量販店、物流、批發、零售等，凡涉及學歷認證、專業證照等服務業則暫緩開放；公共建設計畫則因應兩岸海空運直航之需要，開放海運、空運來台設立分公司、子公司，並開放海港、空港及觀光遊憩等11項項目，佔公共建設項目（81項）的14%。

　　雖然台灣已開放陸資來台從事事業投資，然而相較於目前外人投資的開放程度，仍有不小的差距。我們若檢視最新的「僑外投資負面表列—禁止及限制僑外人投資業別項目」可以發現，目前僑外投資中製造業均按照國民待遇規範，外國人投資服務業中的郵政及快遞業、郵政儲金匯兌業亦為國民待遇，而無線廣播及電視業、特殊娛樂業、路上運輸業、其他法律服務業等服務業業別雖有若干限制，但台灣對於外國人投資之相關法令已符合國際規範；但是，基於兩岸歷史因素導致特殊關係，第一階段開放陸資來台從事事業投資的幅度不若外國人投資是可以預期的，畢竟台灣單就開放外國人投資改採負面表列的歷程便長達35年。但若參酌開放外國人投資的歷程，並在兩岸關係穩定朝向正常化發展的前提下，漸次開放陸資來台投資將是未來兩岸經貿正常化的重要一環。

　　若要推估陸資來台對台灣經濟之效益，首先或可參酌外國人投資條例對於台灣經濟之效益。在1989年大幅鬆綁外國人投資法令後，外國人投資台灣金額從1989年前三年（1986至1988年）平均每年投資10.0億美元，成長至1989年後三年（1990至1992年）平均每年投

資16.0億美元，成長幅度高達60％，同期間台灣平均國內生產毛額（GDP）則從1,020.8億美元增加至1,891.6億美元，成長85.31％。以兩岸經貿密切的程度，未來陸資來台對於台灣經濟之助益將很有可能與外人投資對台灣經濟的貢獻旗鼓相當。

倘若將陸資來台相關措施視為簽署ECFA的內容之一，參酌今年我具體推估ECFA對於台灣投資之效益則可發現，若以四個RTA成立後三年平均FDI流入成長122.50％估算，在中國大陸簽署ECFA後三年，其FDI流入平均成長50％的假設下，台灣簽署後三年（2011-2013年）FDI流入平均將成長194.99％，台灣三年平均FDI流入金額為240億7,413萬美元；若參照中港澳更緊密安排成立後三年平均FDI流入成長85.02％估算，在中國大陸簽署ECFA後三年，其FDI流入平均成長50%的假設下，台灣簽署後三年（2011-2013年）FDI流入平均成長120.04％，台灣三年平均FDI流入金額為179億5,746萬美元；若參照東協─中國大陸框架協議成立後三年平均FDI流入成長67.46％估算，在中國大陸簽署ECFA後三年，其FDI流入平均成長50％的假設下，台灣簽署後三年（2011-2013年）FDI流入平均成長79.52％，台灣三年平均FDI流入金額為146億5,063萬美元，或可作為全面陸資來台對台灣經濟效益之參考依據。

問：金融業是否存在併購疑慮與商業資訊洩漏之風險？

答：未來MOU簽訂，兩岸金融業相互開放後，確實存在著規模不對稱與資訊洩漏風險。中國工商銀行，現在世界上市值最大的銀行，來台後併購中小型銀行或地區性銀行並非不可能。中國銀行規模龐大，MOU簽訂後，中國銀行進入台灣家數必定將受到限制，不可能讓中國工商銀行、中國建設銀行、中國銀行、中國農民銀行等四大國營銀行都進入台灣。進入銀行數目可以限制，比如只能兩家，營業家數、設

點可以設限約五十家分行，目前台灣大型銀行分行數都在一百家以上。

　　陸資銀行來台，最根本牽涉的是市場准入標準。台灣加入WTO時，是以先進國家身份進入，對於外資進入台灣本地市場並無任何限制、且不應該有任何限制；而中國是以開發中國加身份加入WTO，對於外資進入中國市場可以設定營業時間、資本額與持股比率的限制。因此，台灣與大陸簽訂MOU後，若對中國大陸一下開放，由於中國對於進入台灣市場興趣大，若然對陸資銀行來台不設限，將難以避免規模龐大的陸資銀行競爭與併購。市場准入標準兩岸是需要談的，比較可能的方式，是放中國工商銀行或中國銀行其中之一來台，並搭配其他幾家小型股份制商業銀行、城市商業銀行。

　　台灣的市場太小，對其他企業來說，可以來台灣學習。對於青島啤酒、聯想等企業來說，當然想來台灣試試水溫與台灣市場互動。

問：產業安全這塊，台灣做得夠不夠？

答： 在製造業這塊，對高科技產業如台積電、聯發科等，可以對股權轉移設下限制，給予持股百分比限制與併購限制。就像台灣銀行到大陸去一樣，併購參股陸資銀行最多只能買到20%，不會通通給你。

　　本來我們對外資沒有這種限制，但是現在陸資來就必須要談，因為要對等嘛。這個東西應該要在ECFA內談，並不適合在金融MOU內容中談，如果你沒有簽訂ECFA，而在MOU內談容易違反WTO規定。優惠條件不能大於WTO條件，因為你們沒有簽訂ECFA。

　　我對金管會主委陳冲的講法不太同意。這兩天大家都在詢問MOU為什麼不趕快簽訂？火車現在開到哪裡呢？他說現在全世界金融都是專門部門在談，所以就是要政府對政府談。我覺得這講法有一點點錯，他堅持金融問題就是專業。拜託！什麼東西不是專業？誰不是專業？貿易不是專業嗎？貿易就是我們國貿局跟人家商業司在談，

重點是談完後誰跟誰再簽？誰作代表在簽？海基會做為代表在跟對岸簽約的時候，難道沒有金融專門部門在那邊嗎？如果老共堅持要有兩岸特色，不要跟國家部門簽，那你金融MOU不就要一直往後延嗎？我不知道中國怎麼講，但是我覺得他一直這樣子堅持下去，這樣講是專業的傲慢。拜託！只有你金融是專業，其他產業不是專業？說不定大陸堅持這一塊，但是他不跟你明講，但是MOU卻遲遲簽不下去。

問：如何讓社會大眾淺顯瞭解ECFA內容？

答：我建議印發只有一兩頁的選傳小冊子，散發於農會、漁會、銀行、鄉公所、衛生所等地方。大家去洽公、打針、匯款的時候拿來看看，就能瞭解ECFA與MOU到底是啥碗糕。金融MOU一兩頁就可以把內容講完，ECFA可能需要較多版面。

問：ECFA對台灣經濟發展有助益的主要理由？有何風險與政治效應？

答：台灣最重要的是成長部門就是國際貿易，現在國際貿易大家都在往前跑，停滯不動就算是退步。現在造成台灣停滯不動的最重要原因就是中國因素。中國因素突破之後，要突破歐盟或東協就比較容易了，你看最近韓國陸續與東協、美國、歐盟簽訂FTA，而我們還在落後。你不做、人家做了，你會被人家淘汰的，你知道嗎？

　　一定會的！我們也知道大陸會玩什麼樣的遊戲，重點在於台灣要建立足夠的風險管空機制，將收益最大化、風險最小化。有些東西難以避免，我是覺得即使不簽ECFA，兩岸貿易仍將持續成長，簽了ECFA之後，這些經貿往來將更有規範，避免台灣對大陸經貿依賴持續提升，藉著ECFA走向國際市場，把餅整個做大，大陸市場持續增加，但佔台灣出口整體比例縮小，或其他海外出口市場成長比大陸市場更快，這樣就沒有問題。

　　過去受到政治環境的影響，台灣想要直接的進入東亞自由貿易區也許會受到中國大陸的反對，所以一個比較可行的作法是我們可以試圖先與中國大陸簽署ECFA，如此中國大陸就不能再有藉口反對台灣進入東亞自由貿易區。那天在成都兩岸關係研討會上，自由發言時間，台大國發所教授杜震華跳起來說：台灣要的不止是大陸市場，還有海外市場，所以如果未來簽訂ECFA內容中，是否可以包含，大陸願意與台灣共同加入國際經貿組織？台上的回答是：將過多內容放入，討論起來時機拖很長。意思非常明顯，講給台灣人聽，暗示如果我們一直堅持要放進去，討論起來時間會拖得很長。

　　我覺得如果兩岸之間維持良好的關係，重點是雙方之間有默契。雙方如果有默契，台灣跟美國在談FTA，他只要不表達任何意見，就過了嘛！台灣跟新加坡談FTA，他只要沒有任何表示，就過了嘛！新加坡當然會跟他打招呼，他只要假裝沒事一樣就過了。

　　大陸不可能檔掉台灣走向國際市場，但台灣方面不可對此大肆招搖。要大陸對台灣與外國洽簽FTA不講話可以，但台灣在野黨不可敲鑼打鼓。最佳的狀況是台灣與中國維持某種程度的友好與默契，在國際競爭力同時增強，同時分散市場風險，自己實力一定要夠強，維持自主性，才能得到人家尊敬。

問：台商大陸未來投資趨勢與挑戰？

答：我覺得在大陸無論是為生產服務或為生活服務，未來台商服務業比重將會增加很多，像是經營3C數位產品批發服務的百腦匯，或賣咖啡麵包點心的85度C在大陸經營得都有聲有色。像是這種類型的企業，無論在大陸沿海城市或內陸城市設點營業，都可以經營得有聲有色。有人常常問說現在大陸沿海城市現在是否面臨市場飽和、過度競爭？我覺得現在就認為沿海城市趨於飽和，這種說法其實言之過早。沿海

城市有待開發的市場空間仍然很大、很充分，光一個上海的空間就多大了，像是85度C做的麵包好吃極了！大陸的麵包根本就比不上，85度C在大陸就靠賣麵包獲利，而不靠賣咖啡賺錢。

問：傳統製造業生存空間？

答： 台灣傳統製造業裡面，有能力西進的廠商以前基本上都過去了，目前還留在台灣沒登陸的沒有幾家，而且大多都是中小型的企業。不過像是統一、長庚這些成功傳統製造企業集團，將他經營多年淬煉出來的管理技術轉移至中國大陸，從單純的製造導向轉型往服務業發展，未來仍然是大有可為。像是長庚醫院，現在已經在廈門開業成立廈門長庚醫院了，未來在中國大陸廣泛設點，開個二十幾家常庚分院，在大陸大肆擴展台灣醫療管理技術的影響力也是可行的。

問：電子產業未來是否將有一波淘汰？

答： 應該會有。中華經濟研究院對ECFA所做研究中，電子資訊相關產業由於目前國際已經有ITA協議，電子產品近乎以零關稅進行國際貿易，兩岸簽訂ECFA對電子資訊產業所造成的正面影響不大。金融海嘯之後，在未來通路的電子產業的版圖裡，純製造的企業將不復存在，廠商不進行轉型，未來就沒有生存空間，像是金寶、仁寶這些大型純代工企業，利潤率日趨微薄，未來處境就比較困難；像是Acer看清代工品牌間的利益衝突，放棄製造業務，朝向服務業轉型，目前在國際市場就做得不錯。廠商要看清，未來競爭不止與各國廠商在國際競爭，也與中小台商、大陸本地廠商自由在大陸市場激烈競爭。

問：台商未來面臨的挑戰在哪裡？

答： 就製造業來講，我覺得大陸企業追上來的速度很快，持續保持技術研

發的領先優勢是很重要的，否則就得加強加值型服務；服務業來說，雖然也面臨大陸企業與外商企業的挑戰，但是台商機會仍然很大。中國大陸那麼大，你不用想要把整個市場都吃下來才滿足，這也做不到。你能在區域利基上做出正確切割就夠了，比如一個一億人左右的區域，我分個一成就有一千萬人的市場規模了。像是上海、四川那麼大，我在上海當老大、在四川當大就夠了，像是藍天電腦轉投資的百腦匯這方面的規劃經營就不錯。又像是之前舉例，在中國大陸有數百家據點的汽車維修連鎖店，台商新焦點，或是像是台北市那個連鎖的洗衣店，叫做泰利。泰利在福州設點一大堆，洗衣連鎖的市場多大，都收現金交易、急件還可以加錢，這種正確的經營模式，再配合上中國大陸足夠規模的市場就可行了。

問： 台商在大陸面臨到一系列如法治落實、金流問題、盜版問題等難以迴避的風險，未來簽訂ECFA後，是否能包含解決此類問題的投資保障協定？

答： ECFA簽署後，兩岸商品、資金、技術等生產要素將更加自由，與此相關的各項金融監理、產品檢驗、技術標準、證照查驗等需要公權力介入的領域，將變得非常重要。

目前台商在大陸市場中，跟銀行借不到錢、跟客戶收不到帳款、技術被競爭對手盜用造成損失、基層官員不守法等問題常常會出現，對於經營造成很大困擾。在現階段大陸法治環境之下，當然難免遇到這類問題。未來ECFA的內容中，自然會將投資保障協定、智慧財產權保障等內容包含在內，目的在於解決台商在中國大陸面臨一系列結構性的問題，在投資權益、人身安全保障、專利權保障上得到具體承諾，將這些保障轉為制度性的落實。而金流問題，隨著MOU與ECFA簽訂後，台資銀行通過ECFA架構下市場准入條件，登陸進入中國大陸市場，解決台商徵信上資訊不對稱風險後，相信台商在大陸借不到錢的問題也會獲得改善。

傳統產業轉型與大陸市場前景

乙經理

◎訪談重點

- 台商大陸傳統產業發展機會
- 內需市場困難與問題
- 大陸內需市場、品牌與通路
- 大陸員工、企業家、地方幹部之評價
- 大陸西部、中部市場發展前景
- 兩岸經貿整合具政經效應

問：台商大陸投資以出口為導向之傳統產業還有發展機會？

答：我一個很肯定的答案，就是：有！它一定還是有它的機會。但是，這個代價是不是考慮用其他的機會來取代這個？我們剛在講，就是說，傳統產業過去只有出口，那中國大陸這個市場，基本上，不管再怎樣，還是有它的市場。但是，要打開它的市場的話，這個代價是不是值得？或者，是不是有沒有打開其他的市場代價來的比較好一點？

　　過去我們傳統的產業到大陸去，是以生產為主要的目的。但是，整個產業鏈裡，除了生產以外，還有研發、市場的行銷。所以，我們可以以出口為導向，往兩邊去發展──除了生產以外，往研發及行銷方面去發展。

　　研發方面，主要是爭取產品的主導權；行銷的擴展，就是縮短產品到消費者手上的流程，縮短了以後，就降低了成本。那降低了成本，等於是對國外的進口商，對他是爭利；我的意思是：這是一個奪權跟爭利的問題。爭利，就是對出口商，我爭他這一塊利潤，就把進口商、批發商這一塊利潤，我把它吸收回來。成本以外，還有利潤的空間加大了。研發的那個階段，就是說，我的主導權在我的身上，主導權掌握在自己身上。這為什麼呢？發展的機會就是說：我舉個例子，我在國外，曾經設了一個公司，取代它的進口商、取代它的批發商，我直接把這兩個利潤把它吸收過來。但是，生產還是在中國大陸。生產在中國大陸，如果以傳統產業，它以出口為導向的話，它只是過去都是OEM接單的比較多；自己沒有辦法直接把生意做到國外去，所謂直接做到國外去，不是出口，就是說直接在市場上，直接批發進來，就縮短了整個銷售的流程。這是一個發展的機會啦！

問：就是說，你自己在國外開發一個市場。這邊做完，直接送過去，不必經過第二個或第三個人，就可以縮短成本。

答：對，而增加利潤。事實上，在國外我過去的經驗是：在國外做一個公司的利潤，比在中國大陸生產的利潤還高。初估的毛利潤是40％；一般是70％，扣掉那個雜銷費用，大概有40％。

問：就是說：如果你只做外銷，把訂單賣給另一個人的話，你的利潤會比你自己設個公司，然後自己在大陸又有廠的話，利潤會低很多。

答：對！但是一個很大的問題就是：台商在大陸，我講的是中小型企業，不是大企業。大企業他們有很多的能力，像宏碁，為什麼Acer這個品牌能夠打到國外去，直接在國外賣呢？這個跳過代理商、跳過經銷商這些階段，直接到市場，所以它的空間就大，競爭就有優勢。

問：以出口為導向之傳統產業轉型至內需市場，是否有困難？問題何在？

答：我們要去評估：要去開發這個內需市場，你所投入的代價，跟我剛剛所舉的，為什麼我在國外設立公司，直接把這個產業做到行銷上，把產品的行銷直接做到行銷上面去。

　　　　行銷不是去接外國進口商的訂單，而是直接做到國外市場的意思。我舉個比較簡單的例子，就是說：譬如說我在南部生產的水果，不必經過批發商、運銷商，賣到市場來；我可以直接從那邊送到台北的農產品批發市場那邊，直接銷售批發，就把中間兩個環節省掉。

問：您認為本來出口有一些成本，轉到內需市場的話，那些成本就不見？

答：在中國大陸，你要開發內需市場的話，你還是要很大的精力、很大的投資那個人力、物力，這些都要投入，還要去開發起來。開發起來的代價，要比在國外，你直接去開發國外的，把這個行銷、流程縮短，縮短之後，所創造出來的空間，可能要比在中國大陸開發內銷市場，回報還要高。

問：所以，您認為外銷其實比內銷還要有機會？

答：事實上，這等於是一個市場。你是開發中國大陸內需的市場？還是開發國外的內需市場？兩個是不一樣的。我所舉的這個大部分歐洲跟美國和中國大陸來比較，這當然包括非洲，不一樣。金融完善的問題、運輸的問題，還有信用的可靠性問題，這些都是考慮的因素。

　　譬如說：在國外去開發它的市場的話，你在金融的融資方面，比如那個factoring融貸的問題，資金流通的融貸問題。第二個，風險，我可以去買保險。萬一，客人沒付的話，就保險公司要付，風險就轉嫁到保險公司，我們不必損失啊！

　　在中國大陸沒有這方面的功能；這方面的功能沒有，所以風險就高，這是相對的問題。所以，我對中國大陸的內需市場跟國外的市場，國外的內需市場、歐美的內需市場，我有不同的看法，是以這個來做分割點。

　　在國外去開發內需市場，你又帶有很多功能性的、帶來信用，開發出來以後，你可以維持較長久，你可以預期到你的利潤。你在中國大陸開發出來，明天就有個變故出來，後天有個……，有比較不道德的競爭。所以，我對轉到中國的內需市場的看法，有這一點的意見。

　　但事實上，中國大陸內需市場，還是一個很大的市場，是值得去期待，但是它花費的代價，要比去開發歐美的內需市場要來得高，而且還沒有保障。

問：傳統產業就是夕陽工業說法，對嗎？

答：傳統產業為什麼外移？那個夕陽工業，事實上不對。像義大利的鞋子，到現在還頂尖；還有皮件、衣服，看它還是一直維持是最好的。它沒有夕陽工業，它永遠沒有夕陽工業。

　　台灣，為什麼有？台灣的產業，把外移這個動作，跟日本當時的

傳統產業一樣，譬如傘啦、鞋子、皮包、衣服，這些它移到台灣，台灣又轉走啦！台灣就步到日本的後塵。這是不對的，事實上，當時應該就地升級，產業升級嘛！

　　怎麼升級？沒有配套措施。沒有配套措施出來的時候，台灣的鞋子、台灣的傘，你想知道……全世界最好的傘是Knirp，在德國，每支傘夠漂亮的，看了就像藝術品，很喜歡！哪裡做的？法國做的？台灣接單，在台灣做，做做做到大陸去。那一家工廠是以前在台灣，然後到大陸去，大陸生產。在台灣，為什麼不做呢？沒有生意，商機喪失。第一個，產業能力的問題；第二個，懶。我這麼便宜的傘，我做現成的，我為什麼要花那麼多精神。他沒有想到：我這個產業可長可久，三、五十年，他就認為……人家整個產業是百年的，像這個是百年的，一直留下來，對不對？它現在還在做啊！為什麼德國及義大利的工資那麼貴？一個小時11歐元，但是它為什麼還在做？人家有它存在的道理！

　　事實上，台灣整個產業，我一直認為，鼓勵傳統產業回鄉，就是鮭魚返鄉的計畫，政府沒有配套。政府應該除了鼓勵他們回來以外，還要有配套。配套讓他能夠生存下去，能夠獲利，才能夠生存下去。沒有配套的話，回來還不是死！所以，想想看，一個電子產業，扶持一家；你扶持一家的電子產業、一個半導體的產業，你就可以扶持整個傳統產業，一個、兩個傳統產業，都足足有餘！那可以創造多少的就業機會？可以創造多少的產值？而且，很容易就發展起來。

　　我剛剛解釋到一個內需市場跟外銷市場，就講到升級上的問題。事實上，開發中國的內需市場跟開發國外的內需市場，等於以前我們是賣給當地的進口商、批發商對不對？我們現在跳過這個流程，行銷的流程，把它縮短掉，你等於是取代了他。但是，你有沒有能力去開發、去做這個事情？我的看法是：在國外的創業，要比在中國

大陸開發內需市場，還來的容易，因為功能性、條件比較好。比如說，factoring，我在美國要找歐洲廠牌，你是我的買家對不對，我賣給你，我給你90天的付款帳，我沒有關係啊！我拿你的簽單，你給我買的訂單，我就可以買保險後去銀行融資，我可以拿錢出來，就可以turnover，一直走、一直走。大陸沒有，第一個，沒有；第二個，它的信用不行。我在國外，我不怕你倒啊，因為我買了保險！你倒的話，我很高興啊！你保越多，我賣的越多啊！我不怕你倒，倒了保險公司賠啊！保險公司會付給我啊！所以，我買了保險。銀行說：你有保險，我更不怕！因為付不出來，會找保險公司！除非保險公司倒了，但這機會不大，我可以很大方給他credit，給他信用，你要90天、120天我都給，只要你能夠讓我保險，我什麼都給，對不對？我有這麼大的方便，事實上，我在國外開發國外的內需市場的話，我用的成本比……而且我不用多大的本錢、資本；在中國大陸，你要那個……兩個完全是顛倒過來的情況。

問：以出口為導向之傳統產業，轉型至內需市場的困難和問題何在？

答：對。我們剛剛談到以出口為導向之傳統產業轉型至內需市場，有沒有困難？它的問題在哪裡？我剛剛初步講了一下，就是說，它的困難，第一個是金融完善的問題、還有道德上的問題，這兩個都是很大的障礙。譬如說，開發中國大陸內需市場的話，你要用很大的精力、很大的財力、時間去開發，那開發出來的保障不夠，風險太高；跟開發國外市場的代價，兩個比較起來，國外市場代價比較低，比較容易，而且它更有保障，然後功能性又好。只要你有完整的、整套的計畫的話，銀行他就可以融資給你，你根本就不需要用到資金。所以兩相比較之後，我認為，如果要開發出口導向的傳統產業，要發展的時候，與其要開發大陸的內需市場，不如開發國外的內需市場。

　　它的問題，就是說，我剛才提到兩個，一個就是功能性的輔助功能不夠，比如說銀行的資金融貸啦、或者保險啦、收帳的問題、對產品開發出來的保障、模仿、仿冒、同行之間互相……然後大陸有些你要經過很多通路的時候，它的品德沒有辦法保障你不會發生事情，這是一個很大的、人為的品德問題，很重要。

問：通路商，能不能舉例？

答：通路商喔！比如我現在設立這個產業，我要開發這個產品，我要透過行銷的管道，我行銷管道，我並沒有辦法像……，當然是，開發內需市場，有很多方法：第一個，像7-ELEVEN這樣，可以設直接的行銷點，這是一個方法；另外一個透過管道去批發，批發再零售，再這樣……，這是另外一個方法，這是通路問題。這些人你沒有辦法去……，從頭到尾去保證，這些過程，包括運輸的過程中，你給他運輸的東西，比如你給他100雙鞋，運輸到那邊，沒有保證對方一定會收到100雙！竊盜險、遺失險，什麼風險都有。

　　我舉個例子，我一個朋友，他曾經做了一批貨，那個鞋子要送到河北，河北就是靠近天津那個河北，河北省保定那地方。從廣東發出去到那邊的時候，他發出用鐵道，用鐵路這樣發貨過去，中間從這邊發100雙，去到那邊剩下90雙。這些你要找運輸公司去那個會你費的時間、費的精力、費的金錢，比10雙鞋子還要貴！所以，不值得，你只好放棄10雙。

問：誰拿走，不知道？

答：對啊！鐵路公司它不給你負責啊！那你要不要負責？你要打官司，你要花很多時間要求對方10雙的損失，但是你要用更大的……比如說，你為了討回100元，用了更多的100元，用了200元、300元去討回來。

所以，你只好放棄掉，另外再補10雙，這是一個很大問題。

問： 那他們現在這個政府沒有改善嗎？就是說，對這個問題，他現在需要台商這麼多的……而且經過這麼多年。

答： 你說他有這個制度，他有申訴、索賠的管道，他都有。但是，你要按照正常的程序去索賠，這些管道，走正常管道的話，你費的時間跟金錢，比原來的貨值還高！就好像你請人跟他要100元，光來回要去掉200元車資，你要不要？再補你100元，比我花200元要回100元，還要……。

問： 就是，他的管道有點虛設，這樣子。

答： 對！這個情形，其實不是在中國；在國外我也面臨到，我有一次到孟加拉，孟加拉我被倒帳倒了5,000美元。那我為什麼一定要把它要回來？我要回來，花掉6,000美元去要回5,000元，四千九百多元，拿不到五千元；四仟九百多元，這是因為你將來還要做生意，必須維持情況，讓人家認為你不是那麼好欺負！這保障你以後後面的利益，你花6,000元去要回5,000元划不來，但是你預防後面發生的事件。

問： 所以，你要自己評量。

答： 對嘛！自己評量。在中國大陸，這種情況很多。

問： 但基本上，都不值得去爭取。

答： 不值得！同樣在廣州，廣州東莞送到廣州市區，那個開車的，自己公司職員送去，送50雙去，怎麼少掉2雙、1雙？他說：我送去，我也沒有怎麼樣，就少掉2雙。那你沒有辦法，你就找你的職員去，還是發生，到底是他偷的？還是給別人偷去？所以，這些種種，對開發大陸

內需市場，要付出的代價，相當的代價，這是誠信上的問題，也是員工的品質問題。

當然，還有一個，開發內需市場，大陸幅員廣大，配送的流程，就長期而言，行銷里程太遠的話，成本就增高。但，你不可能每個區，北方、南方、東方、西方，每個區都去設廠。你就變成連鎖廠，你不是連鎖商店，你是連鎖廠房。那你在中國大陸，我比較感覺，內需就以區、以區域做，比如你南方，你就做南方；那北方，你就攻北方，不要全國都打。北方的冬天跟南方的冬天不一樣；南方的夏天跟北方的夏天又不一樣，你不能用一樣的產品去適合整個中國。所以，它過去有一個經濟七塊的問題；就中國大陸這麼大的地方，你在經濟劃分一塊地，你可以劃分七個區塊，你找一個區塊去處理就 好！不要弄那麼大，不要全中國、全國內需你都做。事實上，做不了那麼大。

問：像剛剛的誠信問題，沒有辦法改善？

答：到目前為止，有比較好，但是還是有很多問題。第一個問題，是我有沒有得到什麼教訓？這個教訓就包括我個人的親自教訓，就因為對方的誠信問題，就造成很大的損失。所以，我不能把我們的道德標準，拿來衡量他的道德標準。

問：您在大陸有投資幾次？

答：我一直沒有投資生產的事業。我只做生意，就是買賣。

問：您有成功的，也有失敗的？

答：對。

問：那你失敗，是做皮夾子那次的失敗嗎？

答：還有。還有一個實例，就是說，台商跟陸商合資去中國大陸開發，結果就變成日商跟中國大陸直接去聯繫。這些問題發生的可能性，日商直接找中國大陸的機會不高；是中國大陸的商人，直接跳過台灣的商人找日商，這個機會比較多。

問：他們為什麼要去找日商？

答：想把台商的角色撇開。

問：這樣對他們比較有利嗎？

答：對啊！他認為這樣沒有經過你賺一手，他認為經過我們，我們賺一手。

問：他們不是排日嗎？這樣講起來，他們也不排日啊！

答：利益上，人在利益當頭，民族的問題、愛國的情感都是拋在一邊。

問：那是口號？

答：那是口號。跟台商到大陸投資一樣，你的利益被大陸控制，他要你回來說什麼話，你就要說什麼話，這個跟政治的效應很有關係。

問：所以，您曾經有過跟日商合作，然後被做掉？

答：我不是跟日商合作；我是跟外國，德國那邊公司，我們兩個在中國大陸合作出口。結果，我是因為跟國外這公司已經很密切了，很密切，我們是不分彼此，等於是一家一樣。但是中國大陸，他認為經過我這邊這個角色，是我賺了一手，然後再賣到國外去。事實上，當然我要賺我應有的利潤；他就直接找國外，這個，你就要看，比如說，我跟

國外關係密切到什麼程度？能夠保障到什麼程度？他會挺我，還是挺他？那大陸這個公司就直接去找他，國外這公司就比較相信我。

問：那你這樣有沒有辦法預防？如果，你再跟國外的合作的話？他們就真的這麼厲害，無孔不入？

答：所以，這個方法就是說：你要設計出一套方式，比如說，我從中間隔離，這就是為什麼我在國外會去設立一個公司？我就國外的買主，經過國外自己的公司，把它切割掉，讓他沒有跟中國大陸直接接觸的機會。讓中國大陸這些廠商聯絡，是跟我國外自己的公司，沒有到後面的買主，就把這邊切割開。這為什麼我要千方百計去多此一舉，就是這個道理！

問：所以，你在跟廠商，你每次就要在國外，跟德國合作，在德國設一個公司；跟法國合作，在法國設一個公司？

答：事實上，在國外登記一個公司很簡單。登記的話，那審核，你只要有個稅卡、你只要有個生意、你有繳稅卡號，他不管。所以，國外有很多紙上公司，paper company（紙上公司）。事實上，我只登記，可是我辦公室也沒運作啊，沒有人啊！我跑到哪裡，我的人就在哪裡，都我一個人在做。那我國外接受買主，跟他談好了以後，然後中國大陸經過我兩邊把它分割，等於我左手跟右手分割開一樣。那中國大陸一直以為我是國外的進口商，所以，他怎麼樣也找不到真正的買主。

問：所以，像德國、法國這種比較老的國家，他們也是可以這樣，很容易就可以……

答：很容易。美國你現在上網登記就好啦，你根本就不需要……他給你一個稅卡，一個稅卡號碼，你有了，你就只要繳稅了以後，就進口、出

口都可以做，你不必讓國外的買主讓他跟中國大陸有一些直接的接觸，就怕會這樣。

問：像你這樣操作的台商，多不多？

答：我碰到的不多。

問：所以，你比較聰明！

答：不是聰明。經歷比較多，因為我一直在這個行業、這個圈子裡邊轉，所以，無形中，我就駕輕就熟。比如說，我在國外做的話，我能夠很容易地去取得融資、取得保險、知道如何去運作，我在裡面駕輕就熟。

問：這個可以寫上去嗎？設公司的方法。

答：其實，那個沒有關係，那個不是每個人都有能力去設公司。

問：他知道他也不見得能夠去做？

答：他知道他不見得能夠去做啊，對不對？所以，沒有關係，我講這些都沒有什麼秘密可言。知道，但有無能力去做才是問題！

問：不一定做得到？

答：不一定做得到！不一定有那個能力，比如說，為什麼，你知道嗎？台灣去的，在大陸的中小企業，傳統的中小企業，他本身程度就不高。你叫他去，第一個，他有沒有意願？他有沒有心胸去做這個事情？他有沒有那個能耐？他會不會去做？他沒有辦法知道。他知道怎麼去設公司，怎麼去弄，他要去找誰？他連談都沒有辦法談！語言上的問題呀、什麼……台商到大陸去，同文同種，他都不知道去找誰。事實

上，你就知道找台辦、找台灣的對口單位，你剛開始不熟，你去了就熟，一樣道理！

　　像我到歐洲去、到東歐去，是一個很偶然的機會。那個是陳老師給我介紹那個波蘭的教授，我跟他認識以後，我認為波蘭的改革，跟中國大陸的改革不一樣，經濟上的改革不一樣。我就去看看，我就看到它的生意機會在那邊，我就到那邊去做。但是，沒有繼續下來，是因為我的脊椎斷裂，椎間骨破裂，我提東西的時候受傷破掉。破掉以後，我就……因為我一個人做。做那麼多，事實上，我在波蘭第一年去的時候，沒有賺到什麼錢，我全部在安排這個架構。等到第二年，第三季開始的時候，我一個季做比人家做五年還多。那邊有一家公司說：他去那邊做五、六年了，他一年平均做80萬美元以上。我去那邊，第一年我0；但是，我第三季開始，我一個季做四百多萬美元，比他還多！這個就是操作上的技巧。

問：大陸內需市場，台商發展品牌／通路與連鎖加盟是否有機會？

答：發展品牌，要做內需市場，一個品牌是必須的；但是，中國大陸發展品牌，它的保障有限，保障的功能太低。所以，往往，我舉一個例子，就是說，我以前在中國大陸申請一個TAKITO這個品牌。這個發音是TAKITO，它的意思是大象，俄文，俄羅斯的發音。我在登記的時候，我在送件的同時，我一送上去的時候，他說：有人同時在跟你送件、在登記。我說：有誰會跟我送件是一樣的，包括那個logo、包括那個圖形？我是一個大象，大象的圖形尾巴可以向下翹、可以向上翹，不一樣，那名字都一樣，圖形不一樣；我是大象，他是一頭馬，但是TAKITO名字一樣。它是在登記的過程中，有一些商標的蟑螂，蟑螂的意思，就是專門吃商標這個贖金。

問： 像我們海蟑螂一樣？

答： 對、對、對！他看到你申請，他們有內幕消息，一拿到就登記、登記，同時搶時間跟你登記。所以，有發生這些；品牌發展有這麼多的困難，這是實際的例子。

　　我剛剛有提過紅蜻蜓跟紅螞蟻，一個紅蜻蜓出來，馬上有紅螞蟻，一大堆的事情啊，很大的挑戰！至於通路跟連鎖加盟，它的缺點、它的挑戰，剛剛我提到過，就是：風險、品牌以外，貨品的行竊啦、損耗啦，而且服務人員的這些品德，都有很大的關係。

問： 所以，打聯盟或是打全國市場，必須是全國性的產品，全國需要的產品比較有可能？

答： 比如說，成衣也好、鞋子也好、皮包也好，這些比較傳統，這很典型的傳統產業。這些事情，在每一個人只要生存，都是需要的。不過，它是季節不同，比如說，北方比較冷，它的衣服比較厚；它的冬季比較長，他的冬天需求比較大，夏天比較少。產品的區分不一樣，就這些問題。

問： 這種被仿冒的機會比較大，對不對？

答： 衣服的形狀完全一樣，只是貼個品牌，一個紅蜻蜓，一個紅螞蟻；它只是品牌不一樣，其它外面都一樣，材料、質料、款式什麼都一樣，你怎麼去說它呢？

問： 所以，你們在打品牌市場，要讓他們沒辦法仿冒，就要打那種他們實在是學不來的東西。

答： 但是，你在，比如說，你衣服啦、你鞋子啦、皮包啦，這些最簡單的、很傳統的產業，你有的東西，他都有。除非，有一件事情，我等

一下會提到這些問題。我剛剛拿那個皮夾，那皮夾的皮，中國大陸生產不出來。

問：那個皮，不是一般的牛皮？

答：一般的牛皮，但他沒有辦法生產出來，那皮的品質他做不出來。

問：這必須送到外面去加工？

答：那個是義大利的。

問：所以，你那個材料是義大利進口進去的！

答：對！我這個事情，我就插一下，就講這個事情。這個產品之完成，就再從義大利把這些廢料進到中國大陸去，加工之後，然後，偷你一些，這些問題很大，就產生了弊端。後來，我就用一個方法，就是：我買十元的東西，回到中國大陸我賣他三十元。

問：賣中國大陸市場嗎？

答：賣他工廠三十元。然後，用三十元計價賣給他。但是，使用料多少錢，他產的產品，我把他買回來。我買回來的價錢，我同樣給他更高的價錢！讓他即使去偷了這些產品，你要去，或者你的材料，你做了以後，你去外面賣，賣不到這個價錢！所以，它最好的價錢，還是我這裡。我給它的價錢，事實上，在原材料已經把它切割掉，事實上，我的價差是一樣，我並沒有多付給他。

問：喔！用一些技巧。

答：你瞭解我意思嗎？譬如說，我根本不怕，他要去偷，我就利用這功能去管理他。

問：為什麼德國的品牌，用義大利的皮？德國沒有皮嗎？

答：歐洲，幾個國家，不同國家，事實上是一個市場，還是義大利的皮比較高級、比較好，它的製革的產業比德國還要進步；德國也有做皮，但做的沒有義大利好。事實上，歐洲這麼大，幾個國家喔，就像中國大陸兩、三個省一樣，就那麼大，那個區域很小，最大的就德國，其他的都是小國。瑞士啦、荷蘭、比利時、盧森堡，還不到台灣的大！

問：可是，人家發展地這麼好！

答：對。在歐洲開車，開開就開到國外去啦！

問：簽一個歐洲簽證，就全部的國家都可以跑。

答：對。歐盟這個申根簽證，申根的國家都可以用。以前是不可以，以前是一個國家一個申請、一個國家一個申請，很麻煩。還有一個，貨幣，走一走，什麼馬克不能用啦，要用什麼法郎啦，幾十種貨幣，現在一種貨幣到處都能用。所以，歐洲共同市場的整合，在簽證、在申根的這個功能，加上歐元的功能，有很大的助益。所以，歐洲共同市場，所以能夠整合成功，也是這兩個因素，有很大的因素。

問：所以說，你在德國註冊一個公司，這公司……

答：整個歐洲都可以用。進來以後，就可以直接買賣到德國、義大利、什麼法國、奧地利。

問：那你分公司也不需要每個國家設。

答：我不需要。我要繳稅，我只要在歐洲共同市場一個地方繳稅就可以。所以，很方便，這歐洲共同體，顯示它一個功能性，就是這樣，很值得。

　　那大陸發展內需市場的機會，我的看法，到目前為止，比較成功的一個做鞋子的叫「達芙妮」。台灣現在也有，那事實上是張漢雲，還是張什麼，以前是立法委員，那後來沒當選，就到大陸去開發這個市場，開發這個鞋子內銷市場。他的品牌，達芙妮，很成功。他的成功不是透過經銷商，它也不是加盟店，他是直接展業店，自己的開零售店。他的整個零售店打出來以後，就先把自己發展出來後，大家就要來跟他加盟。反過來操作，是先有展業店，才有加盟店。他不是先做通路、先做加盟，他不是。他就直接先設點，像7-ELEVEn一樣，他先設每一個點，設了以後，他就加盟他，加盟達芙妮的。所以，他是反過來操作，先設點再做通路；不是先通路再設點。他的成功，也是花了很大的一段功夫啦。他剛開始去的時候，面臨到我剛才講得這些竊盜的問題，還有管理上的問題，就像全家的FamilyMart，他在台灣就管理很好；在那裡就管理不好。管理不好是因為當地員工，訓練跟管理不完善，並不是他做不到。你的管理，逼到他可以做得到。

問：把台灣的這套搬過去，那邊員工素質的關係。

答：素質的關係，沒有訓練到。沒有把他訓練好，事實上，是母公司沒有把這些員工訓練好。

問：他沒有瞭解到中間的差異、怎麼訓練？

答：不能以台灣的態度來看待他。因為那邊職前訓練的時候，你不能以台灣的標準來訓練他，那不夠，是不能一體適用。

問：聽說，他們這種內需市場，你要做的很大的話，不見得要大企業吧？小企業，你看到你自己的機會，也是一樣可以把它做成很大的、全國性的內需市場。

答：是啊。但是，它有它的困難。我一直認為，我如果用這些精力、時間、金錢去發展大陸的內需市場的話；我寧可用同樣的代價去國外，去設一個，比如說，發展當地的內需市場，來的容易成功、代價來的低、更有保障。你主要是銷售量的問題，你銷售到國外，跟銷售到中國大陸一樣的。當然，我們不可忽視大陸內需市場，但這一塊，你要取得，花的代價就很大。

問：**所以，那麼多人想去打內需市場，是為了什麼呢？**

答：當然，看到的大陸的市場。它的人口、它的經濟成長、它的人均購買力，一直在成長。所以，它的市場就在那邊，你怎去打這個市場，你打這市場的代價遠高於在國外設公司。先進入先卡位，但要有長遠打算，資金夠雄厚。

問：**所以，他們不瞭解狀況，才會一直想打內需市場。**

答：對嘛！如果是我的話，我寧可在國外發展完了以後；國外發展到都沒有機會了，我才會在大陸那邊發展。我不會說捨棄國外這塊，直接去發展內需；因為它的代價，在我來講，兩相比較以後，目前中國大陸發展內需的代價太大。

問：**一窩蜂的這樣，其實不對？**

答：當然，這是以中小企業啦。如果像旺旺啦、頂新啦、康師傅這些大企業，這些，當然，它有既有的優勢在。它有它的人才、它有它的資本、它有它的知名度，它相對會比較順利。但是，康師傅它要開發，一定要下一個很大的代價。一個機運以外，還有一個它過去付的代價，康師傅以前差一點倒閉，也是有發生過這個事情。同樣的，它一個大企業，它挺得過去；一個小企業，它垮掉了。

問：所以，機會還是有，還是要很多的因素去結合在一起，才能夠有辦法
做到這樣。您對大陸員工／本土企業家／地方幹部之總體評價如何？

答：我一直對大陸的評價不高，我所謂評價就是說，我會做一個相對的比
較。相對的比較之下，如果與國外的或者台灣的比較之下的話，我還
是覺得我對它評價不高。尤其，大陸可以區分為員工、企業家和企業
幹部來講，一個員工的品德跟技能，你要訓練他是兩個過程中。它的
品德遠遠不足的，跟台灣比較起來，跟韓國也好、或者泰國、越南、
甚至於北韓，都不足。當然，比孟加拉好一點！然後，跟印度，我是
認為，各有……，沒有比印度更優秀，差不了多少。可能印度的民族
性跟它種性，種族的性，種性，跟中國大陸跟台灣是不太一樣。所
以，跟印度比起來是各有好壞。其實，這個員工的評價，是整個中國
大陸，我一直認為它的品格教育遠遠不足以當為一個有文化、有文明
的國家，它的品德太低。

問：它是個文化古國，可是人的品格……

答：人的品格、品德，水平太低了、不夠，是教育問題。當初我將它與東
歐國家比較，總覺得教育及品德是中國所不能及的。

問：您會去做生意，是有國外需求的關係。如果，沒有這些條件的話？

答：所以，我到目前為止，沒有在中國大陸投資過。我所謂投資，就是生
產啦、事業，當一個事業去投資。我只做生意，生意就是，我常開玩
笑說：今天這生意做今天的；明天，明天再說。我沒有做一個長期規
畫、投資。

問：有需要，我才去；不需要，我就不去了？

答：是、是。到目前為止，我對它是，也許是個人的偏見，到目前都沒有

去投資。

問：這是跟你自己的經歷有關係嗎？就是，你曾經在那邊有一些不好的經驗。

答：對。而且，我在一開始就有一個很不好的經驗。我在美國曾經開了一張信用狀，開到雲南的昆明，去給一家皮革廠商。我看它皮革廠已現有的、現存的庫存在那邊，我L/C開過去，它就不必生產，就可以有東西出來。結果，信用狀開過去給他，半年沒有交貨。就覺得奇怪，你就現存，為什麼半年沒有交貨？後來，我問他說：你庫存的、現有的，不必生產，為什麼這麼久沒有辦法交貨？他說：我已經先把它賣掉了，你的訂單我後面再生產給你。這些就是生意誠信問題。

問：為什麼會這樣？

答：那個時候，先有個香港商去那邊看，我給你現金，我先把你買掉。反正，我這訂單有六個月，我到後面再生產給你就好了。結果，第二次，我就延了六個月給他；延六個月以後，又發生同樣問題！他生產到好了以後，人家又把它買走！反正，你訂單在我手上，我不怕。先有，就把它做掉。後來，延了三次，我就把它取消掉。當然，為什麼我會容忍延了兩次？延了一年的時間，是因為利潤太高，我捨不得。所以，我就忍受他；後來，到了不得已，我就把它取消，這個是1982年的事情。

問：同樣的皮革廠，你在這麼大的整個大陸找不到一個？

答：那時候，中國大陸還沒有那麼方便。中國大陸，那時剛好開放的時候，那時候國營企業，有什麼，做什麼，跟他談生意，做什麼，不是那麼容易、不是那麼方便。包括，我帶了一個美國的客戶，到了大陸

以後，我實際帶他走了一趟以後，他跟我下了個評論說：這是一個野獸的國家！他沒有辦法容忍在這個地方生存，他沒有辦法容忍跟這個地方做生意！而且，他是一個很大的一家公司，叫ABC。

因為這家公司已經不做了，賣給人家，所以我可以講。那個老闆是做背包的，現在運動背包那種，他是始祖，他第一代做，就是他。所以，我們當時賣給他的量，他一次訂單都是10萬打。10萬打是120萬個，是很大的訂單，他每次都去，他去看了以後，他說：不要。我看了以後，就沒有考慮在那裡設廠。也沒有再做。他那個時候去的時候，你要打一個電話，跑到很遠地方，到它電信局，撥了半個小時才撥通！

這是為什麼說我有先入為主的觀念，就在這裡。從一開始，就看得很瞭解；你越瞭解它，你越怕。越怕，你越沒有膽，越不想做；越不想做，就越……當然，另外一個，就是我還有另外比這更好的機會。我不要選擇這個，這個是次要的選擇。

問：您剛說那個ABC？

答：就ABNIC，它的簡稱ABC，現在沒有，它已經賣了。那個老頭子，他的工廠在紐約YANKER，紐約在上州的YANKER，一個城市叫YANKER，那個很漂亮，哈德遜河上游很漂亮的一個城市。他已經做很久了，做好幾代，恐怕從十九世紀，就開始設廠。

問：那它賣給別人，還是做這個背包嗎？

答：他就把整個廠賣掉了，因為那個老頭子，脾氣太大，他的小孩跟他的姪兒，跟他合不來，沒有人繼承，把它賣掉。做到八十幾歲，他退休了。

問：美國很多這種？

答：對。那地方的幹部，我把它分成兩個，幹部就分企業的幹部跟地方的幹部。地方幹部就當地的官；企業幹部，我認為很好用，個人認為很好用。就像一隻很好的狗一樣，你叫他來管當地的人，管得比我們管得還好。因為他可以就是說：他用他們當地的思維去管他們，他可以不把他們當人看待去管。那我們沒有辦法。所以，他們來管他們，比我們管得還好。

　　第二個是企業風氣，對他的上司，就很會逢迎拍馬，拍馬屁。自己技術上、管理能力不去發展，專門發展關係；就跟大陸地方官員一樣，就專門走上頭的關係啦，然後壓榨地方的百姓，這個道理是一樣的。所以，在當時，事實上很好用，但是不是人。他管理當地的人，他可以打、可以罵他們，我們不行。

問：他們自己企業裡邊的員工，他可以罵？他也不算是官嘛，所以他也沒有……

答：這種企業給他一個幹部，是管理人員，是科長、是副科長，他認為：我這個科長可以管你這個職員，他就這樣。所以，這很……他自己地方上就這樣。中小企業跟地方官員，就怕他，不敢跟他作對。

　　他為什麼怕他？我舉一個例子，你這工廠設在村的範圍裡面，這村委把你吃得死死的，你都不敢得罪他，為什麼？你一得罪他，今天來跟你戶口普查、員工登記啊，什麼一大堆，明天跟你停電，後天跟你來那個。我曾經親自看到的，就是說：這個村委，跑到企業那邊去，去跟他要台灣的茶葉。他說：我的茶葉都喝完了，家裡沒有台灣茶葉，到你這邊喝個台灣高山茶。意思是說：我茶葉用完了，你要再來送。

問： 你要聽得懂。

答： 要聽懂。第二個事情，就是說，什麼雪災啦，什麼川震啦，好，你這企業你要來捐助它，你要來救濟它。攤派你多少，你就要繳；你不繳，停電的時候，別人不停電，你就停電。穿你的小鞋，你要不要給他？你當然要給他！而且是攤派不是樂捐，但我真的懷疑有無上繳！

問： 他什麼都沒學，就學會這些整人的本事。

答： 對。大企業，沒有碰過這個，所以大企業講不出來。

問： 他們對大企業很客氣啊！

答： 當然，為什麼？大企業若從東莞這個地方撤掉以後，東莞這個指標性的企業，你這個地方的官員怎麼交代。所以，稅收減少以後，政府上頭追究：為什麼它要離開？離開原因在哪裡？這個就角力嘛！你的企業有沒有夠能耐？你的地方的官員有沒有辦法惹到你？地方官員不敢去吃像康師傅、像旺旺這種，他不敢。這些都是更高層的人員才能去整它，這麼大的企業。如果是這種小地方、小官員，他整到你，人家一個禮拜都不停電，你一個禮拜給你停兩天，就慘了，我通知你停電，停電在中國大陸是正常的。如果你給了他以後，人家停電，你就不停。所以，它地方的幹部是腐敗到不行。

問： 我們中小企業的層次不高，沒有辦法去跟他們對抗，對不對？

答： 他管不到，而且他不在乎你一個小企業離開不離開、倒掉或什麼，他不在乎，所以他就吃定你了。你很無奈，所以你……這個是我親眼看到，而且親身看到這種情景。

問： 像您去大陸找廠，不會去找台商的廠來跟您合作，您都是找大陸當地的廠？

答： 都有。我有找過台商的、有找過大陸的。事實上，整個來講，台商的品質跟大陸本土企業的品質有一點差別，有一些你無法想像，像溝通會比較容易，因為他做得到。所以，你要因為品質，因為產品的不同，而做不同的選擇。所以，為什麼我一直沒有去生產設廠的原因，那設廠，我只有一家。我找工廠，這些工廠就等於是我的代工廠一樣，等於我把他們虛擬化了，他的工廠變成我的工廠一樣。你問我：有沒有工廠？我說：有啊！你要什麼工廠，我都有。你要生產什麼，我都有生產什麼的工廠來相對應。那我這樣做的話，就等於它是我的代工廠。

問： 所以，你找本土的企業，不見得找大廠，有時候是小廠，有需要的就可以？

答： 相對應、適當就可以。你找太大的廠，那個成本壓不下來。他的廠那個管理啊、各方面的管銷的費用高，所以他成本降不下來。品質、能交貨、適合成本是考慮的主因。

問： 本土企業家，你的評價比官員還要好？

答： 如果企業家跟企業家來比較，我覺得大陸企業家比較傾向於躁進，就是急著要賺錢。為了賺錢，不擇手段。然後，他可以做一次生意就好，他沒有想說：我做你兩次生意賺30元。當然，做一次生意賺15元，他可以為了做一次生意賺17元，多兩元就寧可只做一次生意，他不做兩次生意。

問：而且，他裡面很多欺騙的行為？

答：對。他讓你確認的這些東西，等到你生產的時候，不見得是同樣這些東西。所以，本土的工廠管控是比台商來得困難。

問：那你不能退貨嗎？他交貨的時候，你不能查驗？

答：他交貨，你驗貨的時候，你要夠幸運，能夠掌握到、能夠驗到，要不然，很多貨的時候，你沒有辦法一件一件去看。譬如說，十個皮包，你可以十個皮包一個一個去看；但是十萬個皮包，你沒有辦法十萬個一個一個去看。所以，中國大陸對我而言，負面的觀感大於正面！

問：所以，你的感覺是覺得我也沒有必要去賺你的錢，對不對？

答：對。我個人就是說：我沒有必須要去做這件事，我沒有必要要賺你這些錢，我可以不要賺，我可以有更好的機會，我為什麼去選擇次好？

問：所以，你這個地方幹部包含本土企業家嗎？

答：對！我剛就把這三個分開來，那第三個地方幹部，我知道陳老師的意思是指地方的官。但是，我把幹部跟地方的幹部分開來，幹部就是企業的幹部，你必須有當地的管理人員啦、當地的業務啊、當地的……我把它分開來。一般來講，這些官員有在提升，地方幹部的官員一直在提升，不可否認，是有在提升。尤其像那些縣級的幹部呵，跟以前比起來，現在一般的縣級幹部水平比以前高很多，包括在操守上、在能力上，當然這個是進步啦，是進步。

問：您覺得他們操守提升的原因是什麼？

答：這是趨勢，不可避免的趨勢。就像共產黨的改革一樣，共產黨的改革是被形勢逼出來的，並不是它自己願意改革，是被動式的改革。被壓

的改革，不是再像以前那麼官僚。以前的官僚、政府出手，你就已經發抖了，現在不一樣。地方幹部為什麼會改革？教育水準越來越提高嘛！長江後浪推前浪，你不改革，你就沒有了。所以，從省到縣，這些幹部，尤其縣的幹部，我認為有明顯地提升。那當然，省過去沒有那麼腐敗，我所謂腐敗是沒有集於我們個人身上。也許，它某方面也是一樣腐敗，但是我們感受不到。

問：以前沒有改革，他們有很多利益啊！可是，你改革以後，利益就減少了嘛， 對不對？

答：對！所以，他們被逼出來，他不願意嘛。你說，地方的政府，最近重慶不是在打黑嗎？薄熙來不是在打黑，那黑棒打黑，政治黑勢力，就是逼出來的。逼出來打黑，他為什麼？他要求表現，他要爭取的是國務院總理，爭取的是國家主席，他要做出一些政績出來，他沒有像從前一樣同流合污，他這樣跟著一直吃，他背後是某種政治上的利益，驅動他改革。

問：不像以前一樣，一句話，我把你拉上來，你就拉上來。

答：對嘛！主要把上面服侍得好好的，自然就升官，遇缺自然就升官。現在，用政績來表現，這是很大的不一樣。

　　再補充一點，大陸的本土企業家，他就是想著怎麼樣去賺第一桶金。他想盡辦法、不惜一切，坑矇拐騙我都騙來第一桶金再來操作，這種心態很多，而且很厲害。

問：所以，跟本土企業做生意要非常小心，很容易被騙。

答：喔！非常小心！他把你吃掉還裝得很可憐。

問：你自己還搞不清楚，覺得自己不對。

答：對！覺得自己不對，還認為他委曲。

問：**您對未來大陸西部、中部市場發展前景有何評價與建議？**

答：大陸西部、中部的市場，隨著國民所得、經濟發展，國民所得提高，已經慢慢形成一個市場。所以，它的市場已經慢慢發芽，已經起來。這是隨著時間的改變必然的現象，它現在呈正成長的方向去走，這是必然的現象，所以它的市場還是有。但是對這兩個地方的市場，一個西部、一個中部，你要考慮就是說，你是出口導向？還是內需導向？

  我的看法是：西部跟中部市場應該是以內需導向當作出發點，可能比較實際。因為它如果要出口導向的話，第一個，運輸的成本太高，雖然，你的工資可能便宜一點啦、你的運輸成本便宜一點，但是，長久下來，還是會競爭力很差。所以，針對這兩個的話，我看是針對內需市場麻煩。中部，五個省下來，市場已經過高。如果要靠內需市場，市場容量已經算不小；西部也是一樣，幾個省超過一個億人口。那一個億人口，你一個日本一億多，它現在購買力沒有那麼大，但是慢慢它會成長，所以，先卡位再說。

問：**所以，您說的內需市場，就是我生產的產品，只賣這幾個省就夠了，不是針對整個大陸市場？**

答：對，不需要。你要針對，比如，西部要賣到東部，以食品來講，口味不一樣，東酸西辣、南甜北鹹；成衣來講，北方跟西方氣候不一樣，產品就不一樣。所以，針對某一個點、某一個區域範圍，集中某一個區域範圍去發展，可能要比普遍發展來的容易成功，而且代價比較低。

問：兩岸經貿整合日益密切，如何看待政治效應與台灣的機會？

答：兩岸經貿，其實以目前來看，水平分工的成分還不大，還遠低於垂直分工。水平分工是技術層次比較齊一；垂直的技術比較區別。目前來看，垂直分工的機率比水平分工的機率來的大。所以兩岸之間的經貿整合是以垂直來做比較大。技術上有所差別，產品上有些區別。

　　比如，我們現在對大陸出口，大陸是原物料、材料出口，就像當初日本對台灣一樣。日本對台灣大量出口，出口的是比較高科技、高層次知識上產品，monitor裡面的電漿，日本還是賣台灣電漿；台灣還是無法生產這些，那台灣還是要從日本進口，還是要買。大陸同樣的，它現在為什麼來台灣買？它自己生產的成本跟品質遠遠比不上台灣。所以，它來台灣買，是它必須要的，並不是說，我這個訂單給你，來給你優惠！誤會，不是這樣。你看，上次來了之後，就買了一個「金額上不封頂」，我一看，就知道典型大陸的吹牛，什麼上不封頂，結果，買了多少？講我要買幾百億，他們什麼話都敢說！

問：台商去那邊設廠，都是台商跟台商交往，台商跟大陸的廠商合作，幾乎沒有吧？

答：應該也有，但問題比較多。

問：少部分。所以，技術整合的部分，其實可能不是那麼地普遍，對不對？

答：有啦！比如說，比較傳統的，像那些紡織業，像台灣以前的染整啊！紡跟織不一樣，紡歸紡、織歸織、染整歸染整，不一樣。大陸當地，原物料棉花來我就紡、抽成紗；台灣拿那個紗來織布，再染整，染整變成布疋再使用。現在，慢慢大陸進步，它自己可以染整、織它都會做。這手續上它都會。當然，這些過程，很多是台灣的產業去那邊發

展，並不是它自己，當然，有今天這個產業是台商帶動它；跟上次勞力密集，三次的方向一樣，是台商去大陸，帶動它，使這個產業活絡；它並不是它自己投入，台商在這方面的貢獻很大，在經濟發展的過程！剛開始去，你說做衣服，它連布都沒有；你做個皮包，它連皮包的材料都沒有。所以，很多剛開始去設廠，很多什麼「三來一補」啊！來料加工，就這樣，什麼都沒有；就你來料，我幫你加工！它現在材料當地有，供應的材料它都有。以前，做衣服的鈕釦，都要從台灣進口；針車的針，都要從台灣進口！那些現在當地都買得到。

問：這是台商對他們的貢獻。但是，會做鈕釦，是本土的企業？還是一樣是台商？

答：以前鈕釦都要台灣進，現在那邊已經有工廠，而且很多本土工廠。都是台商去那邊設了鈕釦工廠以後，它就學一學，跟著做這樣；但一般台商品質還是較佳。

問：所以，這也算是技術整合的一種？比較下游的東西。

答：對。這就是low-end，低層次的，沒有什麼高科技的，這種東西很快。你看做皮包的塑膠皮，PVC，大陸以前都沒有，都從台灣做。後來，整個南亞去，南亞這些移到大陸去，它就在那邊做，代工它的塑膠化學，結果，它那邊自己在做了；做了，當地就用。台灣過去做PVC皮的大公司，這些公司，它現在都慢慢地消失，被大陸取代。

　　事實上，這也是它自己的經驗，台灣這些公司應該把技術層次拉高、提升。提升上來的話，跟它切割，生產的原料，大陸沒有進攻的機會。我打一個比如，就是說，如果台灣做塑膠皮的可以做那個可以透氣的運動鞋，大陸沒有辦法生產這材料的話，就跟它產品區隔，在台灣的工廠就不會受大陸影響那麼大，還是可以稱勝。另一個更明

顯的例子就是，衣服的材料GORE-TEX，GORE-TEX事實上是一種材質，我穿了以後吸收紫外線，讓它保暖，薄薄的，但是穿起來很舒服、很暖和。不過，如果體溫太高的話，它自己會排氣，把體溫降下來，維持在比較舒適的溫度，不會穿得滿身大汗要脫下來，這就是GORE-TEX。

事實上，這些東西是捷克的科學家發明之後，賣給美國的杜邦公司。美國杜邦公司拿它來生產布料；生產這些布料之後，就賣到全世界。那台灣你可以研發出來，做出這些比較高品質、高功能性產品的話，對大陸的競爭壓力就沒有那麼大，還是可以生存。

問：就是說，同樣是台灣廠，在台灣做這樣，到大陸也做這樣；如果把台灣跟大陸區隔開來，台灣做的跟大陸做的是不一樣。

答：對，區隔開來的話，很明顯地就像日本一樣。日本松下跟台灣的國際牌，生產很多電器，音響啦、冰箱啦、電視機，什麼東西一大堆。事實上，這些比較有技術性，還留在他本土，沒有帶到台灣來設廠，它只供應零件。到台灣來，現在已經用到電晶體，台灣連電晶體都做不出來。所以，台灣就是在這方面，有時候，台灣人，你說他可愛，還是笨？兩個都有。你去那邊，酒一喝，就稱兄道弟，什麼東西都講！你把所有的、跟你的技術，人家想知道，兩瓶酒一灌醉，你就講出來。就有這種便宜的事，你用幾十年工夫去研發出來的，兩個小時就沒有了。所以，我說他笨！應該不是可愛，是笨。

所以，我是先從台灣的機會來講，再講政治效應。整個台灣的機會就是：你一定要把它區隔開來，就像現在的電子行業也好，半導體也好，有些是你需要來台灣買的，我沒有要賣給你，自己有需要你就來找我。所以，台灣現在的半導體，電子產業，很多國外買主到台灣來？因為台灣有這方面的能耐、有這方面優勢，所以大家都會朝這邊

來；等到這優勢沒有了，人家不必來了；是你要去找人家、拜託人家，這同樣的。所以，這兩個台灣的機會，怎麼去把握？怎麼去把握這個優勢，怎麼繼續在這個優勢上去發展？要不然，這個優勢慢慢人家會替上來，你要跟著提升。如果，沒有提升或者提升太慢，人家把你追上來，你的優勢就沒有了。所以，這個台灣的機會，你要整合它。整合的過程，結構、上下的層次要拉抬。

問：自己要知道定位啦。

答：對！定位、技術層次各方面，你要拉抬。

問：就是說，等他們技術跟我們一樣的時候，機會就不見了。

答：對！所以，要永遠保持優勢，要永遠自己要提升上來。沒有的話，像現在個人電腦，桌上型也好，或者筆記型也好，台灣維持在裝配的時候，沒有優勢，大陸一樣也可以裝配啊，對不對？你一樣可以，沒有什麼技術上很大的層次。但是，這些努力上慢慢的要提升上來。比如說，CPU的問題啊，你要提升；面板上要提升啊；或者晶圓記憶體的容量，要提升啊；存取的速度要提快啊，這方面提升它，讓它有區隔，進不來。

問：而且，不要你提升上來的東西，又到大陸設廠。

答：沒有必要。我補充一點，大陸前陣子，廣東不是在「騰籠換鳥」，企業要淘汰掉?事實上，「騰籠換鳥」這個動作是不對的，因為整個社會裡面，各種經濟成功的結構都要有；我只要高科技，低科技程度我就不要，這樣不紮實，你還做不到那個程度，你不像美國，它已經提升到另外一個程度，這些低層次我都可以放棄掉，因為我有高層次維持到。它賣一架飛機，台灣出口多少電腦，才能換回一架飛機？維持

這些，因為它還有它更好的機會。所以，它不要的機會它就放。台灣同樣的道理，你一定要提升上去，後面的距離，全部整個距離拉開，不要讓它跟上來，要拉開。利用政府有個台商「鮭魚返鄉」計畫，這是一個機會，因為台商可以在大陸就地的升級發展；也可以回到台灣來，回到台灣來，事實上，我的看法就是說，現在台灣的土地成本啦！工資成本跟大陸已經慢慢拉近，台灣工人的技術、台灣工人的效率、本土的管理、成本，比較起來，跟大陸沒有相差那麼大。所以，你回來，加上產業升級，在研發上、或者行銷上兩個去增強的話，你的生存，在台灣就行了。至於「鮭魚返鄉」的計畫，我看沒有什麼成功。第一個，我就看台灣各地加工出口區的廠房跟土地，都全部租光，只剩下彰濱工業區。彰濱工業區還只剩下一些，不多；幾個台灣的其他工業區都滿了。這些人回來，他並沒有真正回來台灣發展。為什麼？他是炒土地，不是有一個「006688」嗎？就前兩年不用租金嘛！第三年、第四年六成，第五年、第六年就是八成，第七年、第八年才恢復到租金嘛！回到完全租金。所以，表面上全部都滿了，整個加工出口區開工的沒幾家，都是空的！這些就是說，政府應該：叫他回來，但是要創造一個機會給他以外，還要教導他怎麼樣發展？我一直都說，政府很多事情做都做一半，沒有配套。計畫下來，應該配套。我可能需要用一個圖讓你看，其實我講過好幾次，就「微笑曲線」的構成，兩邊是研發、銷售、行銷，中間是生產嘛！你要他回來，你只要它維持生產，你沒有讓它往曲線的兩邊去發展、提升的話，它還是跟大陸一樣啊。

問：台灣政府相信商人自己會去弄就對了？

答：政府要督導，因為很多人，我打個比方，我自己一個工廠，我自己要請人家來設計我的衣服啊、設計我的布料、研發我的布料，我要花很

大的人力、代價下去。如果是一個政府提供，製衣工會、製鞋工會、或者成衣工會，它整合好幾家產業，一個產業就有好幾家廠商嘛，集合這些力量來研發，一個人可以做給好幾家，就像我們的工研院一樣。它研發出來，給各工廠去量產，替工廠做研發的工作，讓各工廠共同享受這研發的成果，要這樣來做。目前，台灣傳統產業，這一個做得不夠。

問：所以，台灣傳統產業還有再往上提升的空間。

答：有，怎麼樣提升？就這樣來提升啊！我比喻我自己一個經驗，就是說：我過去款式啦、裁製鞋子跟皮包，我如果在中國大陸開發自己那個，我要用很大的成本，而且開發出來不一定適合用。我就到義大利買當地的designer，就是設計師，可以設計得好好、給你畫得好好、做得好好，一個樣本給你。我買他一個款式要一千美元。表面上，1,000美元很貴，但是我在中國大陸或台灣開發一個款式，花了不只1,000美元、而且沒有那麼好。這個成本，就在義大利，義大利有個米蘭展，米蘭展有春、秋兩展，很重要。春夏跟秋，它應該春天與夏天，跟秋冬，這個展覽，可以說很多人去看。買它現有的，我不在中國大陸開發這些，我全部買現成的回來，它回來又漂亮、又好；我花了錢，用的工很少，我就去這邊。義大利有很多個別的designer，他只是幫人家設計、打個版子，賣得很貴，一個版1,000美元。1,000美元，它只是個紙板，然後，材料附給您、圖形附給你，有時候，那個紙版附給你，你拿了回來做。

問：他這些設計有拿去申請版權嗎？

答：沒有。你要的，去他辦公室看，我喜歡，就買一些，把資料給你。這款式你喜歡，就資料給你；那款式喜歡，買幾個算幾個。

問：會不會其他設計師設計得跟他一樣，買回來有版權的問題？

答：不會完全一樣。所以，它那設計師，每一個設計師的風格不一樣；你要找最適合你風格的設計師。我每年去看那個展呵，我現在已經兩年沒有去了，以前，我每年都要去三次，我去就是買它這些東西。我挑那些適合我的，也買它適合的版子，每個都很好、很漂亮、而且很合。但是，我在中國大陸開發，用一萬美元開發，達不到這個效果。那政府回來，應該從這兩端來輔導，讓它升級。

　　剛剛這是研發的問題，我打這個譬喻。行銷，我剛剛打個比喻，就是在國外設立公司的問題。你在國外設立一個公司，等於取代進口商跟批發商。你直接面對當地的零售商就好，你把進口商跟批發商的功能取代掉，它的利潤等於是你的生存空間。所以，生產到國外進口商是加70％，100元變成170元，170元中間是要扣掉進口的關稅啦！把這些加一加，還有50％的利潤空間。但是你個人公司的管銷啦、管理，我們叫per head，你一個人頭的管銷費用，就要再扣掉10％，所以，你淨利潤還有40％；這40％，對生產功能，或生存空間就很大了。而且，一個產業發展到一定程度後，生產利潤就會壓低。

　　所以，政府，回來的話，應該輔導這兩方面去發展，才有生存空間。這為什麼台灣的企業，台灣的企業在這裡，如果回來只是跟大陸一樣，對他來講沒有意義，對不對？

　　還有另外一個，因為台灣有這方面優勢，你在行銷方面，有factoring的融資管道。你有這方面銀行的功能，大陸沒有，所以，台灣的優勢在這個地方。然後，在國外的時候，你可以買保險，你可以降低你的風險。那融資的話，資金運用，你100元，可以做1,000元、10,000元的生意；在大陸，20,000元做10,000元的生意。所以，你要往這裡去突破；政府應帶著生產廠商往這方面去突破。它要生存下來，不然，它留在大陸就好；回來幹什麼？沒有必要。

　　另外一個，能夠回來，在大陸上基本能夠生存；如果不能生存，回來它也沒有辦法。沒有用，大陸錢都賠光了，回來根本沒有辦法做。所以，如果沒有這方面因素引誘比較有能力的這些廠商的話，是比較流於空洞。都已經倒閉了，你叫它回來；回來，它怎麼做？

問：所以，有倒閉的工廠回來，政府要輔導它做。
答： 對，要怎麼去輔導它。

問：剛提到：在大陸就地升級。在大陸就地升級對台灣比較有利？
答： 就地升級，台灣的優勢就是台灣有這些功能性的這些效益。譬如說，我有融資的管道啦、我有保險的管道啦、我有行銷運送的通路管道，在大陸沒有。

問：就地升級，是在大陸就地升級嗎？
答： 在大陸就地升級也可以，但是在大陸就地升級的代價，要比台灣來的高。我個人認為：勞力密集的傳統產業，應該早就先找機會回來；比如，廣東這些low-end的傳統產業，就回來。

問：回來，有環境汙染的問題，會不會？
答： 環境汙染，你想想看，義大利製革，它現在還生存，製革就本身高污染，現在有防治污染的設備，把這設備投資在工廠。

問：由政府來幫助他們投資做防治污染的設備？
答： 對，幫助這些生產廠商去做這種設備。你像義大利，義大利是一個狹長的國家，就跟台灣一樣，南北長，東西比較窄，從威尼斯到羅馬，集中在波隆那這個地方，海岸這邊是黑海，整個產業在這邊。它就把

廢水排放，處理到沒有污染的標準。當然，這個是要投資設備成本；這個投資是永永遠遠可以回收回來的。你把它10年、20年攤平下來就好，就像你買車子，你可以開10年、5年，我買100萬的車子，開10年，一年只花掉10萬元。政府應該幫助這些來做。這些污染，人家義大利現在還在做！政府並沒有說取締你、取締你這行業，沒有。那做得好，到目前，它還是領先全世界，日本都比不上它！所以，就輔導它，把它做好。你不是說：你就不能做到。你不能做，我告訴你：你怎麼處理，處理到能夠做到。

問：每一個行業都可以做？

答：對！任何一個行業，除非在這個世界上消失，要不然，每一個行業沒有夕陽行業。你看，義大利鞋子、義大利皮包、義大利成衣、義大利製革，到目前還是領先全世界。再怎麼，都比不上；是美國，都比不上；是法國，也都比不上。它還是生存，它並沒有因而消失啊，對不對？如果，按照工資成本、廠房設備、土地成本這些，義大利根本不能跟中國大陸比啊！但是，你義大利一雙鞋子做出來可以賣300歐元、可以賣500歐元；中國大陸能不能生產一個500歐元、300歐元的鞋子？

問：300歐元的鞋，是義大利做的嗎？

答：義大利做的，人家能夠賣出那麼高的價錢，為什麼會這樣？它有它的道理在，我們沒有辦法做出。你像世界上LV啦、PRADA名牌的這些，全部在中國大陸都有代工。

問：這個工很粗！

答：沒有，如果真正的代工廠的話，做的就是它原本工廠的品質。你想想看，英國百年的品牌Burberry，那個品牌是很大的，它現在把整個移

到中國大陸去，所有的產品，都是在中國大陸生產。

問：可是，中國大陸偷不到它的技術？

答：它也沒有什麼技術，做成衣有什麼技術？你說針車，用電腦的針車，英國買得到，我同樣也買得到啊。德國的電腦針車，你看那皮包，給你看的皮包……

問：它為什麼賣那麼高的價錢，市場還是願意花這個錢跟它買？

答：比如，我這用電腦車的，這一段到這一段，電腦排版下去，它一針一針，剛好到這邊轉彎，它沒有半針的、沒有重疊的。電腦排版下去以後，它自動就這樣車，很平均。這種機器，你買得到，我也買得到啊！什麼技術可言？而且，你把它壓下去，一踩，它根本自己跑；針車自己跑，不是要人去推，不必要，它的品牌是品質的保證。LV的很多產品都在中國大陸生產，是它自己找OEM在中國大陸生產。LV亞洲區的經理，是我們台灣人，他爸爸是以前駐法國的經濟參事，他在那裡生下來、在那裡受教育、在那裡學設計，他就負責LV亞洲區的總經理。你說LV它有沒有工廠？它沒有工廠，它都下單給人家做。

問：它下單的工廠沒有辦法偷得到它的技術出來？

答：中國大陸，你再怎麼管它都有，新的鞋子、新的款式、新的材質，你還沒有行銷出來，它已經有啦。

問：可是出了大陸市場就沒啦！

答：對！所以，大陸有很多專門賣仿冒的商品。而且，仿冒的，你不是內行的話，看不出來。他們叫A貨啦，A貨就是我仿得跟真的一樣。

　　我對政治效應的看法，一些大企業，它的利益在那邊，個人利益會凌駕於國家利益之上，這是正常現象。每個人沒有高尚到能夠拋棄個人利益；當然，不是沒有，也有，但多多少少會受影響。政府怎麼樣堅持立場？這要知道。不要被這些商人勒索，這才是重點。你要去那邊賺，你就去；我照顧本土現有的這些，我把它照顧好。你自己到外面去，是你的事；我管你不到，你就放牛，自己去。你是因為自己利益考量，不是因為站在整體的利益；政府應該國家整體的利益考量，不是個人的利益來替他考量。

問：商人會跟你說稅金的問題啊；跟政府談很多問題，你要我回來，稅啊，變成勒索了？

答：對！變成勒索。可是，你選舉，有求於人家企業，你拿人家手短嘛！就替企業講話，所以，為什麼企業要進一步投資啦、跟政府借錢，全世界都有，這不是第一個。你說美國有沒有，美國有啊，他用收賄啊，它要賣飛彈、它要賣飛機，賣什麼，利益團體就來啦，對不對？

問：如果，你不理他，大陸那邊就說：台灣政府都不理你了，你就乾脆過來算了。

答：對！所以，去大陸這些商人，他應該頭腦要清楚、要瞭解，如果沒有維持到台灣跟大陸這些區隔的話，你在大陸的保障就缺少了。因為你現在沒有統一，還是分離的狀態，所以，它有所顧慮，對你不敢下重手，一定要認清到這一點。如果統一，我說打就打，你又能怎樣？先築巢引鳳，再關門打狗。其實，台商的身價一直在降，我一九八○年代初期去大陸的時候，只是去看而已，沒有投資、沒有什麼，把你當作什麼樣在看待？拍拍捧捧的，跟我去的朋友說：去到大陸，體會到做人的尊嚴。我說：它現在是有求於你，是手心向上；等到它沒有求

於你的時候，手心向下，是打你。所以，我跟我的朋友去看看，我沒有進到大陸。他第一個進到鞋子工廠，做一年就撤掉。第一個進去，第一個撤，在廈門。他沒有認清事實嘛，他沒有看清背後的因素。他沒有聽我的話，結果，第一個進去，第一個出來，一年。

問：大陸對台商的政策跟優惠，比以前少了？

答：差多了。過去，你要去投資，歡迎啊，列隊歡迎，什麼事情都做得出來。現在的政治人物到大陸去，跟當年大陸對台商一樣。

問：我看一個報導，大陸人說：大陸發展要靠台商；台商整個撤離的話，對他們會有什麼影響嗎？

答：目前，你要看行業。比如，你現在是三次加工、密集的產業，成衣啦、製鞋啦、製包啦這些產業，因為它已經起來，大陸的成衣不需要你，就像走路一樣，剛開始不會走，要拉著走，現在可以放著它，自己會跑、會跳，不需要，它依賴度不高。但是呢，到目前為止，半導體產業、電子產業，這些多多少少還有一點區別，它一直鼓勵，你要來啊，拉台灣去設廠。

　　一個產業到一個階段以後，並不是說，沒有這個不行。你與其要救這個產業，不如用救這個產業一小部分的財政支出，就可以去救很大一部分的傳統產業。台灣現在失業率這麼高，這些產業是解決失業率最好的一個方法。勞力密集的產業並不是不好，如果衣服能製造GORE-TEX那個夾克、排汗衣、排汗內衣出來，沒有什麼不好。這也是一個產業，第一個，可以解決失業率的問題；第二個，這個產業還是有創造一個產值、增加GDP，不見得傳統產業就是不好。而且，它很適合台灣中小企業的規模。成本不高、技術不是很高，台灣做得到，很適合，又可以解決台灣就業的問題。事實上，現在半導體

　　工廠、公司的薪水，生產線的薪水、工資，和傳統產業一樣，沒有比較好；工程人員、頂端那些比較好。至於底下人員，就是兩萬多元而已，也是要加班、輪流，好聽，在冷氣房，沒有什麼多大的差別。

台商大陸投資跨域治理與互動

C 教授

◎訪談重點

- 跨域治理互動與影響
- 不同台商對「台協」角色、功能存在認知差異
- 台商與東莞、昆山政府互動不同
- 蘇南政治菁英升遷路徑態勢明顯
- 科學園區成敗關鍵仍在政策、人才與幹部

問：台商投資昆山形成跨域治理議題討論，就是說台商、台協（台商協會之簡稱）、地方政府在昆山發展的經驗所扮演的角色。三者之間是呈現什麼樣的關系？

答：這三個之間，主要的方向只有兩方（台商和地方政府、台協和地方政府），台商和台協頂多是委託代理。

問：那涉及到個別和集體行動和作為？

答：個別行動大不了集體行動，「台協」可以把它視為是一種集體行動。有一篇關於台協會的文章，是基於集體行動邏輯，而且我那個是有點針對台灣學者耿曙的文章。我認為跨域治理首先要把「跨域治理」搞清楚，要有個明確概念與共識。柏蘭芝寫的跨域治理主要是講台商跨領域到中國大陸去，現在這個跨域治理是否涉及兩岸政府行為？

問：主要是說，參與地方的過程中，怎麼樣去體現「制度創新」，產生何種影響？

答：我們現在在做的區域治理，就是說打破行政區域，中間有一塊微觀的。宏觀的就是指政府和政府之間，例如上海市政府和浙江省政府，但在這中間有微觀的FDI，那當然就包括台資了。FDI怎麼推動這種區域治理？那你所謂的跨域治理，你首先那個治理，不管幾種相互間的互動，都要反映到當地的政策變化。那現在是要研究這個過程。

問：柏蘭芝提到台協對昆山政策的影響。

答：政策要分類，社會政策、經濟政策等，再高一層的涉及到政治。對政策的影響，要分類比較能說明問題。

問：更有意思的是涉及到制度創新這一塊？

答：你什麼叫「制度創新」呢？他實行了這個政策我們從裡面看，他就是實現了「制度創新」。他之所以「制度創新」，無非是在現有的制度下，這個東西是一個非常規性的東西，也才叫創新；如果這是一個常規性的東西，就不是創新。而且你不能說是做了什麼都叫制度創新，它要做的是在中國的政策環境中能否突破某些東西。

問：**那當時的出口加工區算不算？**

答：出口加工區已經有了。出口加工區不算什麼創新。關鍵是在什麼層級。我不是一直這麼認為嗎？昆山是個縣級單位，創新不創新一定要體現結合大陸既有的行政體制的規定。它要突破了規定才叫創新。比如說，一個省在南京搞個出口加工區，國家早就有政策了。但是在縣級市裡規定是不行的，規定不行的，但國家級開發區硬是突破了。國家級開發區和台商沒關係，台商大量去之前就搞了。還有社會政策，昆山的影響不是只有招商引資政策，還包括城市的一些社會福利、規畫、布局，甚至是人力資源的培養等這些社會政策。昆山台協會的會長定期輪換，但昆山有一個企業很有名，你們應該想辦法訪問他，他看的最清楚。他們本身自己不太捲入、「台協」，它保持一個若即若離的姿態。

問：**事實上他這麼大的企業傾向不太參與台協，因為他有自己的管道。例如說他打個電話給昆山台辦，台辦主任，甚至國台辦一定買帳的，這是現實主義。**

答：一般的大企業，他的利益追求，和這些中小企業想要得到的東西沒有連在一起。因此大企業去參與台協所花費的交易成本，跟透過自己去得到的，差距很大。就是說企業家之間也有階級。聯電、台積電、台塑等根本不需要台協，他們到哪兒都是座上賓。跨域治理你這三者，

「台協」實際上是中小企業的集體行動，大台商就把它當作非集體行動的大企業。因為大企業的建議、意見、要求，甚至可以改變一個政策。

問：有沒有具體的案例？

答：我給你講一個最近的事。西南某大城市有一個美籍台灣人，要建一個標誌性的建築，該地特別需要一個標誌性的建築，有點類似上海的金貿大廈。這個台商跟這個市的領導在一起吃飯的時候，他就談了他的要求，就是要location，他還要求市政府周邊地區要幫我規畫成什麼東西，才能配套。市政府有關領導一口答應。落實沒落實，還取決於他真投資或假投資，如果他真幹，市政府真可以陪著他幹。這種例子不難找到。

問：昆山東莞有無具體案例？

答：這種跟大台商這種互動，有些個案是不可複製性的，而且是一事一說，沒有標準的。要看具體的容量、當時的政策環境，還有當地當時的發展要求，但是有一點可以說，影響比較大的是龍頭產業，當地政府會積級的給予配合支持。作為台協，是對現有的會員廠商，在經營上或生活上存在一些問題，進行溝通反映。在生產面，包括電的問題、治安、就業。另外，當地政府要有什麼政策出台、調整，希望跟台商溝通，首先就要跟台協幹部溝通，然後透過台協向會員溝通或徵求意見。就是說台協作為一種溝通管道。那麼所謂的跨域治理，「制度創新」也好，地方政府的reaction，事實上就是體現在政策措施上，那是不是創新，由研究者去評判。地方政府覺得這樣幹可以，那樣幹不行，要去突破，考慮的是做事，不是創新。因此，對於說他們是不是創新，是看在地行為發生的時間、在地的情況，去判斷是不

是有突破性、是不是有新意。從台協、台幹、地方政府幹部來談，交談的時候很少會談什麼創新，都是說我們要搞什麼事。

問：他不是以創新為導向，是根據他的製造和市場的需求來思考。這個東西在當時大陸條件之下，就是一個創新。

答：對對對！你別說他的出口加工區，也是我們說的創新。當時為什麼需要出口加工區？因為一旦獲得出口加工區，等於國家給你這個的話，就可以得到一些政策、特許。這個特許的條件，可能是土地。土地按照常規已經不夠用了，上面不允許開發，但來個出口加工區。實際上，在這個創新上面，觀念的創新，應是當地政府幹部觀念的創新。昆山從季建業開始，如果把昆山每一年的政府工作會議、人大會議，把那個報告拿來分析，設一些關鍵詞，你看看他那個講法、理念的變化，你再把那個台辦主任的講話，我覺得這是一個很重要的分析線索，就是我說創新對當地跨域治理一大創新，就是對當地幹部思想理念的創新。

問：我們訪問仁寶的負責人，就讚美昆山台辦主任王建芬，說她工作效率、態度很好。說她很多的思想、作法、細膩的東西都是學自台商的。是市場競爭壓力嗎？

答：不！對政府來說不是市場壓力，而是發展或增長的壓力，要有業績。如果我們設定個前提，中國的政府，從中央到地方在傳統的體制下，都是標準的官僚型政府。在這個過程中，因為中國也提出來要服務型政府，這個轉型就意味著一種觀念的轉型。昆山市政府由傳統官僚型政府向服務型政府轉型的過程中，應該說主要就是台商的貢獻。你就從歷屆政府工作報告中對商人、對台商或整個FDI的態度，主要是他的提法，你就可以來斷定這個東西。

　　我已經搞了一個分析框架，這個分析框架是站得住腳的，這個屬於重大創新。你說多修一條公路、或者給點優惠，這些很容易copy，每個省都在複製，這種優惠政策邊際效益隨著政策的擴散，說老實話，都在衰減。但觀念方面的創新、服務型政府這個東西，就很難copy。比如說，很多落後地方也說是服務型政府，但他服務讓人啼笑皆非，因為他沒服務到點子上。還有就是要分解他服務型政府，或者說是他親商愛商這些。這些不是空話，昆山不只是喊口號，包括公安局、教育局，衛生局、醫院更不用說，通通分了涉台服務之任務，他都放在工作績效考核。對台商來說，你必須持什麼樣的態度，你要給他綠色通道。例如說台商出了事、違返交通規則，他如果是處理廠裡急的事，你趕快記下來，趕快讓他走，等他從廠裡辦完事再來處罰，這是一系列可操作性很強，分解下來的東西。所以我覺得，如果我們仿柏蘭芝的跨域治理，她也已做研究快十年了，我覺得走到今天，關於硬體的研究的文章，不管叫不叫跨域治理，都已經有一批相當的文獻了。柏蘭芝走在第一，你站在她的基礎上再來走……尤其中國發展到今天，昆山和東莞比較，一定要有你的主觀判斷，可能差異就差在這個上面。

問：東莞的台協是全大陸最強的？

答：深圳台協最具台灣色彩。東莞台協強，是強在自治那套，它在跟政府打交道方面未必強。

問：東莞每年周年慶政府幾套班子一定到齊？

答：慶典這些……強不強應該站在你對對方的影響力有多少。

問：電電公會評估東莞投資環境不好，但每年的投資還是那麼多。

答：台商對當地政府的影響一定要有指標，不然就會空談，否則就會像你說的，東莞好像很厲害，每次周年慶每次都是四套班子到齊。我告訴你，四套班子到齊的地方很多。所以我們要把影響做一個指標，這樣我們才能對照東莞、昆山。還有為什麼影響大、影響小，我們還要解釋這個原因，這就跟這方台協的產業結構有何差異，台商也有水平的差異（中小企業、污染性的），水平低的也說不到點子上。比如說某地的台協會會長，做窗簾的，就不行。這些都要具體的分析。如果沒有指標性的分析，也不具體。

問：**影響的指標為何？**

答：起碼大類要分經濟政策、社會政策或政治。訪談時不要給訪談者學術性概念，找台商或地方幹部，一開口就是「制度創新」，他就覺得空的很，你一定要把它分解成他們知道的話跟他們說，或者內容，經濟政策包括土地、勞動力、稅收等這些保障。社會政策包括社會治安、生活安全、生活品質、孩子受教育、醫療衛生福利等。政治方面，當地幹部的考核和台商有沒有關聯，昆山各個部門在年底的時候，甚至要請台協來打分。因為有這個機制，他們就必須聽台商的意見，台商告訴他們怎麼幹，他們就自覺地怎麼幹。如果沒這個機制，今天高興就聽，不高興就不聽（問：這也是個誘因系統？機制誘因來保障？）對啊！是種約束。東莞台商有沒有這個系統？不然八套班子出來也沒用，一年就出來一次，而且出來什麼事都不幹。東莞一定要去找葉會長。這個人有水平，廣東台商中屬於有水平的。他對社會政策、經濟政策，一定談的清楚。

問：**物流這一塊，我們發現昆山和東莞的台商都特別重視，昆山近期在花橋搞物流，東莞這一帶有海關，也準備做這個配套服務，把物流跟內**

需市場結合起來。你認為在這方面，台商不管在思維觀念或是參與方面，是不是也起了什麼作用？

答：這個我還沒有很仔細地調研過，當然憑我自己的經驗感受，說對東莞和昆山這兩個地方，這兩個台商的跨域治理，可能有點差異。差異在什麼地方呢？昆山的台商直接影響市政府，而東莞台商可能是影響專業部門，市政府的市委好像跟東莞台商不是很密切，但是昆山它就直接影響。因為原來昆山它從季建業開始，它的手機就對台商開放的，24小時開放，所以大概就留下這樣的慣例，它後來的幾個書記都這樣；但東莞都是去找部門、海關、銀行什麼的。可能從某種意義上，東莞的市場經濟、設廠等，是比昆山更強；昆山是政府主導，它是強政府，所以你要把這些背景判斷清楚，你才覺得台商影響的路徑可能有差異。

問：所以你說東莞政府是弱政府，所謂弱政府並不是它軟弱，而是某種程度的無為？

答：不是說它軟弱，就是他覺得這事情不用我去幹，不作為。它是最近幾年開始作為，因為最近幾年它搞好的基礎設施。所以最近修了大廣場、政府大樓等，都是最近五、六年的事，時間上要把它區隔開來。

問：所以不同時期有不同發展，加上政府的性質和軟硬體，這把它區隔開來的話，會比較精準一點。

答：而且我始終覺得，大家不要對電電公會有關東莞競爭力的排名太在意，永遠把廣東珠三角排在最後，暫不推薦，免予推薦。暫不推薦也罷，免予推薦也罷，一直到現在為止，它那個地方仍然是三足鼎立。就說蘇州、東莞、福建，其實福建都不一定幹得過它這個地方。而且因為我這次看到它蓋台商大樓，我就覺得那個東西快攻頂了，標誌性

的建築。它所有的台商，以後台協要搬進去，它可能下面幾層給台商，上面就是什麼餐館啦、酒吧啦。你這個東西的話，尤其是我們進入金融風暴危急的情況時，外銷廠商都不景氣，我相信政府也是處心積慮的去策劃為台商解危。

問：政府也是有給它一些協助，地啦、位置啦，你不能說它政府完全沒作為。

答：政府有一個很大的作為。東莞的政府，他早把地圈好了，他聰明耶，早把地圈好了。但最近有一個政策，好像圈了沒用，要把地收回，他圈好了就放在那，那個地起碼夠他未來十多年用。他把它圈好了，其他動作晚來的地方，現在地又沒了。所以我覺得對東莞不要那麼悲觀，而且你真正到了那個地方去，你說你去煩他，跟他訴苦，但訴苦歸訴苦，happy歸happy。

問：東莞和昆山是台商投資最典型的區域，而且一個是傳統產業，一個相對是高科技。

答：其實我跟你說，昆山到底有多少是高科技？就是說組裝，你調研過沒有？它的傳統產業有多少？

問：聽說它的傳統產業還比高科技產業來得多。

答：實質上，按產業分工環節來看，百分之六十以上都是傳統製造產業。

問：機械也算傳統產業，你看捷安特、南亞都算，除了印刷電路板，但它最主要的是筆記型電腦還有數碼（數位）相機裝配線，而且它內銷比例還不小。

答：你一定要注意兩個地方的開發模式，這個開發模式也影響到它對政府

的影響，以及政府對它的重視程度。你如果是園區式的開發，整體式、整片式的開發，那你影響政府，政府要給你做點回應好做，因為你比較集中。東莞它散在各個鎮裡面，它作為市政府來說，它不好做，集中度不夠。按照這個框架分析出來，東莞的政府假如說，東莞的影響沒有昆山那麼顯著，這背後就要去分析這些涵意，因為要問政府有錢的程度，昆山政府一點都贏不了東莞政府。而且現在昆山做的那些社會福利，東莞早幾年就做得很好。四年以前，曾經在中央電視台有一個專輯節目，說東莞跟蘇州「只長骨頭沒長肉」。蘇州的市委書記，就到中央電視台去做，而且身邊就帶一個昆山的農民去。他說你不是說我們只有骨頭沒有肉，當然這也是一個過程，但我現在可以告訴你，我們這邊也注重這個。他就叫這個農民現身說法，什麼退休保證、醫療保證通通都有了。但是一說是什麼地名，一聽到昆山，就說：你們昆山只是蘇州的一個縣，那你的吳江呢？

問：**像蘇州、昆山這些官員，一個一個都升到好的位置，像季建業、曹新平，到王珉、陳德銘、還有王榮，都是蘇州、昆山出去的。你認為這是不是中央對蘇南模式的政績高度肯定？是不是說蘇南模式歷練將來是人才晉用的重要憑藉？**

答：現在你說對這個模式的肯定，或者我們換句話說，是對這個地方發展的肯定。如果說是模式的話，是隨著時間變動的，而且的確在中國的地方為單位來看的話，像在蘇州地區這塊的這些幹部，我們說的是地方幹部，還不是省一籍的幹部。思想觀念、素質水平，以及幹事的能力，應該是比較強的，而它們很大程度是有賴於FDI磨練出來的。

問：**外資平常跟地方政府對話、提要求。**

答：在外資的互動中，當然包括台資，在這個過程中使他們開闊了眼界，

增長了對現代經濟的見識。

問：**他們之前都往外跑，都去看。**

答：看的話是年年都去看，但是光看不行的，如果沒有操作，或者你那個
地方根本沒有這種經濟因素，你跑去華爾街看了半天，股票市場你看
了半天也沒用。但是如果你說是上海交易所，或是香港交易所的人，
如果去看了，可能就會對它產生一些效果，就是這個關係，所以光去
看沒用。當然你不能說沒好處啦，只能說山外還有山。……跨域治理
是一個好題目，但是就是看怎麼研究好，在大陸可能不是這樣的說
法，我們叫區域治理。

問：**我們講跨域治理，以前是一個管理，上對下關係。所謂治理的概念它
是一個協力網絡的關係，不是政府成為唯一的發號施令者。它可能是
民主社會一些反省和條件之下，可以讓各方的利益達到最大化。政府
不是只是一個命令和支援的管理者，它是大城市還可以給你諮詢，例
如昆山市政府定期的與台商進行一些對話，或者說不定期地接受一些
台商訊息，這些都是治理的內涵。**

答：當然對於台商的跨域治理，從大陸學者的角度，倒是研究的不多，至
少在對台研究上研究不多。

　　我說的是整個大陸的台協，不只是昆山台協，我沒有分類，但是
就是分成大台商和中小台商，沒有將台協分成像是昆山模式或是什麼
的。因為我那篇文章最主要的觀念是：不要把「台協」當成是一個過
渡的政治工具。

　　如果把「台協」賦予很多經濟之外的一些功能，你從集體行動的
邏輯及原理來看，這個組織的生命就會弱化，因為大家來集體行動，
是為了要獲取它的經濟利益；那麼為了要獲取一定的經濟利益。但是

一旦那個東西和它的經濟利益離得越來越遠的時候，也就是說離政治越來越近，變成純綷搞政治的時候，那就沒意義了，他就覺得跟他一點關係都沒有。

問：**我們對松山湖一直不看好，你怎麼看好？**

答：我覺得還可以，不看好，你是從台商的角度不看好。

問：**台商說它根本是炒地皮。真正進駐的園區也不多，它沒有辦法進步成一個學習型社區，東莞你不覺得素質很差，裡面沒有人才與產業的群聚，然後你又說是一個房地產的導向，這種園區成功性是不高的。**

答：第一個進駐的企業，因為你要知道，土地非常緊，它那個從硬件上來說，還是相當不錯的。第二個，你說人才，有一個東莞理工學院，楊振寧去，這些形勢上都會有一些影響的。而且現在大陸這些研究生、博士生，工作畢業越來越難找，東莞至少是經濟比較發達，它可以高薪。它現在不是已經從國外引進很多老外，在松山湖那邊，所以就是說它跟國際開始連繫起來了。你那個印象至少都是兩、三年前，現在有變化。

問：**東莞科技園區前景如何？**

答：主要的推動力在於：第一，政府會全神貫注、全力以赴的來做這件事，從廣東省到東莞市都是。如果你早幾年讓它作為，從理論上，他會說這是一個先進的東西，但是它會有現實的壓力。現在傳統產業對它的壓力已經很大了，它一定要來做這個。就說真做和假做，效果是不一樣的，我是全心全意地做，或是半心半意地做；以前至少是半心半意地做，沒有全力以赴，現在是從領導層面上，全心全意地做。第二，從人力資源上，東莞包含整個廣東省，最受人肯定的，和長江三

角洲比起來，又是一個人力資源，不是外來人口，就是高級人才，但是現在有變化。松山湖這個管委會裡面，或者東莞市政府，直接就從國外聘了些人才回來，而且高薪聘。政府不傻，不是說你從國外混個文憑就回來了，都是有一定的，在它的領域，或者在國外某些相關的機構工作，有工作經驗的，這個就是人力資源。另外，人力資源還有另外一部分，就是本土的人力資源。現在因為就業資源非常嚴峻，那麼這些碩士生、博士生專業人才，到東莞去的話，可能性或者是機會就比原來大很多了，再加上政策給予很大的優惠的話。就像東莞理工學院為楊振寧塑了個銅像，這也是結合經驗；清華都還沒有為楊振寧塑銅像，楊振寧天天就住在清華，清華也沒有為他塑銅像，東莞理工學院它就敢幹，中國人就是說，為你塑了個銅像，請你來，也不會不賞這個光。我的意思是：從廣東省到東莞市都在挖人才，而且多多少少透過楊振寧的影響。

問：東莞松山湖科技園區仍有潛力？

答：肯定有。還有一個，國家級高新區，它是松山湖這個牌子，馬上就拿到，肯定有。因為從2003年到2005年，大陸整個設這個園區，花掉國家五千多億，整頓完了以後，以後就說不再審批這種園區了。所以像松山湖就錯過這個機會，一直沒戴上這頂帽子，現在國家又開始有選擇，又批一些，廣東也是，哪怕只針對一點，就是松山湖，省裡面已經把它作為一個戰略重點，那就不光只是東莞市政府在做的事情，所以基於這些因素的變化，我認為東莞松山湖，還是有潛力的。

問：可是還是要有客觀條件配合。昆山那個國家級開發區，就是模仿新竹科學園區，他們也在學。

答：所謂的開發區，無非就是提出一塊地來，提供一些優惠政策，然後一

開始就集中發展。但是因為這個開發園區也是衍生很多，比如說留學園區、創業園區，清華大學在昆山也搞一個園區。

論 壇 05

台商大陸投資：名人訪談錄

主　　編	徐斯勤、陳德昇
發 行 人	張書銘
出　　版	**INK** 印刻文學生活雜誌出版有限公司
	台北縣中和市中正路800號13樓之3
	電話：(02)2228-1626
	傳真：(02)2228-1598
	e-mail：ink.book@msa.hinet.net
	網址：http://www.sudu.cc
法律顧問	漢廷法律事務所 劉大正律師
總 經 銷	成陽出版股份有限公司
	電話：(03)271-7085（代表號）
	傳真：(03)355-6521
郵撥帳號	1900069-1 成陽出版股份有限公司
製版印刷	海王印刷事業股份有限公司
	電話：(02)8228-1290
出版日期	2009年12月
定　　價	300元

ISBN　978-986-6377-52-5

國家圖書館出版品預行編目資料

```
台商大陸投資：名人訪談錄／徐斯勤, 陳德昇
主編. -- 台北縣中和市：INK印刻文學,
2009.12
    292面；17×23公分. --（論壇；5）

  ISBN 978-986-6377-52-5（平裝）

  1. 國外投資  2. 企業經營  3. 訪談  4. 中國

  563.528                        98022460
```